Simon Zawalinski, geboren 1952 in Stettin, lebte zunächst mit seinen Eltern in Polen. Während der antijüdischen Exzesse in den Jahren 1967–1970 emigrierte er nach Israel und von dort in die Bundesrepublik Deutschland, wo er sich in Frankfurt am Main niederließ. Noch in Polen schrieb er als Jugendlicher Gedichte und Erzählungen. In Israel redigierte er mit anderen Mitgliedern eine Kibbuzzeitung, für die er auch regelmäßig schrieb. In Deutschland war er Mitherausgeber und Autor einer polnischen Exilzeitschrift. Von ihm erschien bereits der Roman »Der Ostpark-Blues« (2010).

SIMON ZAWALINSKI

DER SCHNEE
VON JERUSALEM

Roman

Weitere Informationen über den Verlag und sein Programm unter
www.buchmedia.de

September 2013
© 2013 Buch&media GmbH, München
Lektorat: Christa Opitz-Schwab
Umschlaggestaltung: Kay Fretwurst, Freienbrink
unter Verwendung eines Fotos von
© Matthias Troeger, Israel, www.matthiastroeger.com
Printed in Germany · ISBN 978-3-86520-485-1

Inhalt

1 JERUSALEM IM SCHNEE

Es war Ende der 1960er-Jahre im Januar. In Jerusalem lag Schnee. Die *Kotel haMaaravi*, die Westmauer des von den Römern zerstörten ehemaligen jüdischen Tempels, im Volksmund auch Klagemauer genannt, war kaum noch zugänglich. Die orthodoxen Jeschiwa-Schüler, die im Katamon-Viertel ansässig waren und ausgerechnet an diesem verschneiten Tag ihre Klagen loswerden wollten, kämpften mit den Widrigkeiten der Natur. Es schneite so stark, als wollte der Allmächtige diese alte, in die Jahre gekommene Stadt mit einem weißen Schleier überdecken. Die Schneeflocken waren größer als die üblichen, die jedes Jahr die Heilige Stadt in Weiß hüllen. Neben dem Eingang standen zwei Soldaten und unterhielten sich über das gestrige Fußballspiel zwischen Maccabi Netanja und Maccabi Tel Aviv. Man stritt über die jeweiligen Stars. Die einen hatten den Spiegler, die anderen den Spiegel. Es war langweilig und nicht gerade angenehm, bei diesem Wetter Dienst zu schieben, ein solches Ereignis musste man deshalb gebührend besprechen, erläutern und analysieren. Einer der Soldaten war eher klein und stämmig und hatte einen Oberlippenbart. Sein Antagonist war groß und kräftig, mit dunklem Haar auf dem Haupt.

»Hallo Tom!«, hörte ich eine Stimme hinter mir. Ich drehte mich um. Vor mir stand Zipi und lächelte unsicher. »Eigentlich dachte ich, du kommst nicht«, gestand sie leise.

»Ich auch«, entgegnete ich. Ich schaute auf das mir so bekannte Gesicht. Es war schmaler und ovaler geworden. Eine weiße Mütze bedeckte das dunkelblonde Haar. Die Augen, ja, die Augen, die waren so wie früher. Das waren eindeutig Zipis Augen.

Sie blickte nach oben zum Himmel. »So viel Schnee habe ich hier noch nie gesehen.«

»Ich auch nicht«, bestätigte ich. Sie betrachtete mich forschend, und ihre etwas traurigen Augen leuchteten plötzlich hell und intensiv. »Was für ein Problem hast du? Am Telefon hast du sehr ernst und niedergeschlagen geklungen«, fragte ich dann.

Sie schaute etwas verlegen, dann fasste sie Mut und legte los: »Es geht um eine alte Geschichte. Mein Vater hatte einen Bruder, der Mendel hieß. Etwa fünf Jahre vor dem Vernichtungskrieg gegen die Juden verließ Mendel seine Heimatstadt und wanderte nach Palästina aus. Da es keine Seeverbindung von Polen in den Nahen Osten gab, musste er zuerst nach Marseille und dann mit dem Schiff nach Haifa. Dort bekam er Arbeit beim Ausbau der Hafenanlagen. Aber mein Onkel hatte Pech. Er fiel in eine Grube und brach sich beide Beine, außerdem erlitt er schwere Kopfverletzungen. Die Ärzte kämpften um sein Leben und sie gewannen den Kampf. Nach den Operationen begann die Zeit der Rehabilitation. Mendel musste gehen lernen. Sein Gehirn war in Mitleidenschaft gezogen, er reagierte auf seine Umwelt nur sehr langsam und mit deutlicher Verspätung. Deshalb verbrachte er mehrere Jahre in Nervenheilanstalten. Geheilt schickte man ihn zum Bau der Straße von Tel Aviv nach Jerusalem. In der Nähe von Latrum wurden die Bauarbeiter von den arabischen Bewohnern mit Messern und Äxten angegriffen. Viele Arbeiter erlitten durch die Messerstiche tiefe Wunden. Meinen Onkel hat es besonders schwer erwischt. Ein Araber hackte ihm fast den linken Arm ab. Mendel wurde schwer verletzt in ein Jerusalemer Krankenhaus gebracht. Nach einem Jahr entließ man ihn nach Hause. Aber wo sollte er hin? Er hatte doch kein Zuhause. Er fand eine Schlafstelle in der Nähe der Klagemauer – vielleicht gerade an dieser Stelle, wo wir jetzt stehen.« Zipi hielt inne, drehte sich um die eigene Achse und blickte sich gründlich um.

Die Soldaten hatten ein anderes Thema gefunden. Jetzt stritten sie, in welcher Basketballmannschaft die besten israelischen Korbjäger spielten, ob bei Maccabi oder bei Hapoel, beide aus Tel Aviv. Der eine schwärmte von Tal Brodie, der andere von dem Superwerfer Torenstein. Sie waren laut und wurden im Verlauf ihres Disputes noch lauter.

Zipi meinte ironisch: »Die haben Probleme!« Sie zeigte auf die beiden Soldaten.

»Dieser Dienst an der Waffe ist zermürbend, man braucht Abwechslung, um nicht überzuschnappen. Es ist nicht immer einfach, damit fertig zu werden. Die Jungs leiden. Das sehe ich ihnen an«, rechtfertigte ich ihr Verhalten. »Erzähl weiter«, bat ich dann um eine Fortsetzung ihrer Geschichte.

»Tags darauf bestieg Mendel den Bus nach Haifa. Dort arbeitete er dann in der Friedhofsgärtnerei. Im Jahr 1949 erhielt mein Vater von einem Freund aus der Warschauer Vorkriegszeit die Nachricht, dass Mendel gestorben sei und auf dem Friedhof von Haifa seine letzte Ruhe gefunden habe. Erst fünfzehn Jahre später durfte mein Vater als Tourist das Grab seines Bruders besuchen. Es war sehr heiß damals in Haifa, die Sonne hatte nicht die Absicht, jemanden zu verschonen. Mein Vater fühlte sich nicht besonders gut und er konnte das Grab seines Bruders nicht finden. Schließlich gab er entkräftet auf und suchte ein Restaurant auf, um sich von der Strapaze zu erholen. Da er die Grabstätte nicht ausfindig gemacht hatte, beschloss mein Vater, den Absender der Todesnachricht aufzusuchen. Unter der im Brief angegebenen Adresse war er leider nicht anzutreffen und niemand im Haus konnte sich an den Namen Jankiel Fleischerman erinnern. Unverrichteter Dinge musste Vater die Rückreise antreten. Erst nach vielen Jahren erfuhr er, dass Jankiel ganz in der Nähe seines alten Domizils wohnte, nur unter anderem Namen. Er hatte seinen Nachnamen Fleischerman in das hebräische Bassari geändert. Vor einiger Zeit ist er plötzlich verstorben.«

»Und was nun?«, fragte ich mit einer gewissen Enttäuschung.

»Ich habe Nachforschungen angestellt, die auch erfolgreich waren. Es gelang mir, Bassaris Tochter Galit ausfindig zu machen. Ihr Vater hatte eine Art Tagebuch geführt, das sehr aufschlussreich war. Von dort stammt auch die Geschichte von meinem Onkel. Was mich aber überrascht und auch verwirrt, ist die Tatsache, dass Mendel wohl aus irgendwelchen Gründen nach Jerusalem gegangen ist. Das fand Bassari heraus, nachdem er zuerst geglaubt hatte, Mendel sei verstorben, er aber sein Grab nirgendwo finden konnte. Das heißt, Mendel ist womöglich noch am Leben, womöglich sogar hier in Jerusalem!« Ihre Augen glänzten plötzlich und strahlten ein wenig Sonne auf den weißen Überzug, der Jerusalem einhüllte. »Verstehst du? Er könnte noch leben. Hier in Jerusalem.«

Sie sprach so laut, so euphorisch, dass die beiden Soldaten ihre Konversation unterbrachen und uns kritisch anschauten. Sie fanden wohl nichts Besorgniserregendes, denn sie widmeten sich gleich wieder ihrer Lieblingsbeschäftigung, dem kritischen Dialog. Diesmal ging es um die Frage, wer von den beiden Schriftstellern der bekanntere sei, Chaim Bialik oder Saul Tschernichowski. Sie waren sich einig, dass für die israelische Literatur beide sehr wichtig seien, genauso wie der Literaturnobelpreisträger Samuel Agnon.

Ich schlug vor, in ein Café zu gehen, denn meine Schuhe wurden immer feuchter und mir war auch langsam kalt. Etwa 800 Meter weiter fanden wir einen Laden, der zwar kein echtes Café war, wo aber ausgezeichneter Kaffee und Tee serviert wurden. Den Betreiber kannte ich noch von früher. Er hieß Dror Shkolnik und hatte über das Verhältnis des Julius von Byzanz zu den Juden Palästinas, die damals seine Untertanen waren, promoviert.

Zipi nahm einen Tee und dazu noch drei Löffel Zucker, was ich übertrieben fand, wozu ich mich aber nicht äußern wollte. »Hier ist es auch nicht besonders warm«, meinte sie und trank einen großen Schluck.

»So einen kalten Winter haben wir nicht jedes Jahr«, antwortete ich, und kostete ein Stück vom »besten Käsekuchen der Welt«, wie ihn Dror immer gerne titulierte. »Erzähl weiter, Zipi«, forderte ich sie auf.

»Da ist weiter nicht viel zu erzählen. Ich will meinen Onkel ausfindig machen. Mein Gefühl sagt mir, dass er noch lebt.«

»Und was soll ich tun?«

»Mir helfen, ihn zu finden.«

»Das wird nicht leicht, aber ich werde mein Bestes tun«, versprach ich.

Sie beugte sich zu mir und küsste mich voller Freude und Dankbarkeit.

Ich hatte noch zu tun, deshalb verabschiedete ich mich, und wir verabredeten uns für den morgigen Tag im Café des dicken Schlomo in der Altstadt. Ich arbeitete als Fremdenführer und auf mich wartete schon die nächste Touristengruppe.

Meine Führung galt einer Gruppe von christlichen Geistlichen aus den Vereinigten Staaten. Es waren sowohl Katholiken als auch

Protestanten und Anhänger des Altchristentums dabei. Mein Hauptgesprächspartner war ein großer Farbiger, der die Kirchengemeinschaft von New Orleans vertrat.

Nach der Begrüßung entschuldigte ich mich für das Wetter und begann, die Fremden durch die verschneite Stadt zu führen. Da die Kirchenmänner die Geschichte von Jerusalem schon kannten, beschränkte ich mich auf ein paar geografische Angaben. »Die Stadt liegt auf einem Felsenviereck, etwas unterhalb des Hochlandkammes von Judäa. Sie hat acht Tore: das Zionstor, das Jaffator, das Neue Tor, das Damaskustor, das Herodestor, das St. Stephanstor, das Goldene Tor« – und noch eins, dessen Namen ich in diesem Augenblick vergessen hatte. Ich wollte schon etwas über die Zitadelle erzählen, als ein alter Mann mit Hut und besonders hübschem Schnauzer mich darauf hinwies, nur sieben Tore erwähnt zu haben.

»Wie heißt das achte?«, wollte er wissen.

»Das Löwentor«, rief jemand von der Gruppe.

»Das haben wir schon«, antwortete ihm ein großer schlanker Mann, der eine Wollmütze mit der Aufschrift *I love Jesus* auf seinem Haupt trug.

»Dann vielleicht das Osttor?«, fragte eine junge Pastorin in einem schicken Ledermantel.

»Mary, es gibt gar kein Osttor«, klärte der Mann mit der Jesus-Mütze seine unwissende Kollegin auf.

Ich nahm die Dame in Schutz. »Das Osttor existiert doch. Es heißt nur bei uns das Goldene Tor.«

Wir gingen weiter. Die Via Dolorosa entlang gelangten wir das Löwentor durchquerend zur Grabeskirche. Dann endlich erreichten wir die Westmauer. Durch das Tor schwärmten immer mehr Menschen in den Hof. Die beiden Soldaten standen immer noch vor dem Eingang und unterhielten sich nun über die Politiker. Und diesmal waren sie in der Einschätzung von deren Wirken einer Meinung. Sie hielten von der politischen Klasse unseres Landes nicht sehr viel, weder von der Regierung noch von der Opposition.

Ich erklärte meinen Zuhörern, dass der älteste Teil dieser Mauer aus einer sehr frühen Zeit stamme. »Hinter der Klagemauer sieht man schon den muslimischen Felsendom oder anders ausgedrückt die Omar-Moschee.«

Plötzlich hörte ich einen Schrei: »Ich habe es. Das achte Tor ist das Misttor.« Der Mann mit dem Schnauzer schaute überglücklich gen Himmel, als wollte er der Macht dort oben seinen Dank aussprechen.

In der Nähe des Felsendoms hatte Fuad al-Shatiri seinen Geschenkeladen. Fuad war ein netter Kerl, der früher in der Optikerbranche in Südägypten gearbeitet hatte. Da er ein entfernter Verwandter des Bürgermeisters von Bethlehem war, verhalf man ihm zu einem Laden in Alt-Jerusalem. Ich brachte immer wieder neue Touristengruppen zum Einkaufen von Souvenirs vorbei und bekam von ihm die zuvor vereinbarte Gratifikation. Er war zufrieden, ich war zufrieden, die Touristen waren zufrieden – nur das hiesige Finanzamt nicht.

Nach drei Stunden war meine Führung zu Ende. Aber die nächste Gruppe wartete schon, diesmal Pilger aus Kanada. Ich vermutete viele Jesus-Christus-Experten unter ihnen, denn sie wollten sich unbedingt die Grabeskirche eingehend anschauen. Also erzählte ich von Kaiser Konstantin, von seiner dem noch jungen Christentum ergebenen Mutter Helena und von der »Schädelstätte«, genannt Golgatha. Ich zeigte ihnen den Stein der Salbung an der Stelle, an der die drei Marias standen, die Todesangstkapelle, das Gefängnis Christi, den Altar der heiligen Maria Magdalena und noch vieles andere. Die Teilnehmer waren tief bewegt, in sich gekehrt lauschten sie meinen Erklärungen. Dann spendeten sie etwas Geld für die Erhaltung und Restaurierung der Kirche, und nach einem Gebet verließen wir eines der wichtigsten Symbole des Christentums.

Am Tag darauf wartete ich wie vereinbart vor dem Café auf Zipi. Es schneite nicht mehr, der Schnee wurde langsam zu Matsch. Der Himmel war wolkenlos, das weiße Intermezzo von gestern gehörte der Vergangenheit an. Schnee gehort zu Jerusalem so wenig wie der Kreml zu Paris. Zipi trug einen leichten Mantel und Stiefel. Ihr Haar wurde von der gleichen Wollmütze bedeckt wie gestern.

»Hast du einen Plan, nach dem wir vorgehen können?«, fragte sie mich gleich nach der Begrüßung.

»Ehrlich gesagt habe ich darüber noch nicht nachgedacht«, antwortete ich etwas verlegen.

»Aber ich. Ich habe Krankenhäuser und psychiatrische Anstalten besucht, aber ohne Erfolg. Nirgendwo eine Spur.«

»Wie wäre es mit Alten- und Pflegeheimen?«, fragte ich.

»Eine gute Idee«, nickte Zipi. »Wie viele gibt es in Jerusalem?«

Auf diese Frage hatte ich keine Antwort parat. Wir beschlossen, eine Liste von diesen Einrichtungen zu machen und sie alle aufzusuchen. Das war unsere einzige Chance, denn im Einwohnermeldeamt der Stadt tauchte Mendels Name nicht auf und auch die Friedhofsverwaltung konnte uns nicht weiterhelfen. Wir teilten Jerusalem auf – nicht politisch, sondern in links und rechts vom Café. Ich erhielt die linke Seite, Zipi die rechte.

Nach meinen Recherchen befanden sich auf meinem Gebiet elf Einrichtungen dieser Art. Sie waren nicht groß und alle hatten Unterstützung nötig. Dem Staat oder der Stadt fehlte es an Mitteln, um Renovierungen durchzuführen. Die Bewohner dieser Anstalten lebten in eher ärmlichen Verhältnissen. Die Betreuung und Pflege war gesichert, wenn sie auch nicht den europäischen oder amerikanischen Standard erreichte. Die Insassen waren jedoch froh, ihren Lebensabend nicht allein verbringen zu müssen, und fühlten sich wohl. Das war jedenfalls mein subjektiver Eindruck. Während meiner Tour traf ich viele nette und interessante Menschen, leider aber nicht Zipis Onkel.

Ich musste mich beeilen, denn ich hatte an diesem Tag noch eine Touristengruppe zu führen. Es waren Theologiestudenten aus verschiedenen deutschen Städten. Das bayerische Element war überproportional vertreten. Einige Studenten kamen auch aus Nordrhein-Westfalen, dem Saarland und der Pfalz. Unter den künftigen Kirchenleuten war auch eine Nonne, die dem hessischen Bistum Limburg angehörte. Sie hieß Schwester Henrike, war etwa Mitte zwanzig und schien mir sehr belesen zu sein. Jedenfalls fragte sie viel und half mir manchmal bei meinen Erklärungen, besonders dann, wenn ich an die Grenzen meiner Deutschkenntnisse stieß. Ich konnte zwar ohne Probleme eine Konversation in der deutschen Sprache führen, aber mein Wortschatz war noch ausbaufähig. Nach genauer Betrachtung entdeckte ich bei der Schwester einen gewissen Charme, eine nicht alltägliche Ausstrahlung. Sie schien mir anders zu sein als ihre männlichen Mitreisenden, sie passte einfach nicht zu ihnen. Es kann sein, dass ich mir das nur einbildete, aber diese Person begann mich zu beschäftigen.

Ich führte die Gruppe, wie schon ihre kanadischen Vorgänger, in die Grabeskirche. Und wieder spuckte ich meine Informationen aus: Auferstehung, die Stelle der Kreuzigung, Bischof Mercurius, Nikodemus, die Adamskapelle, Grotte der Kreuzauffindung, Altar der Mater Dolorosa, Säule der Geißelung. Dann zeigte ich den Teilnehmern die deutsche Erlöserkirche, die nur einen Katzensprung von der Grabeskirche entfernt ist. Ich erzählte von den Kreuzrittern, die im Mittelalter Jerusalem erobert hatten und dann in der Nähe des Platzes, wo wir uns jetzt befanden, den Johanniterorden gründeten. Die von ihnen gebaute Kirche, die Johanniterkirche, wurde später in ein Krankenhaus umgewandelt. Ich vergaß nicht zu erwähnen, dass die Kreuzfahrer, bevor sie aufbrachen, um Jerusalem von den »Ungläubigen« zu befreien, die »Befreiung« an der jüdischen Bevölkerung des westlichen Europas trainierten.

Schwester Henrike kam zu mir und meinte bedauernd: »Wozu diese bitteren Kommentare? Das haben Sie doch nicht nötig. Sie können so spannend erzählen.« Sie schaute mich interessiert an. »Sie haben wohl mit uns ein Problem, weil wir Deutsche sind?«

»Ich habe mit niemandem ein Problem, ganz gleich woher er stammt. Ich habe zu Deutschland keine besondere Beziehung. Ich habe nur auf die allseits bekannte Tatsache hingewiesen, dass die Kreuzritter ihre Massaker zuerst an den einheimischen Juden übten. Das ist doch in allen Geschichtsbüchern zu finden.«

»Aber aus ihrem Mund klang es fast wie der hilflose Schrei eines zutiefst verbitterten Menschen. Leider kann ich Ihre sarkastischen Bemerkungen nicht anders interpretieren.«

»Es tut mir leid, Sie so irritiert zu haben.«

Die Nonne lächelte. Ich lächelte zurück. »Wohnen Sie in Jerusalem?«, fragte sie.

»Meistens in Tel Aviv, zurzeit mache ich aber viele Führungen in Jerusalem, deswegen habe ich hier eine vorläufige Bleibe.«

»Ich muss zurück zur Gruppe«, verabschiedete sich Schwester Henrike unvermittelt.

»Sehen wir uns noch?«, fragte ich sie.

»Ich weiß es nicht. Ich glaube nicht. Übermorgen verlassen wir Jerusalem.« Sie entfernte sich und schloss sich wieder ihren Mitreisenden an. Diese diskutierten noch über Gott und die Welt, im wahrsten Sinne des Wortes.

Als ich meine Reisegruppe verließ, begann die Sonne schon ihre Abschiedstournee. Vom Schnee war keine Spur geblieben, es schien plötzlich wärmer zu werden.

Zipi wartete auf mich im Altstadtcafé. Ich konnte ihr keine guten Nachrichten präsentieren. Auch sie hatte nicht die geringste Spur von ihrem Onkel gefunden.

»Heute habe ich Rivka getroffen, mit der wir damals in der Schule waren«, erzählte sie.

»Die Freundin von Danny Feigenbaum?«

»Genau die. Sie ist noch dicker geworden.«

»Sie war schon damals nicht gerade dünn«, sagte ich, und wir mussten beide grinsen.

»Hast du mal jemanden aus unserer Schule gesehen?«, fragte Zipi.

»Nur den dünnen Nahum und Nathan. Nahum ist Buchhalter bei einem Literaturverlag hier in Jerusalem, Nathan arbeitet als Flugkapitän bei der El Al.«

»Da schau an, der Nathan ist Pilot – der Weiberheld von Katamon«, staunte Zipi.

»Katamon«, sagte ich nachdenklich zu mir selbst. »Zipi, in Katamon, in der Nähe unseres Gymnasiums, da steht doch ein großes Gebäude. Es ist, wenn ich mich recht entsinne, ein Alten- oder ein Pflegeheim oder beides zusammen. Tausend Mal bin ich an dieser Einrichtung vorbeigegangen, habe aber nicht bewusst darauf geachtet, worum es sich da handelt.«

Zipi schaute mich ungläubig an. »Mensch, du hast recht!«, rief sie dann freudig. »Daran habe ich überhaupt nicht gedacht. Genauso wie du habe ich nie überlegt, wer da wohnt. Vielleicht war mein Onkel die ganze Zeit in meiner Nähe, ohne dass ich von seiner Existenz wusste. Wie gut, dass ich jetzt beschlossen habe, ihn zu suchen. Spät, aber nicht zu spät! Mein Vater hielt ihn längst für tot, deshalb hat er nicht mehr nachgeforscht.«

»Liebe Zipi, wir wissen nicht, ob sich dein Onkel in Katamon aufhält und ob er überhaupt noch lebt. Mach dir bitte keine zu großen Hoffnungen.«

»Aber ich weiß, dass er lebt, ich spüre das! Du kannst das wohl nicht verstehen!«

»Das kann sein, Zipi. Es kann sein, dass ich deine Gefühle nicht verstehe, das war schon immer so mit uns.«

»Entschuldige, ich habe mich nicht ganz korrekt ausgedrückt! Ich wollte dich nicht kränken.«

»Hast du auch nicht. Das ist Schnee von gestern. Erzähl mir lieber, wie es deinem Vater gelungen ist, sein Heimatland zu verlassen und nach Israel zu kommen.«

Zipi lächelte mich an. Wir bestellten Kaffee und Kuchen. Draußen wurde es dunkel. Das Café hatte sich gefüllt, alle Plätze waren besetzt. Aus der Jukebox hörten wir die Stimme von Shoshana Kimchi, einer bekannten einheimischen Sängerin.

»Mein Vater hatte in der Stadt, in der wir wohnten, einige Beziehungen. Ohne Beziehungen hast du dort keine Chance, irgendetwas zu erreichen. Fast so wie hier. Es waren schlimme Zeiten und viele Juden wurden gezwungen, ihre Heimat zu verlassen. Jüdische Einwohner wurden von den polnischen Behörden zur Persona non grata erklärt, einfach so über Nacht. Zuerst bekam mein Vater einen Reisepass ausgehändigt. Jeder Bürger Polens hatte ja seinen Pass abgeben müssen. So hatte der Staat die Kontrolle über seine Bürger und die Sicherheit, dass diese ihr Land nicht verlassen konnten. Man fragte meinen Vater, wohin er ausreisen wolle. Er wollte aber bleiben, was die Staatsdiener zuerst irritierte und dann zornig machte. Er wisse gar nicht, welche Chance man ihm biete, meinte der für Ausreiseangelegenheiten zuständige Beamte. Viele Bürger dieses Landes würden sich glücklich schätzen, wenn sie ins Ausland reisen dürften. ›Ich nicht‹, antwortete mein Vater und brachte damit diesen Menschen zu Weißglut. Er dürfe in ein westliches Land reisen, nicht in die DDR, nach Bulgarien, Rumänien oder in die Tschechoslowakei, nein, er könne nach Israel oder nach Schweden, Dänemark oder noch besser in die Vereinigten Staaten. Aber mein Vater blieb stur. Man hat ihn schließlich zur Ausreise genötigt, indem man ihm den Aufenthalt in Polen so vermieste, dass er schweren Herzens aufgab und der Empfehlung der Behörden folgte.

Wir alle erhielten sogenannte »Reisedokumente«, *dokument podróży*, die besagten, dass der Inhaber eines solchen Dokuments kein Angehöriger der Volksrepublik Polen sei. Obwohl Bürger eines UNO-Mitgliedstaates, hat man uns die Staatsbürgerschaft aufgrund der jüdischen Volkszugehörigkeit entzogen. Und die übrige Welt schwieg, wie immer, wenn es um die Juden ging. Und so bestellten wir viele Holzkisten, in die wir unser ganzes Hab und Gut einpackten. Bevor diese das Land verlassen durften, wurden sie vom polnischen Zoll genauestens untersucht. Nun, ohne Erfolg wollten die Behörden nicht dastehen. Man fand also plötzlich Sachen wie alte Schallplatten, Vorkriegsliteratur in Originalausgaben oder einige Bilder, die nicht ausgeführt werden durften. Auch alte Zeitschriften, die mein Vater gleich nach Kriegsende im befreiten Polen zu sammeln begonnen hatte und in denen die ersten Jahre der kommunistischen Macht in diesem Land hautnah beschrieben wurden, mussten wir dort lassen. Manche geschichtlichen Zeugnisse schienen den Machthabern wohl nicht mehr vorzeigbar. Erst nach dieser ›Zensur‹ unseres polnischen Daseins durften die Holzkisten im Danziger Hafen auf ein Schiff gebracht werden.

Man hatte uns bei der Behörde empfohlen, lieber in die skandinavischen Länder, nach Frankreich, Großbritannien, in die Vereinigten Staaten oder nach Kanada auszureisen, sogar in das allen verhasste Deutschland, nur nicht nach Israel. Auf Nachfrage meines Vaters erklärte man, im Nahen Osten sei es gefährlich, dort werde es zu kriegerischen Auseinandersetzungen mit schlimmen Folgen für den jüdischen Staat und seine Bürger kommen. Die arabische Übermacht sei zu groß. ›Fahrt lieber nach Amerika, dort seid ihr sicher, dort werden euch eure Brüder schon nicht im Stich lassen.‹ Meine Eltern bedankten sich für so viel plötzlich gezeigte Fürsorge und Interesse an unserem Schicksal. Doch sie hatten ihre Marschroute schon festgelegt und wollten ihr folgen. Ihr Plan beinhaltete den Flug von Wien direkt nach Israel. Der Flughafen in Tel Aviv sollte der Ausgangspunkt für unsere Rückkehr in die alte Heimat, in die Urheimat unseres Volkes, werden. Mein Vater führte hier Regie und da war kein Platz für Kompromisse. Wir hätten damals in viele Länder ohne größere Probleme einreisen können. Doch wenn wir dieses Land schon verlassen mussten, dann sollte es nach Israel gehen.

Wir gaben unsere Wohnung samt dem dazugehörenden Schlüssel an die Hausverwaltung ab und sagten unseren Bekannten

Lebewohl. Unsere Freunde waren schon längst abgefahren oder machten die letzten Vorbereitungen zur eigenen Abreise. Wir wurden von den Nachbarn herzlich verabschiedet, die uns für die Zukunft alles Gute wünschten. Ein Nachbar vom dritten Stock unseres Hauses brachte uns mit seinem Tatra zum Bahnhof. Er wünschte uns auf dem einzigen Gleis unseres Provinzbahnhofs eine gute Reise und die Erfüllung unserer Wünsche, und mit Tränen in den Augen bat er uns für einige ›dumme und ungebildete Menschen meines Volkes, die euch furchtbar zugesetzt haben‹, um Verzeihung. Das war rührend und klang ehrlich, sodass auch wir weinten und vor Rührung fast das Einsteigen verpasst hätten. Der Zug fuhr nach Warschau, wo wir am übernächsten Tag den Expresszug nach Wien besteigen wollten.

In Warschau übernachteten wir bei einem Kriegskameraden meines Vaters. So lange ich mich erinnern kann, riefen wir ihn ›Onkel‹, obwohl er mit uns nicht verwandt war. Seine Frau war für uns die ›Tante‹, sie war eine gute Freundin meiner Mutter. Der Onkel war und blieb ein regimetreuer Kommunist, den nichts umstimmen würde. Als in Polen die Judenhetze gestartet wurde und man die Juden für das gescheiterte Gomulka-Regime verantwortlich machte, da verteidigte der Onkel die größten Antisemiten, nur weil sie sich Kommunisten nannten und vorgaben, für die internationalistische Idee zu kämpfen. Seine Frau und ihre zwei Töchter konnten die Verlogenheit der kommunistischen Herrscher und auch des Onkels nicht mehr ertragen und stellten einen Ausreiseantrag nach Israel, welcher auch wohlwollend bearbeitet wurde. Der Onkel dagegen weigerte sich standhaft, seiner sozialistischen Heimat den Rücken zu kehren und schrieb ein Pamphlet über die zionistischen Machthaber Israels und ihre imperialistischen Helfer, welches in einer großen Tageszeitung veröffentlicht wurde. In seiner Warschauer Wohnung hingen Bilder von Lenin, Stalin, Chruschtschow und Gomulka an der Wand sowie von Marx, Engels, Dolores Ibarruri und Trotzki. Mit meinem Vater sprach er nur das Nötigste, denn all die Juden, die nun aus Polen auswanderten, waren für ihn Ratten, die das sinkende Schiff verließen. Die polnische Regierung und das polnische Volk hätten den Juden Obdach und Schutz gewährt und ihnen ein menschenwürdiges, diskriminierungsfreies Leben ermöglicht. Und nun würden wir

das danken mit der Auswanderung in einen von den Imperia-
listen und ihren zionistischen Helfershelfern unrechtmäßig auf
palästinensischem Boden errichteten Staat, der früher oder später
von der Landkarte verschwinden würde. Diese Tiraden schickte
er zwar in meine Richtung, sie waren aber für meinen Vater bestimmt. Der lächelte jedoch nur milde und las wohl zum letzten
Mal die Parteizeitung *Trybuna Ludu*, die Volkstribüne. Der Onkel
erinnerte an die Tatsache, dass der polnische König Kasimir der
Große die jüdischen Flüchtlinge in ihrer größten Not aufgenom-
men hatte. Da schaltete sich der Vater offiziell ein und erklärte,
niemand stelle die Größe und die Güte des polnischen Königs
infrage, das jüdische Volk sei den Polen für die Aufnahme und
Eingliederung auf ewig dankbar, das werde nie in Vergessenheit
geraten. Nun aber seien andere Zeiten, man wolle uns hier nicht
mehr haben. Außerdem habe unser Volk nach den langen Jahren
in der Diaspora jetzt endlich ein eigenes Land. Keineswegs sei
dieser nach zweitausendjährigem Exil neu aufgebaute jüdische
Staat ein Muster an Rechtsstaatlichkeit und Humanität, aber es
sei das einzige wirklich demokratische Staatswesen im Nahen und
Mittleren Osten.

Der Onkel schwieg jetzt beharrlich und betrachtete diese zwei
Monologe als beendet. Er brachte uns persönlich zum Warschauer
Gdanski Bahnhof, von dem aus die meisten Züge in den Westen
abfuhren. Dann küsste er uns alle und Tränen liefen über sein Ge-
sicht, denn er verstand plötzlich das Gewicht dieser Situation, die
Einmaligkeit dieses Ereignisses. Und er wusste, dass er uns nie
wieder sehen würde. Der Eiserne Vorhang umhüllte ihn für immer
und ließ ihn nicht mehr frei. Nach Jahren erfuhren wir, dass er in
Ungnade gefallen war, seine Orden und Auszeichnungen zurück-
geben musste und als zionistischer Bastard verunglimpft wurde.
Alt, einsam und verbittert starb er in einem Warschauer Altenheim.
Man hat ihn irgendwo begraben, unter seinem polnischen Namen
Gerberski. Seinen jüdischen Namen nahm er mit ins Grab.«

Ich schaute in Zipis kummervolles Gesicht. In ihren jungen Jahren musste sie schon so viel durchmachen. Ich glaube aber, sie war
auch dafür bestimmt zu kämpfen, die Schläge des Schicksals auf
ihre schmalen Schultern zu leiten, um andere zu schützen – wie
ein menschlicher Blitzableiter. Es war eine Art Bestimmtheit in

ihr, die Menschen in ihren Bann zog, sie interessant machte. Eines Tages verzauberte sie mich und entführte mich in ein Traumland der Gefühle. Sie hatte die Gabe und die Fähigkeit, jeden zu faszinieren. Sie tat es unbewusst, ohne Absicht. Es wirkte alles so leicht, so ungezwungen, so natürlich.

Ganz besonders liebte ich ihre Augen. In ihnen sah ich ihre Geschichte, aber auch die Geschicke unseres Volkes. Ich stilisierte sie zu einer Ikone des Guten, Edlen, Einmaligen. Ich war wirklich zutiefst überzeugt von der Wahrhaftigkeit meiner Gedanken, von der Echtheit meines Empfindens, von der Reinheit meiner Gefühle.

Für mich war es damals eine schicksalhafte Begegnung, die mein Leben zwar nicht von Grund auf veränderte, aber doch sehr nachdrücklich beeinflusste. Ich war und bin ihr noch immer dankbar für die unzähligen Gespräche zu später Stunde, im Mondlicht und bei einem Glas Rotwein. Sogar in der Dunkelheit glaubte ich ihr besorgtes Antlitz zu erkennen, ihre unruhigen schwarzen Augen. Sie war und ist ein ganz besonderes Mädchen. Ich mag intelligente, gebildete, belesene Menschen, mit denen ich interessante Gespräche führen und von denen ich etwas lernen kann. Von Zipi lernte ich sehr viel, die Kultur des Gedankenaustausches zum Beispiel. Sie liebte Musik, die klassische genauso wie Pop oder Rock. Sie begeisterte sich für das Kino, insbesondere für die italienischen und französischen Klassiker. François Truffaut und seine Darsteller Catherine Deneuve und Michel Piccoli hatten es ihr besonders angetan. Auch dem polnischen Kino war sie zugetan. Filme wie »Das Messer im Wasser« oder »Asche und Diamant« und die Filmemacher Polanski und Wajda gehörten zu ihren Lieblingen. Sie brachte mir außerdem die polnische und russische Literatur näher und es gelang ihr sogar, mich für deutsche Schriftsteller zu interessieren, was ich nicht für möglich gehalten hätte. Zweig, Brecht, Mann, Grass, Böll und Anna Seghers wurden für mich zu Begriffen.

Zipi war ein bemerkenswertes Mädchen, ein Wesen nicht von diesem Stern. Sie war kein einfacher Mensch, eher mit Problemen behaftet. Ihre Wutausbrüche waren schon legendär, ihre Spontaneität war grenzenlos, ihre Zähigkeit und ihre Energie schienen unendlich. Sie hatte einen besonderen Charme, dem sich niemand entziehen konnte.

Wir bestellten noch einmal Kaffee und Kuchen, und Zipi setzte ihre Erzählung fort.

»Der Zug in die Freiheit verließ zuerst langsam, dann schneller und schneller werdend den Bahnhof. Der falsche Onkel wurde immer kleiner. Als einen langsam verschwindenden Punkt, so behielt ich den ›Onkel‹ im Gedächtnis. Wir durchfuhren Schlesien und erreichten bei Zebrzydowice die Grenze zum Bruderstaat Tschechoslowakei. Der Zug war voll. Viele tschechoslowakische Bürger, die irgendetwas in Polen erledigt hatten, fuhren nach Hause. Auch einige österreichische Staatsbürger und sogar ein deutscher Geschäftsmann aus der Holzbranche, der in Polen gute Geschäfte getätigt hatte und jetzt zufrieden die Heimreise antrat, waren unter den Reisenden. In unserem Abteil spielten zwei polnische Firmendelegierte Karten, eine Dame mittleren Alters las eine polnische Frauenzeitschrift und drei junge Männer aus der Tschechoslowakei unterhielten sich über Fußball.

Die Grenzstation war nicht besonders groß. Kleine Häuschen mit roten Dachplatten und schmutzigen Fassaden standen in zwei Reihen an beiden Seiten der Bahnlinie. Von einer hellbraunen Baracke aus bewegten sich menschliche Gestalten in Richtung des Zuges. In einer Staubwolke, bestrahlt von der Mittagssonne, sahen sie ein wenig gespenstisch aus. Es waren drei Uniformierte – ein Offizier in Rang eines Majors und zwei Soldaten –, die mit Maschinengewehren ausgerüstet waren. Vor unserem Waggon machten sie halt.

Der Major, ein Mittfünfziger mit Schnauzbart, kam herein und verlangte von allen Reisenden die Reisepässe. Die meisten waren überrascht, aber da sie aus sozialistischen Ländern stammten, die sich auch Volksdemokratien nannten, wussten sie, dass jede Widerrede zwecklos war und nur zu Repressalien führen würde. Zuerst wurden die Tschechoslowaken und die polnischen Staatsangehörigen kontrolliert, dann waren wir, die ausgebürgerten ehemaligen polnischen Staatsbürger mosaischen Glaubens an der Reihe. Mein Vater gab dem Major unsere Reisedokumente. Der las alles sehr genau und fragte dann, ohne uns die Papiere wieder auszuhändigen, ob wir nicht deklarierte Gegenstände in unserem Gepäck hätten. Vater verneinte dies, was dem Offizier wohl nicht gefiel, denn er ermahnte uns, wir sollten uns genauestens erinnern, bevor es zu spät sei. Es sei doch bekannt, dass die Juden viel Gold, Silber und Diamanten mit sich führten. Ein wenig gereizt meinte Vater, das sei Schwachsinn, die Juden seien nicht anders als alle anderen Menschen und diese Aussage sei unwahr und verletzend. Der Soldat wurde nun wütend und verlangte zum letzten Mal die vollständige Herausgabe aller Wertsachen. Als mein Vater seine frühere Aussage noch einmal bekräftigte, rief der Major seine Soldaten und befahl ihnen, uns mitsamt unserem Gepäck aus dem Waggon zu holen. Unsere Reise sei hier an der Grenze zu Ende. Doch die Soldaten trafen auf überraschenden Widerstand unserer Mitreisenden. Die Tschechoslowaken protestierten lautstark und sprachen von Schikanen gegen die Juden und dass sich die polnischen Behörden schämen sollten. Die Dame, die in der Zeitschrift geblättert hatte, stellte sich als Anwältin vor und kritisierte scharf das Vorgehen der Militärs. Die Herren, die mit so viel Akribie ihre Schlachten am Kartentisch geführt hatten, waren Vertreter der Chemiebranche, die in Österreich irgendwelche Verträge ausarbeiten sollten. Sie baten, die Sache zu vergessen und den Zug endlich weiterfahren zu lassen, sonst kämen sie zu spät an.

Der Major kannte aber keine Gnade. Er habe seine Befehle, und die müsse er ausführen. Als die Reisenden nicht nachgaben und noch deutlicher wurden, zog er seine Pistole, richtete sie auf meinen Vater und erklärte leise, aber sehr deutlich, er werde schießen, sollten wir nicht freiwillig und sofort mitsamt unserem Gepäck den Zug verlassen. Doch mein Vater konnte den Mund nicht halten. Was die Nazis nicht zu Ende gebracht hätten, würden jetzt die Polen für sie erledigen, knurrte er. Plötzlich wurde es im Abteil mucksmäuschenstill. Alle warteten auf die Katastrophe. Aber der Augenblick verging und nichts geschah.

Schließlich befahl der Major: ›Sie folgen mir jetzt, die Soldaten kümmern sich um das Gepäck‹ Notgedrungen verließen wir also den Waggon, das Gepäck landete neben uns. Die Mitreisenden riefen uns durch das geöffnete Fenster Mut zu, dann setzte sich der Zug wieder in Bewegung.

Die Soldaten führten uns zu einer heruntergekommenen Industriehalle. Wir kamen nur langsam vorwärts, was den Militärs aber nichts ausmachte. Die Sonne stand hoch und es war sehr warm. Geduldig begleiteten sie uns und schauten mitleidig zu, wie wir unsere schweren Koffer schleppten. Sie brachten uns in das Gebäude und schlossen hinter uns das Tor zu. Wir befanden uns in einem halbdunklen Raum mit einem kleinen Fenster. Davor türmten sich leere Kisten einer Genossenschaft, die Lebensmittel produzierte.

Ungefähr eine halbe Stunde ließ man uns dort schmoren, dann hörten wir, wie jemand die Tür öffnete. Zwei Männer und eine Frau erschienen. Sie trugen keine Uniform, aber ihr Auftreten roch nach Geheimpolizei. Die Frauen aus unserer Mitte wurden von der Beamtin in einem anderen Ende der Halle durchsucht, die Männer mussten sich an Ort und Stelle ausziehen. Es wurde genauestens kontrolliert. Man untersuchte die Gürtel, die Socken, die Kugelschreiberminen, das Schuhwerk eines jeden, fand aber nichts Verdächtiges. Alle Taschen durchsuchte man nach verborgenen Schätzen. Der Inhalt der Koffer wurde auf den schmutzigen Hallenboden geleert. Alles lag durcheinander, aus einigen Behältern lief der Inhalt aus. Immer noch durften wir uns nicht anziehen, wir standen nackt und verstört da. Unsere Peiniger zogen sich in eine Ecke zurück, um über unser Schicksal zu beraten. Plötzlich gingen sie ohne ein Wort an uns nach draußen.

Einige Minuten vergingen, ohne dass irgendetwas geschah. Als Erste überwand Mutter den Schockzustand und zog sich zügig an. Dann folgten wir anderen ihrem Beispiel. Wir sammelten den Gepäckinhalt zusammen und packten die Koffer um. Dann ging ich zu Tür und schaute nach draußen. Niemand war zu sehen, von unseren Peinigern keine Spur. Wir verließen die Halle und machten uns auf den Weg zurück zur Bahnstation. Außer einem alten Mann, der den Fußboden kehrte, war hier niemand. In der kleinen Bar der Station saß eine ältere Frau an einem der Tische und schien zu schlafen. Eine Katze sonnte sich auf dem Boden. Mein Vater ging hinaus, um jemanden zu finden, der uns sagen konnte, wann der nächste Zug nach Wien kommen würde. Nach einer Stunde der rastlosen Suche traf er den Stationsvorsteher auf dem Feld vor seinem Haus. Er erntete seine Kartoffeln und hatte wenig Zeit für Auskünfte. Vater erfuhr, dass der nächste Zug nach Wien erst ganz früh am anderen Tag erscheinen würde, dass es sehr schwer wäre, einen Platz zu ergattern (wir waren immerhin zu fünft), und dass die Soldaten in der Nähe in einer Kaserne untergebracht seien. Eine Schlafstelle könne man theoretisch bei Zosia von der Bar finden, falls sie wach wäre und nicht nur betrunken am Tisch schlafen würde.

Das Wachschütteln der Frau Zosia nahm einige Zeit in Anspruch, dann aber entpuppte sie sich als schnelle und resolute Person. Im Nu machte sie für uns das einzige Gästezimmer fertig, brachte frische Handtücher und Seife und verhalf dem Toilettenspiegel zum alten Glanz. Sie kochte uns eine Tomatensuppe, wohl die beste, die ich je gegessen habe. Das Bett war hart, aber ich schlief sofort ein. Ich hatte Albträume von Nazisoldaten, die mich abholen kamen, und wachte in der Nacht schweißgebadet auf.

Wir bekamen von Frau Zosia ein Frühstück serviert, dann stellten wir uns an dem einzigen Gleis der Station auf und warteten auf den Zug in die Freiheit. Dieser kam seltsamerweise pünktlich an, was alle Anwesenden irritierte. Wie befürchtet, war er überfüllt. Vater verhandelte mit dem Schaffner. Das dauerte und dauerte, die beiden fanden wohl ihren Spaß an dem Gespräch und hatten nicht vor, dieses zeitig zu beenden. Jetzt hatte der Zug seine Verspätung bekommen, jetzt würde es keine Überraschungen geben, er würde sein Ziel mit der kalkulierten Verspätung erreichen. Am Ende durften wir mitfahren. Da alle Sitzplätze belegt waren, lagerten wir bis zur österreichischen Grenze, wo das Gros der Reisenden ausstieg, im Korridor auf unseren Koffern. Dann erst konnten wir uns bequem hinsetzen und unsere Beine ausstrecken.

Wien begrüßte uns mit Wind und Regen, aber uns war das egal. Ein Vertreter der Jewish Agency erwartete uns schon auf dem Gleis und begrüßte uns in der ›Freiheit‹. Er führte uns in das Bahnhofsrestaurant, wo wir ein Mittagessen einnehmen durften. Wien war schön, wunderschön. Große alte und neue Gebäude, vielfarbig und lebensfroh im Vergleich zu der polnischen *Grau-in-grau-Monotonie*. Man brachte uns in Schönau unter, einem kleinen Ort in der Nähe von Wien. Die Jewish Agency unterhielt dort eine Zentralstelle für Einreisewillige aus Ländern des Ostblocks.«

Zipi unterbrach ihre Ausführungen und aß etwas von ihrem Kuchen.

»Ich kann mir eure Lage gut vorstellen. Wie du weißt, habe ich ein ähnliches Schicksal erfahren wie du«, erinnerte ich sie.

Und wahrhaftig fand ich viele Gemeinsamkeiten zwischen ihrer und meiner Geschichte. Meine Familie hatte ebenfalls in dieser für die polnischen Juden schicksalhaften Zeit alles aufgeben, eine neue Heimat suchen und auf bessere Zeiten hoffen müssen. Es war nicht leicht, das Alte gegen das Neue einzutauschen, gegen Ungewissheit und Hoffnung, und sich als Fremder im eigenen Land zu fühlen.

Am Anfang waren die Juden willkommene Gäste gewesen, die helfen sollten, das Land wieder auf Vordermann zu bringen. Und wir waren froh, hier eine Heimat zu bekommen, nachdem wir unsere Häuser hatten verlassen müssen, um der Verfolgung zu entkommen. Warum man uns Juden über Jahrhunderte immer wieder verfolgt und getötet hat, ist nicht in zwei Sätzen zu beantworten. Nun, wir waren für die germanischen und romanischen Völker stets Fremde. Wir kleideten uns anders, hatten andere Sitten und Bräuche und auch eine andere Geschichte. Unsere Religion war für die Mitbewohner unverständlich und fremd. Und das Fremde hat immer etwas Bedrohliches an sich, es führt zur Legendenbildung bei der ansässigen Bevölkerung, erzeugt Angst und Ungewissheit, produziert ungeprüfte, aber gerne kolportierte Gerüchte und bedeutet Konkurrenz. Da wir eine andere Religion als die Mehrheit ausübten, wurden wir automatisch niedriger gestellt als diejenigen, die den »richtigen« Glauben hatten.

Das Christentum, und hier die katholische Kirche ganz besonders, spielte und spielt in diesem Trauerspiel die Hauptrolle. Aus einer jüdischen Sekte unter der Führung des Rabbi Joshua (griechisch Jesus) in Galiläa entstanden, war es die treibende Kraft im Kampf gegen die Mutterreligion, die für viele Bewohner Judäas reformierungsbedürftig war.

Als die Großmacht Rom das kleine Küstenland nach langem Krieg endlich überrannt hatte, war die Frustration der Römer über die unnötige Dauer und die vielen Toten allgegenwärtig. Dazu kam der Hass auf dieses kleine Land und seine Bevölkerung, die so lange und so fanatisch gegen die damalige Supermacht zu kämpfen vermocht hatte. Das alles saß tief in der römischen Seele. Als die Römer uns endgültig besiegt hatten, kannten sie keine Gnade. Wir wurden für immer zu ihren speziellen Feinden. Sie brachten viele Juden um, und die, die überlebten, schleppte man zur Sklavenarbeit nach Rom. Manche Juden flohen nach Alexandria, Indien, Afrika oder an die Wolga und in den Kaukasus.

In Rom versuchten die zum Christentum bekehrten Römer, den Juden die Schuld am Tode des Christus zu geben, obwohl sie von ihm nur vom Hörensagen wussten. Man forderte uns auf, unsere Religion aufzugeben und uns der Sekte anzuschließen. Leider tat unser Volk den Römern diesen Gefallen nicht.

Man tat alles, damit wir nie wieder unsere karge Heimat besiedeln könnten. Das gelang zweitausend Jahre lang. Sogar den Namen Judäa dürfte unsere Heimat nicht mehr tragen. Man erinnerte sich an das Volk der Philister und beschloss, Judäa in Philistria umzubenennen. Daraus entstand in den Jahren danach das lateinische Wort Philistina, aus dem noch später Palästina entstand. Nur einige wenige jüdische Familien durften in Jerusalem und Safet wohnen und die Thora studieren. Mit den römischen Legionen wanderten die jüdischen Sklaven nach Europa mit und blieben am Rhein, Main und an der Mosel oder zogen nach Spanien und Portugal. Schon im Jahr 1000 hielten sich ein paar Familien in Masowien in Polen auf.

Ich bestellte noch einmal Getränke und bat Zipi, mit ihrer Geschichte fortzufahren. Aber Zipi wäre nicht Zipi ohne ihre Launenhaftigkeit. Sie hatte Phasen, in denen sie mit niemandem sprechen wollte, plötzlich zu weinen begann und auf die ganze Welt sauer war. Sie versteckte sich dann an dunklen Plätzen oder schwieg beharrlich. Manchmal war sie schwer auszuhalten. Sie konnte mit einem Glas Wein ernste Monologe führen, sie konnte unausstehlich sein. Aber wenn sie nur wollte, konnte sie die bezauberndste Frau sein, Bücher oder Artikel besprechen wie eine Literaturkritikerin oder sich mit Kommentaren zum aktuellen Tagesgeschehen profilieren. Wenn Zipi gut drauf war, war sie die beste Gesprächspartnerin, die man sich vorstellen konnte. Sie konnte fantastische Konversationen führen, singen, lachen, über weltbewegende Probleme dozieren. Man konnte sich glücklich preisen, sie bei sich zu haben. Langweilig wurde es nie mit ihr. Leicht war es aber auch nicht.

Jetzt saß sie nachdenklich vor ihrer Tasse und starrte auf einen imaginären Punkt. Das Café war immer noch voll, Leute kamen und gingen, es tat sich ständig was, für Stillstand war hier kein Platz. Plötzlich klopfte mir jemand auf die Schulter. Ich drehte mich um. Joram Szczeciniarz schaute mich lachend an. Zipi lächelte ihm zu, dann suchte sie wieder nach diesem unsichtbaren Punkt.

Ich bat Joram, sich zu uns zu setzen, was er auch sogleich tat. Ich kannte ihn schon eine Weile. Das erste Mal hatte ich ihn im Kibbuz Ruhama in der Negev-Wüste getroffen. Ich hatte dort eine Weile gearbeitet, er besuchte einen *Ulpan*, um die hebräische Sprache zu erlernen. Joram kam aus Deutschland, wo er in Frankfurt eine Immobilienfirma führte, die er in jungen Jahren von seinem verstorbenen Vater übernommen hatte. Er besaß einige Häuser in Frankfurt und ein Haus in Tel Aviv, das unter Denkmalschutz stand und nicht umgebaut werden durfte – was Joram sofort getan hätte, wenn man ihm die Erlaubnis erteilt hätte. Das Gebäude gehörte zu einer Gruppe von Häusern, die von jüdischen Architekten zwischen den zwei Weltkriegen in der damals noch sehr jungen Stadt erbaut worden waren. Sein Onkel, der vor drei Jahren gestorben war, hatte ihm dieses Haus vererbt. Es lag fast direkt am Strand und hatte durch seinen spezifischen Bauhaus-Stil eine besondere Stellung bei den Architekturkennern der Stadt. Joram wohnte während seines Israelaufenthalts in dem Gebäude. Sehr glücklich war er darüber wegen des Umbauverbots allerdings nicht – ebenso wenig wie über seinen Nachnamen, den nicht einmal er selbst richtig aussprechen konnte, geschweige denn seine Gesprächspartner. Ich empfahl ihm, den Namen in *Stettiner* zu ändern, was dasselbe wie Szczeciniarz bedeutet. Doch er lehnte meinen Vorschlag mit dem Hinweis ab, das könne er seinem Vater nicht antun, der sein ganzes Leben lang diesen Namen getragen habe, obwohl er nie in dieser Hafenstadt an der Ostsee gewesen sei.

Joram hatte vor Kurzem mit Claudia, einem Mädchen aus Paris, Bekanntschaft gemacht und wollte mit mir über sie reden. Also suchte er mich dort, wo er mich vermutete, und traf mich auch tatsächlich im Café an. Er erzählte, er habe sie am zentralen Busbahnhof von Jerusalem kennengelernt und sie zu einem Kaffee eingeladen. Dann aß man zusammen zu Mittag, ging am Abend miteinander aus, kam sehr spät nach Hause und testete gemeinsam das Hotelbett. Die Testergebnisse mussten positiv ausgefallen sein, denn sonst hätte sich Joram keine weiteren Gedanken über diese zufällig getroffene Dame gemacht.

Ich kannte Claudia aus dem Kibbuz Ruhama, wo sie nach einer unglücklichen Liebe in Paris Zuflucht gesucht hatte. Claudia war ein nettes Mädchen, gut erzogen, nicht vorlaut, gebildet. Joram hatte mit ihr damals keinen Kontakt gehabt, ich dagegen umso mehr. Nun achtete ich darauf, dem guten Joram nichts vom wahren Charakter meiner Bekanntschaft mit Claudia zu erzählen, denn sie war nur auf den ersten Blick eine ehrbare Frau. Er wollte von mir mehr über seine neue Flamme wissen, denn er ging davon aus, dass ich sie besser kannte als er. Er schwärmte, er würde am liebsten sofort zu ihrem Vater nach Paris fahren und ihn um die Hand seiner Tochter bitten.

»Sag mal, Joram …«, Zipi schien sich endlich wieder für ihre Umgebung zu interessieren, »du kannst sie doch einfach fragen, ob sie mit dir leben will. Wozu solltest du ihren Vater bemühen?«

Joram kannte Zipi. Überhaupt hatte ich manchmal den Eindruck, die meisten meiner Freunde und Bekannten kannten sich von irgendwoher. Jorams Vater beispielsweise war mit Zipis Eltern in der Zeit vor dem Krieg bekannt gewesen, irgendwo im weiten Galizien lebten sie friedlich nebeneinander. Dann kam der Zweite Weltkrieg und die Welt geriet aus den Fugen.

Zipi nippte an ihrer Tasse und schaute uns interessiert an. »Du kannst doch nicht über Jorams Zukunft entscheiden«, sagte sie zu mir und schüttelte missbilligend den Kopf.

»Das mache ich doch gar nicht. Er wollte sich nur über diese Frau erkundigen. Wie käme ich dazu, über die Zukunft von anderen Menschen bestimmen zu wollen?«

»Einmal hast du das schon getan!«

»Das hat nichts mit Jorams Fall zu tun«, widersprach ich. »Dein Vergleich hinkt, meine Liebe.«

»Mein Vergleich hinkt nicht, und tu mir den Gefallen und nenne mich nicht *meine Liebe*.«

»Du bist heute gereizt, Zipi«, stellte Joram fest. »Ich wollte einfach wissen, wie Claudia früher war, was sie machte. Das ist für mich sehr wichtig.«

»Aber seine Meinung«, hier zeigte sie auf mich, »ist subjektiv und vermutlich von eigenen Interessen geprägt. Er ist nicht in der Lage, dir ehrlich zu berichten.«

Ich schaute zu Zipi und konnte nicht begreifen, warum sie sich überhaupt eingemischt hatte. Das war eine Angelegenheit, die sie nichts anging. Oder hatte ich da etwas übersehen? Ja, das war es! Plötzlich konnte ich ihre Beweggründe verstehen. Obwohl unsere Liebesbeziehung beendet war, war sie eifersüchtig auf meine Vergangenheit. Und ich Dummkopf hatte nichts gemerkt. Typisch Mann, würde Zipi sagen, aber sie schwieg und aß etwas von dem hervorragenden Kuchen.

»Also, Claudia ist ein nettes Mädchen, intelligent, etwas anarchistisch in ihrem täglichen Leben, aber sie hat das gewisse Etwas, was sie so interessant macht«, dozierte ich.

Joram hörte gespannt zu, Zipi dagegen blickte mich erstaunt an. »Du erzählst es so, als würdest du sie sehr gut kennen, mit allen ihren Stärken und Schwächen. Man könnte meinen, du hättest etwas mit ihr gehabt.«

»Könnte man«, sagte ich.

»Wie meinst du das?« Jetzt war Joram an der Reihe.

»So wie du es vernommen hast.« Mich begann die ganze Diskussion zu nerven. »Claudia ist ein wunderbares Mädchen, ihr werdet zusammen glücklich sein und ein paar wunderschöne Kinder haben. Was will man mehr?«

»Meinst du es wirklich so oder willst du mich veräppeln?« Joram war hin- und hergerissen.

»Mein Ehrenwort, ich meine es ernst.«

»Ehrenwort bedeutet für mich das Wort eines Ehrenmannes, eines makellosen Menschen«, wandte Zipi ein und trank den Rest aus ihrer Tasse.

»Genau das meine ich auch«, lächelte ich ihr zu. Ich glaubte, ein wenig Ironie in ihren schönen Augen zu sehen.

Schließlich schaute ich auf die Uhr und stellte fest, dass es sehr spät geworden war. Da ich am Morgen wieder eine Gruppe zu betreuen hatte, was frühes Aufstehen bedeutete, machte ich mich zum Aufbruch bereit. Zipi und Joram wollten noch bleiben, also verabschiedete ich mich von den beiden und ging in die Dunkelheit der Nacht hinein.

Trotz der späten Stunde waren noch viele Menschen auf der Straße. Es schneite nicht, die weiße Pracht blieb aber noch liegen, obwohl die Temperatur schon gestiegen war und etwas Milde in den Jerusalemer Winter brachte. Der Bus, der mich zu meiner Bleibe bringen sollte, war schon weg. Ich machte mich also nicht ganz freiwillig auf zu einem ausgedehnten Spaziergang. Unterwegs kaufte ich mir in einem Imbiss eine Falafel mit scharfem Dressing und setzte mich neben einen älteren Herrn, der einen Kaffee trank und an einer filterlosen Zigarette zog. Er trug eine dunkelbraune Jacke mit vielen Taschen und eine Baseballmütze mit der Aufschrift *Am Israel chaj*, was übersetzt in etwa bedeutet *Das Volk Israel lebt*. Er beobachtete intensiv und schweigend, wie ich mich mit meiner Falafel beschäftigte. Verärgert drehte ich ihm den Rücken zu. Als ich fertig war, suchte ich nach einem Taschentuch, das ich wie immer nicht fand.

Plötzlich baumelte vor meinen Augen ein großes Stofftuch. »Vielleicht brauchen Sie das?«, fragte der Mann in einwandfreiem *Iwrit*.

»Vielen Dank, aber das ist nicht nötig«, wehrte ich ab. »Sie wollen doch nicht einem Fremden ein so schönes Tuch geben.«

»Doch«, lautete die knappe, aber deutliche Antwort.

»Aber werden Sie es nicht vermissen?«

»Nein, dann würde ich es nicht herschenken. Mir hat es gefallen, wie Sie diese Falafel gegessen haben. Sie erinnern mich an die Zeit, als ich das Land Israel zum ersten Mal betreten habe. Zuerst habe ich an einem Falafelstand etwas für mein leibliches Wohl getan, erst dann freute ich mich über das Wiedersehen mit meiner alten und neuen Heimat.«

»Sie sind neu eingewandert?«

»Im gewissen Sinne schon, aber meine *Alija,* also meine Rückkehr, fand schon vor vielen Jahren statt. Und Sie, junger Mann? Nach Ihrer Sprache zu urteilen kann man Sie nur schwer zu den *Sabres* zählen.«

»Das stimmt, auch ich bin ein Einwanderer, ich komme aus Polen.«

Der Mann lächelte milde, kratzte sich am Hinterkopf und sinnierte: »Sind wir nicht alle Immigranten? Fast jeder von uns ist in einem anderen Staat geboren, fast jeder hat Wurzeln in einem anderen Kontinent, in einem anderen Kulturkreis, obwohl wir aus diesem Land hier stammen. Wir sind in unser altes neues Land eingewandert. So kompliziert und paradox kann manchmal die Geschichte sein.«

»Sie sind vermutlich aus Russland, oder korrekter gesagt aus der Sowjetunion?«

»Da haben Sie allerdings recht, mein Akzent verrät das. Leider kann ich ihn nicht mehr abstellen. Als ich damals das Schiff verließ und an jener Bude meine erste Falafel aß, hieß dieses Land noch Palästina und wir schrieben das Jahr 1947. Ich konnte kein Hebräisch. Bei uns in Kiew sprachen wir außer Russisch und Ukrainisch nur Jiddisch. Hebräisch war verpönt und verboten. Das war die Sprache der Bibel, der religiösen Menschen, der rückständigen Zeitgenossen, die noch an Gott glaubten, während die fortschrittlichen Kräfte schon längst erkannten, dass nur das Proletariat und die internationale Solidarität die Welt wirklich heilen können. Der neue Heiland war männlich und trug einen Schnauzer.«

»Der Despot als Gott«, nickte ich.

»Ja, ja, er war ein Despot. Aber wir hatten das Gefühl, dass wir dabei waren, etwas Großes zu leisten, etwas Einmaliges, noch nicht Dagewesenes. Mein Vater war kein Kommunist, vor der Revolution ging er immer in das Bethaus. Mich lehrte er Gottesliebe und Gottesfurcht, aber die Wirklichkeit der Gegenwart hatte etwas diametral anderes anzubieten.« Seine Erzählung stockte, als er einen Hustenanfall bekam. Mein Gesprächspartner stand auf, ging in das Innere des Bistros und kam mit zwei Tassen Kaffee zurück. »Die ist für Sie«, sagte er lächelnd und reichte mir eine davon. »Mit Ihnen kann man sich prima unterhalten.«

Da übertrieb er aber, denn die ganze Zeit sprach nur er, ich dagegen übernahm die Rolle eines Zuhörers, der nur ab und zu eine Frage oder eine Bemerkung dazugab. Er brauchte wohl jemanden, um nicht zu verstummen. Ich schaute auf die Uhr und erschrak, es war schon ziemlich spät. Ich beschloss, nur noch so lange mit diesem komischen, aber auch interessanten alten Mann eine Konversation zu führen, wie ich noch Kaffee in der Tasse hatte. Ich bedankte mich für das schwarze Gebräu, das sich als sehr starker, auf orientalische Art hergestellter Mokka herausstellte, und erklärte, dass Zufälle das Leben bereichern, so wie in diesem Fall.

Er schaute mich vergnügt an, dann bekundete er: »Ich freue mich, zu dieser späten Stunde einen so netten und aufmerksamen Zuhörer gefunden zu haben. Wissen Sie, manche Zeitgenossen bezeichnen mich als *Nudnik*, als einen Langweiler, der seine Weisheiten überall doziert und die Klappe nicht halten kann. Es ist viel Wahres in dieser Aussage, deswegen gehe ich auch öfter aus, solange mich die Füße noch tragen.

Aber um zu meiner Geschichte zurückzukehren: Eines Tages kam die NKWD ins Haus und nahm meinen Vater mit. Meine Mutter und meine Schwester hatten Angst. Mich sperrten sie vorsichtshalber im Bad ein. Einige Wochen später teilte man uns mit, unser Vater sei ein *subversives Element* und hätte das sowjetische Volk hintergangen. Für seine Verbrechen erhalte er eine gerechte, vom Volke ausgesprochene Strafe. Mama und die Schwester weinten jetzt hemmungslos. Ich, jetzt der einzige Mann in der Familie, zeigte Stärke. Erst nachdem alle schlafen gegangen waren, habe ich die ganze Bettwäsche nass geweint. Nach drei Monaten hat man uns auf die Straße gesetzt. Ein NKWD-Offizier erklärte, der große Führer habe uns eine neue Heimat geschenkt, wo solche Elemente wie wir nicht mehr unser Schmarotzerleben führen müssten, sondern uns wie normale, friedliebende Menschen für die Heimat aufopfern könnten. Dort gebe es viel Platz, große Felder seien dort zu bearbeiten, riesige Wälder zu fällen und Sümpfe trockenzulegen. Unsere neue Heimat sollte nicht Palästina, nicht unser legendäres Zion sein, sondern der rote Zion im fernen Osten des Sowjetreiches an den Flüssen Bira und Amur, in der jüdisch-autonomen Region Birobidschan. Anstatt unseres Davidsterns sollte ein überdimensionaler roter Stern, Symbol der neuen Zeit und der neuen Welt, dort leuchten.

Während man uns in den Viehwaggons der sowjetischen Bahn zusammenpferchte wie Sardinen in einer zu kleinen Dose, musste unser großer Führer den Angriff eines anderen großen Führers hinnehmen, die Operation Barbarossa begann. Auf einmal wurden unsere Waggons anderweitig gebraucht, wir mussten aussteigen und tagelang von Kiew ins Landesinnere wandern. Es waren viele Leidensgenossen, die mit uns das Schicksal teilten. Irgendwo in einem Städtchen gestattete man uns, in einer Baracke zu hausen. Ein Rotarmist brachte uns Reste einer Mahlzeit zu essen.

Dann stellte man erneut einen Zug zusammen, der als Ziel den Fernen Osten hatte. Die Gegebenheiten zwangen uns zu einer sehr schnellen Rückentwicklung vom Menschen zum Tier. Wir standen uns fast auf den Füßen, lagen einer auf dem anderen, man urinierte öffentlich in einen halb verrotteten Eimer, machte Liebe vor aller Augen, und sogar eine Geburt konnte ich mitverfolgen. Wir durften den Zug nicht verlassen. Unser Ziel, das wir zuerst verfluchten, schließlich aber herbeisehnten, war in der riesigen Weite dieses Landes noch weit weg. Man hatte uns ausrangierte Uniformen der Rotarmisten, nur ohne Abzeichen, als Kleidung gegeben. Wir sahen aus wie eine halb tote Armee aus Gedemütigten dieser Welt, die nach zweitausendjähriger Wanderung ihre ersehnte Heimat statt im gesuchten Paradies in einem mit Malaria und Typhus verseuchten Morast finden würde. Fast jede Nacht wurden Reise- und Leidensgefährten aus dem Waggon getragen oder einfach aus dem fahrenden Zug geworfen. Zuerst dachten wir, in diesem verfluchten Birobidschan könnten wir leben wie normale Menschen. Ein Rotarmist erzählte uns begeistert von großen Seen, breiten Flüssen mit kristallklarem Wasser, von Menschen, die dort heroische Arbeit verrichteten und Sumpfland urbar machten, um es dem sowjetischen Volk zur Verfügung zu stellen.

Ich glaubte seinen Worten, bis eines Tages unser Zug nicht weiterfahren konnte und wir unfreiwillig in einer Steppenlandschaft kampieren mussten. Da traf ich einen Einheimischen, der in Birobidschan zwei Jahre verbracht hatte. Er berichtete von Malaria, von Sümpfen, in denen die Traktoren und Bulldozer versanken, von starken Orkanwinden, von Temperaturen, die im Winter extrem kalt und im Sommer glühend heiß waren, von unbarmherzigen Stechfliegen und von Chinesen, die Jagd auf die Neuankömmlinge machten. Auf einmal begriff ich, dass wir einer großen Lüge aufgesessen waren, dass alles, was ich mir über diese neue Welt zusammenfantasiert hatte, eine Illusion war. Aber ich begriff auch, dass es in der Welt nichts Wichtigeres gibt als eine Vision. Gerade wegen der verzaubernden Wunschträume wird unschuldiges Blut vergossen und wird es immer auch Kriege geben. Die Welt, in der ich mich befand, das war eine Welt ohne Illusionen, eine schrecklich märchenfreie Welt, eine Hölle auf Erden.

Bevor wir im Birobidschan ankamen, war der Zug bereits halb leer. Meine Mutter starb an Typhus und wurde irgendwo in der Steppe begraben. Meine Schwester wurde von zwei Jungen aus demselben Waggon vergewaltigt, mich hielt der dritte mit einem langen Messer im Schach. Kurz bevor wir in dem gelobten Land des großen sowjetischen Führers ankamen, prügelten mich diese drei krankenhausreif. Drei Wochen lang lag ich in einer Art Lazarett, wo man mich schnellstens wiederherstellte, damit man mich als jungen starken Mann bei Rodungsarbeiten in der Tundra einsetzen konnte. Vier Monate lang war ich bei Baumfällarbeiten, bei der Sumpftrockenlegung und beim Bau von Wohnungen beschäftigt.

Zum Glück bereitete Hitler Stalin eine Niederlage nach der anderen. Wer zwei gesunde Arme und Beine hatte, konnte sich zur Roten Armee melden. Die Fahrt an die Front war im Vergleich zu der Herfahrt wie ein Ausflug ins Grüne. Und dann war Kampf, und dann war Krieg. Bis nach Berlin zog sich ein langer, blutiger Weg.

Ich blieb im zerbombten Deutschland, dann fuhr ich nach Marseille und von dort mit dem Schiff nach Piräus. Dreimal versuchte ich mit dem Schiff nach Palästina zu kommen, erst beim dritten Mal hatte ich Glück. Ich landete in Haifa und tauschte endgültig den falschen roten gegen den echten Zion. Und dort am Hafen aß ich zum ersten Mal Falafel.« Der Mann rückte seine Mütze zurecht.

Ich stand auf. »Ich muss leider gehen. Morgen muss ich früh aufstehen. Vielen Dank für den Kaffee.«

»Sehen wir uns morgen um dieselbe Zeit?«, fragte meine spätabendliche Bekanntschaft hoffnungsvoll.

»Morgen habe ich leider keine Zeit. Vielleicht am Wochenende.«

»Ich bin fast jeden Tag hier«, beteuerte mein Gesprächspartner und winkte zum Abschied.

Ich war schon einige Schritte gegangen, als mir noch etwas durch den Kopf ging. Ich drehte mich um. Der Mann saß noch auf seinem Platz und sprach mit dem Besitzer des Bistros. »Sagen Sie, was ist mit Ihrer Schwester passiert?«, fragte ich laut.

»Das erzähle ich Ihnen das nächste Mal.«

Ich sollte meine Touristengruppe um sieben Uhr in ihrem Hotel in der Nähe der zentralen Busstation abholen. Als ich dort ankam, war es halb acht und alle wirkten ziemlich verärgert. Ich entschuldigte mich bei den Teilnehmern und begann mit meinen stereotypen Ausführungen.

»Fünftausend Jahre ununterbrochen bewohnte Geschichte und die Verbindung mit dem biblischen Geschehen haben Jerusalem einzigartig gemacht. Zwischen dem Mittelmeer und dem Toten Meer gelegen, war die Stadt schon immer ein wichtiger Verbindungspunkt nicht nur von Straßen, sondern auch von Kulturen aller Himmelsrichtungen.«

Wir stiegen in den Reisebus, der dann Richtung Altstadt fuhr. Die Gesellschaft bestand aus Mitgliedern einer amerikanischen Handwerkervereinigung. Es waren zum Großteil einfache Menschen, die ihr Geschäft einem Vertreter überlassen und die beschwerliche weite Reise auf sich genommen hatten, um die Heilige Stadt persönlich in Augenschein zu nehmen.

»Wegen der Nähe zur Kidronquelle, die einzige in der Gegend, die frisches Wasser führt, gründeten die Kanaaniter auf dem Ophelhügel vor über fünftausend Jahren einen ihrer Stadtstaaten. Hier traf Abraham mit König Melchizedek zusammen. Im Jahre 1000 vor Christus eroberte König David die Festung Zion und machte sie zur politischen und religiösen Hauptstadt.«

Der Bus quälte sich mühevoll durch die Jaffastraße am Markt Mahane Yehuda vorbei. Der Verkehr nahm an Dichte zu.

»Während eines Jahrtausends hat die Stadt ihre Stellung als Mittelpunkt des israelischen Lebens verloren und wiedererlangt. König David errichtete nördlich des Ophels einen Altar für seinen einzigen Gott, den später König Salomon zum ersten Tempel ausbaute und damit Jerusalem zur Pilgerstadt machte und so das Gebot des Deuteronomiums verwirklichte. Dieses Gebot besagt, dass drei Mal im Jahr alle Männer vor dem Herrn erscheinen und am Fest des ungesäuerten Brotes, am Wochen- und Laubhüttenfest teilnehmen sollen.«

Nach diesen Standarderklärungen fuhren wir zum Tempelberg. Dabei erzählte ich von den Marksteinen in Jerusalems Geschichte. Nach der Ansicht von Historikern sind dies die babylonische Eroberung im Jahr 566 v. Chr., die Rückkehr zu Zion und Neuerrichtung des Tempels fünfzig Jahre später, die Thronbesteigung der Hasmonäer und die herodianische Dynastie, das Leben des Jesus und seine Kreuzigung durch die römischen Machthaber sowie die Zerstörung des zweiten Tempels im Jahre 70 n. Chr. Wir hielten in der Nähe des Tempelbergs an. Bis meine Gruppe sich wieder zusammenfand, vergingen einige Minuten. Ich zeigte ihnen den Felsendom, die Al-Aksa-Moschee und die Klagemauer und erläuterte, dass mit diesem Platz sehr viel Konfliktstoff verbunden ist und hier schon viel Blut vergossen wurde.

»Der Tempelberg ist in geistiger Hinsicht ein Teil des jüdischen Erbeigentums Moria, was die arabischen Moslems nicht gelten lassen. Sie selbst nennen ihn Haram al-Sharif – Ort, an dem Gott den Menschen aus dem Staub der Erde erschuf. Hier auf der höchsten Stelle stand der Altar Davids, über dem Salomon den Tempel errichtete, der später nach seiner Zerstörung von Herodes wieder aufgebaut wurde. Nur die Westmauer, die als Klagemauer bezeichnet wird, ist davon übrig geblieben. Die Römer errichteten ihre heidnischen Bauwerke auf der Stelle des von ihnen in Asche gelegten Tempels, und während der byzantinischen Periode war der Platz öde und leer. Als der Kalif Omar im Jahre 638 in Jerusalem einzog, fand er den Hügel mit Schutt und Asche angefüllt. Für die Moslems ist dieser Platz der Ort, an dem der Prophet Mohammed seine wunderbare Nachtreise antrat, der drittheiligste Platz nach Mekka und Medina. Omar ließ den Hügel reinigen, um auf ihm eine einfache hölzerne Moschee zu errichten.«

Nach diesen theoretischen Ausführungen widmeten wir uns der Praxis und besuchten die drei heiligen Stätten. Man stellte mir viele Fragen, die ich klug oder auch weniger klug beantwortete. Ich erkannte einen großen Wissensdurst bei diesen Reisenden und versuchte ihn so gut wie möglich zu stillen. So viel greifbare Geschichte und Besichtigung von bedeutenden Altertümern macht Hunger, und den stillten wir in einem ganz besonderen Restaurant direkt an der Westmauer. Es hieß *Königin von Saba*. Man hatte einen wunderbaren Blick auf die Mauer und die Reisegesellschaft genoss es sichtlich.

Neben uns feierte eine Bar-Mizwa-Gesellschaft das Erwachsenwerden eines Jungen. Zum Umtrunk auf dessen Gesundheit und auf den Frieden wurden wir alle eingeladen. Es stellte sich heraus, dass das Gros der Festgesellschaft aus Frankfurt stammte und einige von ihnen Zipi und auch Joram Szczeciniarz gut kannten. Einer der Gäste meinte, falls ich mal in der Stadt am Main sein sollte, müsse ich ihn unbedingt besuchen. Er betreibe einen Verkaufspavillon im Herzen von Frankfurt und würde sich sehr freuen, mich in seiner Heimat begrüßen zu können. Die Atmosphäre war ungezwungen und familiär. Zu orientalischer Musik tanzten fast alle Gäste im zum Restaurant gehörenden Park und amüsierten sich dabei sehr. Seit drei Jahren betrieb Michel Adjani, ein aus Algerien stammender Jude, dieses Lokal. Wir waren befreundet und ich brachte ebenso wie noch andere Fremdenführer immer wieder Reisegruppen zu ihm. Die Provisionen erhielten wir zuverlässig am Monatsende.

Alles Schöne geht einmal zu Ende, auch unser Besuch bei Michel. Wir mussten weiter, uns stand noch eine Reise nach Masada und ans Tote Meer bevor. Der Bus kämpfte sich durch die Gassen der Altstadt, bis er dann den Weg nach Osten zur Judäischen Wüste nahm. Wir fuhren an Bethanien vorbei, das jetzt Al-Eizariya heißt. Wir ließen Jericho, die wohl älteste Stadt der Welt, hinter uns und fuhren weiter, bis einige Kilometer südöstlich das blaue Wasser des Toten Meeres in der Sonne glitzerte. Hier entstiegen wir dem Bus und meine Gruppe näherte sich diesem Naturwunder mit großem Interesse.

»Das Tote Meer markiert den tiefsten Punkt der Erdoberfläche, es liegt ungefähr 400 Meter unter dem Meeresspiegel. Es ist etwa 75 Kilometer lang, seine größte Breite beträgt 15 Kilometer, die Tiefe 400 Meter. Das Wasser fühlt sich ölig an, was auf den Anteil von 30 Prozent an festen Bestandteilen zurückgeht. Diese haben die Form von Salzen, unter denen Magnesium, Soda, Kalium und Calcium die Wichtigsten sind. Der Prozentsatz der im Toten Meer enthaltenen Salze ist zehnmal so hoch wie im Wasser der Ozeane.«

Inzwischen waren die bisher eher stummen Touristen richtig aufgetaut und bombardierten mich mit den verschiedensten Fragen. Ich tat mein Bestes, die Wissensdurstigen mit meinen Antworten zufriedenzustellen. Bisher hatte es noch in jeder Gruppe einen Besserwisser gegeben, einen sogenannten *Klugscheißer,* der mich mit Fragen löcherte und gnadenlos nachbohrte, bis er entweder mich oder sich selbst müde geredet hatte. Diesmal entpuppte sich ein Herr in den besten Jahren mit grau meliertem Haar als solch ein Tiefbohrer. Er wollte alles wissen, das heißt mich prüfen. Diese Inspektion bestand ich ohne Ausfälle, sodass wir weiter Richtung Masada fahren konnten. Bevor wir das *Jam ha Melach*, wie das Tote Meer auf Hebräisch heißt, verließen, erzählte ich meiner Gruppe den Witz, mit dem ich diesen Besuch stets abschloss.

»Ein Fremdenführer preist bei jeder Gelegenheit die Verdienste seines Vaters für die urbane Entwicklung des Landes. Bei der Besichtigung eines neuen Wolkenkratzers in Tel Aviv erwähnt er, sein Vater habe an den Bauplänen mitgearbeitet, bei einem Besuch der Allenby-Brücke behauptet er, sein Vater sei an der Konstruktion beteiligt gewesen, in der Sinai-Wüste erklärt er, sein Vater habe einen Teil der Wüste urbar gemacht. Als die Gruppe am Toten Meer steht und in das träge Wasser schaut, ergreift der Mann das Wort: ›Und hier sehen Sie das Tote Meer …‹ Da unterbricht ihn ein Zuhörer: ›Ja, ja, wir wissen schon, Ihr Vater hat es erschlagen!‹«

Es gab Gelächter, die Reiseteilnehmer wirkten entspannt und ihre anfängliche Zurückhaltung war gewichen. Wir fuhren an der malerischen Westküste des Toten Meeres entlang weiter nach Qumran, wo im Jahre 1947 in den nahe liegenden Höhlen Pergamentrollen mit Hinweisen auf eine Essener Siedlung gefunden wurden. Einige Jahre später entdeckte man unweit davon die Ruinen eines Essener Klosters aus dem ersten und zweiten Jahrhundert vor Christus.

Anschließend ging unsere Reise nach Masada, einem nationalen Denkmal Israels, wo die Juden im Jahre 73 ihren letzten Aufstand gegen die Römer wagten. Der Aufstieg auf das Plateau war sehr beschwerlich, dafür wurden wir mit einem fantastischen Blick zur Oase En Gedi, zum Toten Meer und nach Qumran entschädigt.

»Dieser Felsen«, ich zeigte auf die imposante Erscheinung, »ragt 40 Meter über den Spiegel des Toten Meeres und hat auf dieser Höhe ein breites Plateau, wie man sieht. Die Hasmonäer hatten hier eine ihrer Befestigungsanlagen angelegt, später baute Herodes Masada zu einem Prunkpalast um. Er fügte hängende Gärten hinzu sowie ein Badehaus, große Lagerräume und eine Synagoge. Das Ganze wurde durch Wachtürme geschützt. Der Aufstieg war schwierig, wie Sie selbst erfahren haben. Der einzige Weg könnte der enge Schlangenpfad gewesen sein, den wir zu unserer Rechten sehen. Nach dem Fall Jerusalems im Jahre 70 verbarrikadierten sich 960 jüdische Zeloten – Männer, Frauen und Kinder – auf Masada und verteidigten die Festung drei Jahre lang gegen die römischen Aggressoren. Als die Eroberung bevorstand und die Römer ihre letzten Vorbereitungen zur Erstürmung machten, ordnete das Oberhaupt Eleazar ben Yair an, dass ein jeder seine Familie töten solle. Die römischen Legionäre fanden alle Bewohner tot, als sie endlich in die Festung einfielen.«

Unter dem Eindruck dieser Geschichte besuchten wir das Ritualbad, den Nordpalast mit seinem berühmten Mosaikboden, das Kolumbarium und die Kapelle aus der byzantinischen Zeit.

Als wir wieder beim Bus waren, wurde es schon dunkel. Ich begleitete meine Gruppe zurück zum Hotel in Jerusalem und bat durch die Blume um ein kleines Trinkgeld für den Busfahrer. Es war Usus, so auf die Touristen einzuwirken. Die Gabe für den Busfahrer zog immer, nachher teilten wir beide das Geld zwischen uns auf.

Eigentlich war ich für den Abend mit Joram verabredet. Wir wollten uns ein Fußballspiel anschauen. Doch als ich mich in meiner Wohnung einfand, lag eine Nachricht von ihm vor der Tür. Er bedauerte, wegen einer wichtigen Angelegenheit nicht mitkommen zu können. Er hoffe auf mein Verständnis, wünsche mir *noch einen schönen Abend*, was ungewollt ein wenig ironisch klang. Da erinnerte ich mich, dass der Besitzer eines Restaurants in der Nähe mir noch einige Scheine schuldete, also nutzte ich meine frei gewordene Zeit, um den Geldeintreiber zu spielen. Es war dunkel, als ich den Park vor dem Lokal durchquerte, aber nicht dunkel genug, um nicht das Pärchen zu bemerken, das eng umschlungen auf einer Bank saß und sich innig küsste. Als ich näher herankam, machte ich plötzlich halt, denn ich erkannte den männlichen Hauptdarsteller dieses Spektakels und musste an seine Erklärung denken, die jetzt als Ausrede enttarnt war. Vor mir, aber den Rücken zu mir gewandt, saß auf der vom Schnee geräumten Bank Joram Szczeciniarz und schrieb seine Liebesgeschichte. Die Partnerin in diesem Spiel konnte nur seine Angebetete Claudia sein, eine exzellente Darstellerin der ewigen Momente. Ich lächelte und gestand mir ein, dass Jorams Absage wirklich aus wichtigen Gründen erfolgt war. Ich konnte ihm deswegen auch nicht böse sein.

Ich änderte meine Pläne und fuhr mit dem Bus bis in die Nähe des Imbisses, in dem ich den Mann mit der Baseballmütze getroffen hatte. Doch heute glänzte er durch Abwesenheit. Ich bestellte einen Tee und fragte Josi, den Imbissbetreiber, ob der Mann noch kommen würde.

»Schwer zu sagen«, meinte Josi. »Er kommt und geht, wann er will, er ist ein freier Mensch.«

»Das ist mir klar«, erwiderte ich. »Ich hatte nur gestern ein interessantes Gespräch mit ihm und würde es gerne heute fortführen.«

»Was hat er Ihnen denn so alles erzählt?«, fragte Josi.

»Nun ja, er hat unter anderem von seinem Aufenthalt in Birobidschan berichtet.«

»Hat er mit Ihnen über die schlimme Arbeit dort gesprochen? Und über die Fahrt mit dem Zug von Europa in den Fernen Osten? Ich habe das schon unzählige Male gehört, jedes Mal in einer neuen Version. Diese Geschichte hat er jedem Kunden hier vorgetragen. Und wissen Sie was?« Josi beugte sich zu mir: »Alex, wie er sich nennt, war nie in dieser Gegend, er hat nie dort gearbeitet. Das alles entspringt seiner Fantasie, nachdem er viel darüber gelesen hat. Wissen Sie, er war noch nicht einmal in der Sowjetunion. Er stammt aus Zamosc in Polen und siedelte noch vor der Staatsgründung über, als unser Land ein britisches Mandat war. Er war Vertreter für Hygieneartikel, bis er nicht mehr arbeiten konnte. Man fand für ihn«, dabei lächelte Josi verschmitzt und zeigte auf sich, »einen Platz im Altenheim. Dort wohnt er jetzt. Ich kenne ihn schon viele Jahre. Er ist ein feiner Mensch, sehr belesen. Nur hat er ein Problem: seine ausgewachsene Fantasie. Er erzählt Märchen und erfindet Geschichten, an die er später selbst glaubt.«

»Das kann passieren in unserer schnelllebigen Zeit«, sagte ich nachdenklich. »Die Menschen geraten unter Druck. Man hat keine Zeit für ein paar nette Worte, nur Floskeln und zeigt die kalte Schulter. Ist Ihnen das auch aufgefallen?«

Auf Josis glatt rasiertem Gesicht zeigte sich ein Lächeln. Er brachte mir noch ein Glas Tee. »Solchen Tee machte mein Vater früher in Kasachstan, bevor er nach Israel emigrierte. Obwohl er sehr alt wurde und noch viel Zeit hatte, merkte er erst hier, dass diese ein wichtiger Faktor im Leben werden kann.«

Ich ging zu Fuß zu meiner Wohnung zurück. Wieder begann es leicht zu schneien, was doch sehr ungewöhnlich für diese Region war. Die Lichter der Geschäfte glitzerten im weißen Niederschlag, ein leichter Wind pustete die Schneeflocken in alle Richtungen.

Am morgigen Tag würde ich Behördengänge absolvieren müssen, was genauso langwierig und nervenaufreibend sein konnte wie die Führungen der verschiedenen Gruppen aus der ganzen Welt, die ihre eigenen Vorstellungen vom Heiligen Land hatten. Viele der Teilnehmer waren ausgebildete Historiker, denen ich nichts vormachen konnte. Manche ließen mich meine Arbeit machen, andere wiederum versuchten, mir die Sachverhalte aus ihrem Blickwinkel zu erklären, und entwickelten den Ehrgeiz, mich bei jedem Satz zu verbessern. Es war sehr anstrengend, ihren vielen Fragen und Einwänden immer gelassen zu begegnen. Die Geistlichen aus allen Nationen wussten sowieso alles besser und versuchten mit Nachdruck, mich von der exklusiven Richtigkeit ihres Wissens zu überzeugen. Historiker, Geistliche, Archäologen und Journalisten wussten fast alles zum Thema *Heiliges Land* und konnten nur schwer einen jungen Reiseführer akzeptieren, der ihnen, den Spezialisten, längst Bekanntes erzählte. Untereinander diskutierten diese Koryphäen kaum, vermutlich hielten sie Wortgefechte mit einem verehrten Kollegen für unnütz.

Dieses Verhalten veranlasste mich eines Tages, am Ende einer Führung durch Jerusalem, an der dank eines Symposiums über die Davidstadt viele bekannte Namen der Altertumsforschung teilnahmen, eine Anekdote zu erzählen: »Zwei berühmte Rabbiner, Kapazitäten auf ihrem Gebiet, sitzen im Zug nach Gora Kalwaria. Zu ihnen gesellt sich ein Student einer Thoraschule. Während der langen Fahrt wechseln die beiden Berühmtheiten kein einziges Wort miteinander. Schließlich spricht der Student sie an. ›Verzeihung, aber ihr seid doch *die* großen und bekannten Rabbiner, deren Weisheiten wir jeden Tag lernen. Als ich euch hier sah, dachte ich, ich würde Zeuge einer Diskussion auf hohem Niveau. Die ganze Fahrt wartete ich mit Spannung auf diese Konversation, aber zu meiner Überraschung habt ihr kein Wort gewechselt. Wie soll ich das verstehen?‹ Da drehte sich einer der Gelehrten zu ihm und lächelte milde. ›Du sagtest richtig, mein Sohn, dass wir beide berühmte Rabbiner sind.‹ Er zeigte auf seinen Kollegen: ›Er weiß alles – und ich weiß alles. Also sage mir bitte, worüber wir uns unterhalten sollten?‹«

Manche der Herrschaften schmunzelten, die meisten aber blieben ernst und reagierten kaum auf diese Anekdote, so als würden sie sich mit den beiden Rabbinern identifizieren. Das Selbstbewusstsein mancher Gelehrten ist bewundernswert.

Zu Hause empfing mich ein Brief der Tourismuszentrale mit dem Plan für den nächsten Monat. Für die Jerusalemtour hatte man mir Gruppen aus den USA und Kanada, aus der Bundesrepublik Deutschland und aus Österreich zugeteilt, sowie im Exil lebende Polen, die aus Australien zu uns pilgerten. Sie wollten alle die Stätten des Christentums hautnah erleben.

2 Eine unverhoffte Begegnung

Ich hatte mit Zipi ein Treffen vor dem Altenheim in Katamon verabredet. Eine Treppe führte zur Rezeption, wo ein junger Mann Zeitung las und uns anfänglich einfach nicht wahrnahm. Erst nachdem Zipi sich bemerkbar gemacht hatte, hob er den Kopf und fragte uns freundlich, was wir wünschten. Zipi gab ihm den Namen der gesuchten Person. Der junge Mann suchte lange in seiner Kartei, bis er schließlich aufgab und uns mitteilte, niemanden mit diesem Namen finden zu können. Eine hübsche Dame erschien am Empfang und der junge Mann richtete nun seine ganze Aufmerksamkeit auf diese Person, uns schien er völlig vergessen zu haben. Alle Versuche, sein Augenmerk wieder auf uns zu lenken, waren erfolglos, die Anziehungskraft der jungen Frau war wohl zu groß. Erst als diese unsere Gegenwart bewusst zur Kenntnis nahm und sich uns zuwandte, konnte Zipi nachhaken und fragen, ob es vielleicht ein weiteres Altenheim in der Nähe gebe. Und da geschah ein Wunder. Der junge Mann und seine Angebetete erklärten fast im gleichen Augenblick, drei Straßen weiter stehe das Hauptgebäude ihrer Einrichtung, hier sei nur ein Erweiterungsbau. Das Haupthaus sei viel größer und habe logischerweise auch mehr Bewohner. Wir bedankten uns für diese richtungsweisende Auskunft und gelangten ins Freie.

Wie dumm wir doch waren! Wir konnten uns beide nicht mehr an das große Bauwerk mit der grauen Fassade erinnern. Dabei waren wir hundertmal daran vorbei gegangen. Vielleicht wollte ich die Existenz dieser Institution verdrängen, denn ich war jung und konnte mit alten Menschen nichts anfangen. Ich wunderte mich, wie man so leben konnte, mit Falten im Gesicht, gekrümmtem Gang, zitternd und hinkend. Ich träumte von ewiger Jugend und wollte nie so wie diese alten Menschen werden. Mit jeder Sekunde stirbt der Mensch ein bisschen, und davor hatte ich panische Angst. Die Gesichtszüge würden sich verändern, die Haut altern, der Leib gebrechlich werden. Körper und Geist würden Verschleißerscheinungen zeigen, man würde Hilfe brauchen und müsste Vorbereitungen für den eigenen Tod treffen.

Wir durchquerten zwei Straßen, kamen an einer Jeschiwa vorbei und erreichten schließlich das biedere Bauwerk. Vor dem Eingang stand eine Barriere, wie sie auch vor Schulen und Kindergärten postiert sind. Wir stießen die schwere Eingangstür auf und traten ein. An der Rezeption empfing uns eine ältere Dame mit grauen Haaren und einem netten Gesichtsausdruck mit dem Friedensgruß. Hinter ihr befanden sich ein überdimensionaler Terminplaner und daneben Fotos von einigen Heimbewohnern. Zipi trat drei Schritte vor und fragte nach Mendel, ihrem Onkel. Die Frau setzte ihre Brille auf und musterte Zipi einen Augenblick durchdringend. Dann nahm sie die Brille wieder ab, und über ihr immer noch schönes Gesicht rannen Tränen. Verlegen kramte sie ein Taschentuch heraus und wischte sie ab.

»Er hat wieder und wieder gesagt, dass jemand von seinen Verwandten ihn noch vor seinem Tod besuchen würde. Er war sich so sicher. Er erzählte von seinen Träumen, in denen ein Mädchen zu ihm kam, das von den Toten auferstanden war. Denn die Toten, das war seine Familie.« Sie begann wieder zu weinen und suchte nach dem Taschentuch. Laut putzte sie sich die Nase und setzte sich wieder hin. »Sie sind also eine Verwandte von Mendel?«

Zipi schaute sie entgeistert an und war vollkommen sprachlos, was bei ihr normalerweise kaum vorkommt.

»Reden wir von demselben Mendel Kalmyker, der vor langer Zeit aus Polen nach Palästina eingewandert ist und der zuletzt in Haifa seinen Wohnsitz hatte?«, fragte ich die Dame, um irgendetwas zu sagen, denn die ganze Angelegenheit machte auch mir zu schaffen.

Weder die Frau an der Rezeption noch Zipi, die in ihrer Tasche nach einem Taschentuch suchte, konnten ein Wort von sich geben. Sie weinten hemmungslos, was mich wiederum in Verlegenheit brachte, obwohl auch ich ein gefühlsbetonter Mensch bin. Als Erste fing sich Zipi wieder. Sie fragte stockend, ob ihr Onkel noch am Leben sei.

»Selbstverständlich, er lebt, es geht ihm gut, obwohl er viele

Krankheiten durchmachen musste. Sie sind Ihrem Onkel ähnlich«, lächelte die Frau. Sie rief einen jungen Mann mit kurzem Haar zu sich und sagte ihm etwas ins Ohr.

»Ich werde euch jetzt zu Mendel führen. Hoffentlich übersteht er diese Aufregung einigermaßen gut«, wandte sich der Pfleger an uns.

»Wie steht es um ihn?«, fragte Zipi vorsichtig.

»Er hat verschiedene Leiden, aber das ist wohl altersbedingt. Trotz seiner langen Krankengeschichte geht es ihm gut«, beruhigte sie der junge Mann und führte uns durch eine Glastür in einen langen Korridor. An dessen Ende stiegen wir die Treppe hoch und hielten vor dem Zimmer mit der Nummer elf an. Unser Begleiter klopfte dezent an die Tür und nach einigen Sekunden des Wartens ertönte ein schwaches »Herein«. Er öffnete die Tür und wir betraten das Zimmer. Es war groß und hell, zwei Fenster ließen viel Sonnenlicht herein. Der Raum war für drei Bewohner vorgesehen, aber es befanden sich nur zwei Betten, zwei Schränke und ein großer Tisch mit vier Stühlen darin. Jeder der Bewohner hatte auch einen kleinen Schreibtisch, der mit Zeitungen, Papieren und anderen Utensilien belegt war. Auf dem Bett am linken Fenster saß ein kleiner Mann mit einem dezenten Oberlippenbart. Er legte die von ihm gelesene *Haaretz* beiseite und schaute überrascht zu uns auf. Er stand auf und wollte uns entgegenkommen, plötzlich aber verharrte er auf seinem Platz wie eine Salzsäule. Im Raum wurde es mucksmäuschenstill. Der alte Mann schaute Zipi an, der die Tränen über die Wangen liefen. Der junge Pfleger putzte sich heimlich die Nase und auch ich blieb von der Szene nicht unberührt.

»Gehörst du zu Benjamins Familie?«, fragte der alte Mann forschend.

»Ja«, antwortete Zipi gerührt, »und du bist wohl Mendel?«

Er betrachtete sie prüfend und kam ihr ein paar Schritte entgegen. Dann sagte er leise: »Ich wusste schon immer, dass wenn nicht Benjamin, dann jemand aus seiner Familie mich hier finden wird. Ich wusste es. Ich betete zu Gott, er soll es richten, dass ich vor meinem Tod noch jemanden aus meiner Verwandtschaft sehe. Ich danke dem Allermächtigsten, dass er meine Gebete erhört hat.« Er musterte Zipi einen langen Moment, dann sagte er sichtlich bewegt: »Du siehst meinem Bruder sehr ähnlich.«

Zipi verkündete leise, aber mit Nachdruck: »Ja, ich bin die Tochter von Benjamin, und du bist mein Onkel Mendel, den ich so lange gesucht habe.«

Da fielen sie sich in die Arme und es gab kein Halten mehr. Die Tränen flossen wie Regen nach einer Trockenperiode, nicht nur bei Zipi und Mendel, sondern bei allen Anwesenden, zu denen sich auch immer mehr Menschen gesellten, die draußen im Korridor von dieser Begegnung erfahren hatten. Fast alle wischten sich die Augen und lachten gleichzeitig und freuten sich mit Zipi und Mendel. Man brachte Wein und Kuchen, im Nu wurde aus dem Zimmer eine sonnenbestrahlte Feierstätte.

Mendel erzählte, wie er aus Polen über Deutschland und Frankreich nach Palästina gekommen war, wie er von den Engländern, die damals die Kolonialmacht im Nahen Osten hatten, mit dem Schiff nach Zypern gebracht wurde und dann doch noch nach Haifa gelangte. Er erzählte von seinem Leben als Bauarbeiter und von seinen Verletzungen. Nach der Gründung des Staates Israel konnte er wegen seiner Einschränkungen durch die vielen Operationen nur als ungelernte Kraft arbeiten. Diesen Zustand fand er ungenügend, und so besuchte er ein Institut für Erwachsenenbildung, wo es ihm gelang, seine Schulbildung entscheidend zu verbessern. Danach absolvierte er vom Staat und karitativen Organisationen finanzierte Berufsbildungskurse und wurde schließlich Buchhalter in einem Jerusalemer Unternehmen, wo er bis zum Ausbruch neuer Krankheiten arbeitete. Daraufhin brachte man ihn nach einigem Hin und Her in diesem Heim unter. Er ging gerne ins Kino und ins Theater, las viel und diskutierte sehr gerne. Leider habe er es versäumt zu heiraten und eine Familie zu gründen, was ihm später sehr zu schaffen gemacht habe. Eine frühere Gefährtin war an Krebs gestorben und so hatte Mendel niemanden mehr. Aber hier im Heim fühle er sich wie in einer Familie. Mendel sei vollkommen in die Hausgemeinschaft integriert, bestätigten seine Mitbewohner. Man könne sich das Heimleben ohne ihn gar nicht vorstellen.

Er hatte fest daran geglaubt, dass irgendjemand aus seiner Familie noch lebte, obwohl offizielle Anfragen immer wieder negative Ergebnisse gebracht hatten. Nach Auskunft der Suchorganisationen waren die Mitglieder seiner Familie dem Naziterror zum

Opfer gefallen. Auch von seinem Bruder Benjamin hörte er nichts. Aber Mendel gab die Hoffnung nicht auf und betete zu Gott um ein Wunder. Und siehe da, seine Gebete wurden erhöht, seine Nichte kam zu ihm, um ihn zu seinem Bruder zu führen.

Zipi wiederum berichtete, wie ihre Familie Polen nach mehreren antisemitischen Vorfällen verlassen hatte und nach Israel emigriert war. Ihre Eltern eröffneten in Jerusalem einen Waschsalon, der aber nach nur einem Jahr pleiteging. Da die Bank das geliehene Geld zurückhaben wollte, entschloss sich Benjamin, die Einladung seines Freundes Apfelbaum anzunehmen und nach Frankfurt in Deutschland zu gehen. Zipis Vater hoffte, in der Wirtschaftsstadt am Main einen Job zu bekommen und so die Schulden abzahlen zu können. Angekommen in Frankfurt, wohnte er erst mal bei Herrn Apfelbaum, der ein Textilgeschäft betrieb. Er arbeitete zunächst als Wachmann, dann eröffnete er eine kleine Imbissstube und schließlich übernahm er in der Stadtmitte ein Restaurant, das für seine feine Küche berühmt war. Jetzt folgte ihm auch seine Frau nach Frankfurt und Zipi kam nach ihrem Abitur nach. Sie besuchte dort die Universität und promovierte zum Doktor der Philosophie. Sie arbeitete im Team von Professor Adorno und machte Bekanntschaft mit vielen berühmten philosophischen Köpfen dieser Zeit.

Ihr Vater habe mit großem Einsatz nach seinem verschollenen Bruder gesucht und viele Suchorganisationen bemüht, ließ Zipi ihren Onkel wissen. Aber dann sei die Nachricht gekommen, dass er gestorben und in Haifa begraben sei. Erst durch die Tagebücher von Jankiel Fleischerman sei sie darauf aufmerksam geworden, dass er womöglich in Jerusalem noch am Leben sein könnte. Deshalb habe sie hier nach ihm gesucht.

Zipi und ihr Onkel lagen sich erneut in den Armen und manche der Zuhörer putzten schon wieder ihre Nasen. Plötzlich trat jemand ins Zimmer, dessen Gestalt mir geläufig war: ein älterer Herr in einer dunkelbraunen Jacke und mit einer Baseballmütze auf dem Kopf. Er schaute etwas unsicher in die Runde, begrüßte die Anwesenden und fragte, was diese Versammlung zu bedeuten habe. Man erklärte ihm, sein Mitbewohner habe Besuch von der Tochter seines verschollenen Bruders. Erst wirkte er etwas verwirrt, aber dann begriff er die Situation und rief erfreut: »Ich hab's ja gesagt! Ich habe Mendel immer wieder Mut gemacht und gesagt, er soll die Hoffnung nicht verlieren.« Dann bemerkte er mich und gab mir die Hand. »Dass wir uns noch mal treffen, hätte ich nicht vermutet. Aber wie ein birobidschanisches Sprichwort sagt: Ein Berg wird sich nie mit einem anderen Berg treffen, aber der Mensch mit einem anderen Menschen immer.«

Dieses Sprichwort kannte ich jedoch schon aus Polen und auch aus Israel. Ich eröffnete ihm, dass ich mich mit Josi aus dem Imbiss unterhalten hatte, aber er reagierte nicht darauf.

Die Tage vergingen. Zipi unternahm mit ihrem »neugeborenen Onkel« Theater- und Kinobesuche, sie gingen in Museen, Konzerte und andere kulturelle Veranstaltungen. Eines Tages kam sie zu mir und bat mich um ein Gespräch. Sie hatte einen Plan. Dieser sah vor, dass sie nach Frankfurt zurückkehrte, um ihren Vater psychologisch auf die neue Situation einzustellen. Sie musste ihm vieles erklären, das brauchte Zeit. Dann sollte ich ins Spiel kommen. Ich sollte ihren Onkel nach Frankfurt begleiten, sie würde mein Ticket bezahlen.

Nun hatte ich zwar stets einen finanziellen Notstand, aber ich erlaubte ihr nicht, für mich zu bezahlen. Irgendwie würde ich das nötige Geld schon zusammenkratzen, und wenn ich Überstunden machen und vierundzwanzig Stunden am Tag Reisegruppen führen musste.

In Tel Aviv traf ich Joram, der sich bei mir für das nicht zustande gekommene Treffen entschuldigte. »Ich habe euch gesehen«, sagte ich leise und schaute ihn an.

»Was hast du gesehen?« Joram spielte den Unwissenden, der meine Frage nicht verstand.

»In Jerusalem im Park auf einer Bank, eng umschlungen.«

Das wirkte. Er stand wie erschlagen da und war für einen Augenblick nicht in der Lage, auch nur ein Wort von sich zu geben. Als er die Sprache wiederfand, schaute er mich fast flehend an und bat mich, kein vorschnelles Urteil zu fällen, es sei alles ganz anders, als ich dächte. »Ich habe Aviva am Tag zuvor ganz zufällig wiedergetroffen, nachdem ich Zipi nach Hause gebracht hatte. Ich ging noch einen Espresso trinken und dort saß sie mit einer

Freundin und trank Tee mit Zitrone. Sie trank schon immer Tee mit Zitrone.«

Die Dame, mit der Joram auf der Parkbank Zärtlichkeiten ausgetauscht hatte, war also gar nicht Claudia, sondern eine Aviva gewesen. Meiner Meinung nach war der Junge in einer prekären Situation: Er wusste selbst nicht, was er tatsächlich wollte. Joram versuchte mir die ganze Angelegenheit ruhig und sachlich zu erklären, was ihm komplett misslang. Ich verstand nur, dass er diese Aviva noch von früher kannte. Was das Wort *früher* aber in diesem Kontext bedeutete, blieb ein Geheimnis. Sie hatte wohl mit einer gescheiterten Beziehung zu kämpfen, war total niedergeschlagen und brauchte dringend Hilfe. Joram als der Helfer in Not verabredete sich mit ihr und so kam es zu dem von mir beobachteten Rendezvous.

»Sag aber bitte Claudia nichts davon, sie würde diese Geschichte falsch verstehen«, bat mich Joram.

Ich wusste nicht, wie und wo ich Claudia treffen sollte, aber ich gab ihm mein Wort.

Bis es mit der Reise nach Deutschland so weit war, musste ich noch viele Gruppen durch das Heilige Land führen.

Mitglieder einer Apostolischen Gemeinschaft aus der Bundesrepublik hatten eine Führung in die Umgebung des Sees Genezareth gebucht. Schon bei der Abfahrt war es heiß und schwül. Wir fuhren an Ramallah und Sichem vorbei, die wir schnell passierten, dann ließen wir Megiddo hinter uns, bis wir nach einer kurzen Pause Nazareth erreichten. Ich ergriff das Wort und führte die Gruppe durch den geschichtsträchtigen Ort.

»In dieser Stadt verbrachte Jesus seine Kindheit. Hier wohnen mehr Araber als Juden. Die meisten der Araber sind christlicher Religionszugehörigkeit. Sie verwalten die wichtigsten Einrichtungen. In Alt-Nazareth beschwören die gewundenen Gassen, die Kirchen, Klöster und Konvente die Geschichte von vor zweitausend Jahren herauf, als Jesus mit seinen Eltern hier wohnte. Es war wohl eine gewöhnliche Stadt mit einer jüdischen Gemeinde, die von den Römern fast völlig ausgelöscht wurde, die aber in der talmudischen Zeit wieder auflebte. Während der Kreuzfahrerzeit war Nazareth eine Bezirksstadt und wurde von den Sarazenen überrannt. Im 17. Jahrhundert begann ihr Wiederaufbau.«

Wir besuchten alle wichtigen Einrichtungen und fuhren dann weiter zum Berg Tabor, dem Berg der Transfiguration. Danach erreichten wir den See Genezareth, wo Jesus predigte und die Weisen des Talmuds lehrten.

»Dieser See heißt auf Hebräisch Kinneret, was von dem Wort *Kinor* für Harfe abgeleitet wurde. Wen man die Karte des Sees betrachtet, erkennt man sofort den harfenförmigen Umriss. Er ist 21 Kilometer lang und 13 Kilometer breit. Sein Wasser erhält er vom Jordan und von unterirdischen Quellen. An der südwestlichen Ecke des Sees liegt Tiberias, auf Hebräisch Tweria, Hauptstadt des unteren Galiläas. Die Stadt wurde im Jahr 20 n. Chr. von Herodes Antipas auf dem Ort des biblischen Rakkath gegründet. Im Jahr 67 n. Chr. wurde sie ohne Widerstand an die Römer übergeben. Nach dem Fall von Jerusalem strömten viele Juden nach Tiberias. Lehrschulen entstanden, die Stadt wurde eine der vier heiligen Städte Judäas. Einige Zeit residierte hier der Sanhedrin.

Obwohl Jesus in dieser Gegend seine Lehre verbreitete, tat sich das Christentum gerade hier schwer. Es konnte sich erst zum Ende des 6. Jahrhundert durchsetzen und ausbreiten. Die Stadt wurde im Jahre 636 von den Arabern erobert, die später von den Kreuzfahrern besiegt wurden. Diese Verteidiger der Lehre von Jesus blieben bis 1247. Danach, im Jahr 1562, versuchte ein Portugiese namens Don Joseph vergebens, die jüdische Stadt wieder aufleben zu lassen. Erst im 18. Jahrhundert, unter der Führung der Beduinen, begann die Stadt wieder zu wachsen. Zurzeit leben hier etwa 40 000 Menschen.«

Mit so viel Wissen ausgestattet machten wir einen kleinen Stadtrundgang entlang den Mauern aus schwarzem Basalt. Wir besuchten das griechisch-orthodoxe Kloster, die Zitadelle und das Grabmal des Rabbi Meir Baal Haness sowie die heißen Mineralquellen Hamat Tiberias. Dann machten wir Pause und starkten uns im Restaurant meines Freundes Jossi Paskudnik. Er hatte es vor knapp zwei Jahren gekauft, mit eigenen Händen renoviert und zu einem der »coolsten« Restaurants südlich von Haifa gemacht. Inmitten des Lokals befand sich ein Wasserbecken, in dem gefräßige Piranhas ihr Runden drehten. Alle Gäste des Lokals schauten den gefährlichen Biestern mit einigem Abstand und Respekt fasziniert zu. Wenn Jossi gefragt wurde, woher er die Piranhas habe, lächelte er nur, strich sich über seinen Bart und ließ den Neugierigen mit seiner Frage allein. Ich wusste, dass die Fische nur optisch an Piranhas erinnerten. Es waren ihnen ähnlich sehende Artgenossen, die jedoch Plankton als Nahrung bevorzugten. Es gab Gäste, die extra wegen der Fische sein Restaurant aufsuchten.

Ich erhielt die mir zustehende Gratifikation und ließ meine Gruppe in den Bus steigen. Während der Rückfahrt schwiegen fast alle, einige vor Müdigkeit, andere ließen in ihren Köpfen das heute Gesehene Revue passieren.

Zu Hause fand ich einen Brief von Zipi vor. Sie teilte mir mit, dass sie ihren Vater in Bezug auf seinen Bruder aufgeklärt habe. Ich solle alles vorbereiten und zwei Tickets bei der El Al reservieren.

3 REISE NACH DEUTSCHLAND

Anfang März war es so weit. Ich holte Mendel in seinem Heim ab. So richtig überzeugt war er von seiner Europavisite noch nicht, er hatte grundsätzliche Bedenken, nach Deutschland zu fahren, mit Deutschen zu reden, ihnen die Hand zu reichen. Sein Freund und Zimmergenosse mit der Baseballmütze versuchte, ihm die Angst zu nehmen, indem er ihm erzählte, wie er nach Kriegsende in Berlin mit den Deutschen Schwarzmarktgeschäfte gemacht habe. Sie seien normale Menschen wie »du und ich«, mit Stärken wie auch vielen Schwächen, fügsam und nicht viel fragend. Das erkläre auch ihren blinden Gehorsam gegenüber Hitler. Er habe sie durchschaut und gelernt, mit ihnen umzugehen. Und er sei sicher, dass auch Mendel mit ihnen keine Schwierigkeiten bekomme, er sei doch weltmännisch genug, um sich dort zu behaupten. Ich glaubte ihm zwar kein Wort, aber er wusste anscheinend, wie er Mendel überzeugen konnte, denn seine Bemühungen waren erfolgreich.

Mit dem Bus fuhren wir nach Tel Aviv zum Flughafen. Mendel schaute aus dem Fenster und auf seinem Gesicht erschien ein leichtes Lächeln. Wir fuhren auf derselben Straße, bei deren Bau er fast sein Leben gelassen hätte. Er ließ wohl Erinnerungen passieren, den sein Gesicht wurde ernster und er nahm ein Taschentuch aus seiner Jackentasche, mit dem er seine feucht gewordenen Augen trocknete, als wollte er die unangenehmen Gedanken wegwischen. Wir fuhren an arabischen Dörfern vorbei, die wie kleine schwarze Pünktchen auf der Faltkarte der Geschichte den Weg zum Flughafen säumten. Majestätisch wirkende Palmen auf dem geschichtsträchtigen steinigen Boden begleiteten uns eine Zeit lang, dann verschwanden sie hinter dem Horizont, der die steinerne Erde mit der goldenen Sonne verband.

In Tel Aviv herrschte mildes Wetter, der Frühling ging hier ohne größeres Aufsehen in den Sommer über. Mendel war zum ersten Mal auf dem Flughafen und bewunderte den großen Terminal mit den großzügigen Wartesälen und den unzähligen Passagieren, die in alle Weltgegenden unterwegs waren. Mit einiger Ergriffenheit las er die Namen der Flugziele auf der Anzeigetafel: Paris, Brüssel, Bukarest, New York, Toronto, Sydney, Mexico City, Buenos Aires, Chicago, London, Amsterdam, Stockholm, Taipeh und Frankfurt am Main.

»Das ist unser Flug«, sagte er aufgeregt wie ein Kind, das gleich ein Geschenk erhalten wird. »Das letzte Mal war ich vor etwa vierzig Jahren in Europa, noch vor dem Zweiten Weltkrieg.«

»War es schwer, die Familie in Polen zurückzulassen?«, fragte ich und half seinen Koffer auf das Gepäckband zu hieven. Die junge Bodenstewardess lächelte ihn charmant an und schaute auf seinen Pass.

»Nettes Mädchen«, sagte er und zwinkerte mir zu.

Bis zum Abflug war noch Zeit und ich schlug vor, uns eine Tasse Kaffee zu gönnen. Wir setzten uns gemütlich etwas abseits von den anderen Gästen an einen Tisch.

»Du hast mich vorhin gefragt, ob es mir schwerfiel, die Familie in Warschau zurückzulassen und alleine in Eretz Israel nach dem Glück zu suchen.« Mendel schaute mich ernst an und prüfte den Sitz der auf seinem grauen Haupt befestigten Kippa. »Es war schwer und auch nicht schwer. Bevor du mich unterbrichst, hör zu«, sagte er rasch, als er sah, dass ich den Mund aufmachen wollte. »Wir waren eine große, intakte Familie. Der Vater als Familienoberhaupt war die tragende Person, die offiziell alle Entscheidungen traf. Wir besaßen in der Nalewkistraße ein gut gehendes Textilgeschäft. Meine Eltern hatten, mich eingeschlossen, sieben Kinder, drei Jungs und vier Mädchen. Ich war religiös und der zionistischen Sache zugetan, die zwei Brüder haben eher nach links geschaut, die vier Schwestern waren zu jung, um sich politisch zu betätigen. Alle vier Schwestern, die Eltern, die Onkel und deren Frauen wurden von den Nazischergen umgebracht. Man hat ihnen das Leben genommen, ohne Grund, nur weil sie Juden waren. Es war brutaler Massenmord, den man nicht verstehen kann, den man auch nicht verstehen will.«

Er war sichtlich aufgeregt. Ich bedauerte, ihn überhaupt gefragt zu haben. Nun einmal in Fahrt gekommen, war Mendel nicht mehr zu bremsen. Er machte sich Vorwürfe, seine Familie verlassen zu haben, obwohl er damals davon überzeugt gewesen war, das Richtige zu tun. Er hatte die Chance nutzen wollen, sich im Land seiner Vorväter ein neues Leben aufzubauen. Dann musste er erfahren, dass alle Mitglieder seiner Großfamilie dem Naziterror zum Opfer gefallen waren. Doch die Hoffnung, dass einer oder sogar beide Brüder noch am Leben sein könnten, wollte er nie aufgeben.

Von seinem jüngsten Bruder Schmuel hatte er noch drei Postkarten aus der Sowjetunion erhalten. Eine kam 1940 aus Chabarowsk, auf der er mitteilte, eine gewisse Chaja Fischman geehelicht zu haben. Es war eine schöne Karte mit russischer naiver Malerei aus der Region. Auf der Rückseite schaute ihm jedoch der geliebte Führer des Volkes mit einem so unheimlichen Blick entgegen, sodass man diesem lieber nie begegnen wollte. Die zweite Postkarte erhielt Mendel im Jahr 1944 aus Nowosibirsk. Schmuel teilte in russischer Sprache mit, er sei Vater von Zwillingen geworden. Die Mädchen hießen Ljubow und Larissa, und der Familie gehe es gut. Über seine Ehefrau schrieb er nichts. Auch auf seiner dritten Postkarte, die den Stempel der Lagerführung einer sibirischen Ortschaft aufwies, wurde sie nicht erwähnt. In dieser Mitteilung, die mit dem 23. Januar 1947 datiert war, schrieb er, es gehe ihm den Umständen entsprechend gut und er hoffe, seinem geliebten Bruder gehe es in Eretz Israel noch viel besser. Mendel konnte keine Nachforschungen Schmuel betreffend durchführen, die sowjetische Seite antwortete auf entsprechende Anfragen nicht.

Von Benjamin, dem zweiten Bruder, bekam er nie etwas Schriftliches. Aber einmal traf er zufällig jemanden aus Polen, der Benjamin kannte. Dieser Mann erzählte ihm, dass sein Bruder geheiratet habe und sich in dem jetzt kommunistischen Land irgendwie durchschlage. Daraufhin schrieb Mendel Briefe nach Polen, aber diese seien vermutlich nie bei seinem Bruder angekommen. »Ich wusste, ich hatte zwei Brüder, die den Krieg überlebt haben, aber konnte keinen Kontakt zu ihnen finden«, sagte Mendel und trank den Rest seines Kaffees.

Ich schaute auf die Uhr. Es war Zeit zu gehen. Nur mit Mühe kämpften wir uns durch die Menschenmenge. Das Flugzeuginnere erinnerte mich an ein Zugabteil, nur war hier alles ein wenig exklusiver. Für Mendel bestellte ich koscheres Essen, was bei der Fluggesellschaft El Al selbstverständlich angeboten wurde. Er trug immer noch seine blaue Kopfbedeckung, die Kippa.

Das Flugzeug war voll. Ich wunderte mich, wie viele Israelis nach Deutschland reisten. Ich machte mir Sorgen, ob Mendel den Flug gut vertragen würde, schließlich handelte es sich um seinen ersten Flug. Doch zu meiner Überraschung erklärte er, er sei schon mal von Haifa nach Tel Aviv geflogen. Das war im Jahr 1951, in einem Doppeldecker. Damals sei das ein Abenteuer mit einem gewissen Risiko gewesen. Da hätte man sich den heutigen Komfort gar nicht vorstellen können.

Nach einiger Zeit des Wartens bekamen wir das Startzeichen und der silberne Vogel hob ab in den azurblauen Himmel über Tel Aviv. Die Erde entfernte sich mit atemberaubender Geschwindigkeit und die Häuser und Autos sahen wie kleine Spielzeuge aus. Wir nahmen Kurs auf Europa.

Während des Fluges las Mendel die Zeitung *Haaretz* und einige Kapitel des Tanach, der hebräischen Bibel. Ich las die Sportnachrichten und versuchte, ein bisschen zu schlafen, bis mich jemand unsanft am Arm zog und wach rüttelte. Ich war sauer, denn ich träumte gerade etwas sehr Schönes. Vor mir stand ein großer Mann in Uniform, mit rotblonden Haaren und blauen Augen. Es war Jossi Toledano, mit dem ich vor Jahren die Schulbank gedrückt hatte. Ich hatte nicht gewusst, dass er Pilot geworden war. Das erschien mir eigenartig, denn er war im Gymnasium weder in Mathematik noch in Physik eine Leuchte gewesen und hatte sich eher künstlerisch begabt gezeigt. Hätte ich gewusst, dass Jossi, der sogar Schwierigkeiten hatte, den Führerschein zu machen, mich nach Europa fliegen würde, hätte ich mir große Gedanken gemacht, ob ich in das Flugzeug einsteigen sollte.

Er lachte und freute sich sichtlich, mich in dieser Maschine zu treffen.

»Aha, du bist Pilot geworden? Das hätte ich nie gedacht«, begrüßte ich freundlich meinen ehemaligen Schulkameraden.

»Ich auch nicht«, lachte er, zufrieden mit der Überraschung, die er mir da bereitete. Er erzählte, er habe am Technion in Haifa studiert und sei dann zur Armee gegangen und Pilot geworden. Manche seiner Einsätze waren sehr heikel und gefährlich. Im

Sechstagekrieg flog er öfter über Ägypten, auch Jordanien lernte er auf diese Weise kennen. Jetzt hatte er einen ruhigen Job bei der El Al. Er hatte sogar geheiratet, und zwar unsere Klassenkameradin Tamar. Da war ich wirklich perplex, den Tamar war der große Schwarm aller männlichen Mitschüler, die Traumfrau schlechthin. Das ausgerechnet der biedere Jossi, der zwar im Sport hervorragende Leistungen brachte, aber sonst eher unscheinbar wirkte, bei ihr landen konnte, war für mich ein Schlag ins Gesicht, auch nach so vielen Jahren. Er schaute mich vergnügt an und sagte nicht ohne Schadenfreude: »Das hättest du nicht gedacht, was?«

Da hatte er recht, obwohl ich es nicht zugeben wollte. Ausgerechnet der Jossi! Das Mädchen unserer Träume durfte er heiraten. Die Welt ist wirklich ungerecht. Als Tamars Gatte wieder seinen Platz im Cockpit einnahm, fühlte ich mich müde und verloren.

Nach einiger Zeit meldete sich eine nette Frauenstimme mit der erfreulichen Nachricht, dass wir in einigen Minuten auf dem Frankfurter Flughafen landen würden. Wir spähten durch das enge Flugzeugfenster. Die Maschine begann mit dem Landeanflug. Ein dichter Wald erschien, dann die lange Linie einer Autobahn und dann sahen wir auch schon die Flughafenbauten und spürten plötzlich wieder Boden unter den Rädern unseres Flugzeugs.

Im Flughafengebäude herrschte ein ständiges Kommen und Gehen. Tausende Passagiere und Bedienstete wuselten ununterbrochen in alle Richtungen. Geschäfte aller Art boten ihre Waren feil. Von Buchhandlungen, Souvenirshops, Boutiquen bis zu Blumen- und Lebensmittelläden war hier alles vorhanden. Große Firmen und Konzerne machten Werbung für ihre Produkte. Mit der Rolltreppe fuhren wir zum Gepäckband, um unsere Koffer abzuholen. Wir erhielten sie ziemlich schnell und wurden auch von den Zollbeamten nicht besonders beachtet. Dann verließen wir die Ankunftshalle und machten uns auf den Weg zum Ausgang.

Ich sah sie als Erster. Zipi und ihr Vater standen an der Glastür und schauten in unsere Richtung. Wie hypnotisiert starrte Mendel die beiden an. Ohne sich aus den Augen zu lassen und wie ferngesteuert gingen sie einander entgegen.

Zipis Vater war fast das Ebenbild seines Bruders. Klein und mit spärlichem Haar sah er Mendel zum Verwechseln ähnlich. Schweigend blieben die Brüder voreinander stehen und musterten sich einen Augenblick lang. Dann gab es kein Halten mehr, sie lagen sich in den Armen und weinten. Auch Zipi weinte, und selbst ich bekam feuchte Augen. Die Menschen neben uns beobachteten die Szene neugierig und voller Anteilnahme. Es dauerte eine ganze Weile, bis die Brüder einander losließen. Den ganzen Weg bis zum Taxistand wechselten die beiden kein Wort, sie schauten sich nur ständig an und wischten sich die Tränen vom Gesicht.

Draußen mussten wir einige Zeit auf ein Taxi warten, dessen Fahrer sich als junge Dame entpuppte, die Mendel höflich die Tür öffnete und ihm beim Einsteigen behilflich war, wofür sie mit einem fast akzentfreien »Haben Sie schönen Dank!« belohnt wurde. Wir drei staunten nicht schlecht, denn niemand wusste von Mendels deutschen Sprachkenntnissen.

Erst jetzt fragte Zipis Vater, ob Mendel Jiddisch verstehe, worauf der Gefragte auf Jiddisch antwortete, er sei doch Jude aus Warschau und das sei seine Muttersprache.

Auf der Autobahn fuhren wir in Richtung Innenstadt. Auf einmal kamen die längst verdrängten Bilder wieder. Wie ein Schatten, den man nicht loswerden kann, verfolgten sie mich. Sie saßen tief in meinem Gedächtnis. Wohl hatten sie an Schärfe verloren, aber die Konturen waren da. Verborgen warteten sie geduldig auf ihre Befreiung und weckten aufs Neue die fast in Vergessenheit geratenen Gefühle. Ich wehrte mich nur halbherzig dagegen, an das Vergangene erinnert zu werden, ich war bereit, mich endlich dem damals Geschehenen zu stellen.

Zipis Vater wohnte im Stadtteil Bornheim. Wir ließen die beiden Brüder allein mit ihren Erinnerungen, sie hatten sich so viel zu erzählen. Zipi und ich fuhren zu meiner Pension in Bockenheim. Sie wagte nicht, mit mir nach oben zu gehen. Das Zimmer 210 war frei. Frau Sailer, immer noch schwergewichtig und gut gelaunt, händigte mir den Schlüssel aus. »Dass ich Sie hier nochmals sehe«, sagte sie und schüttelte den Kopf.

»Im Leben ist alles möglich!« Etwas anderes als diese Floskel fiel mir nicht ein.

Das Bild von Jacek Malczewski, das immer am Ende des langen Flurs gehangen hatte, war nicht mehr da. Es war mir unerklärlich gewesen, wie die Pension zu einem solchen Werk gekommen war.

Das Zimmer dagegen war auf den ersten Blick fast unverändert. Leicht vergilbte Gardinen an den zwei großen Fenstern, eine Kochnische mit einer Kochplatte, ein Bad ohne Dusche. Die befanden sich im obersten Stockwerk des Gebäudes, alle in einwandfreiem Zustand. An der rechten Wand, an der ein Bild mit Jagdszenen hing, stand das Bett und mitten im Raum ein ovaler Tisch aus dunklem Holz mit drei verschiedenen Stühlen. Alles war schlicht, aber zweckmäßig.

Ich stellte meine Sachen ab und ging wieder hinunter. Zipi wartete geduldig. Sie sah müde aus. Ich lud sie ein, mit mir essen zu gehen, sie wollte jedoch lieber ein wenig spazieren gehen. Das erinnerte mich an einen früheren gemeinsamen Spaziergang. Damals war es Herbst, sie trug einen Mantel aus einem besonderen Stoff, der sich bei einem plötzlichen Regenschauer als ein prima wasserdichtes Material entpuppte. Ich war durchnässt, sie lachte. Unter Kastanien stand eine grün bemalte Bank, auf die wir uns setzten. Sie hielt meine Hand und wir schwiegen. Der Mond hatte es schwer, sich gegen die Wolken durchzusetzen, aber wenn es ihm gelang, erstrahlten die Blumen im Park. Als die Herbstblumen verblassten, war mein Schnupfen das einzige Andenken an das Geschehene.

Erst jetzt bemerkte ich, dass die Pension eine neue Fassade bekommen hatte, was die Unterkunft ein wenig netter machte. Wir gingen Richtung Innenstadt und tranken im Café Kranzler an der Hauptwache einen starken schwarzen Tee. Und wieder wurde ich von der Vergangenheit eingeholt. Doch heute saßen hier andere Gäste als in meiner Erinnerung. Auch die Ausstattung war verändert, die Bedienung war neu, nur der Name war geblieben.

Am nächsten Tag erwartete mich mein Freund Joram Szczeciniarz in seiner Residenz. Er bewohnte eine große Wohnung im Frankfurter Westend, in der Nähe der Synagoge. Gleich nach der Begrüßung überfiel er mich mit der Nachricht, dass er noch diese Woche heiraten werde.

»Deine Claudia aus Paris?«, fragte ich überrascht.

»Nein, mit Claudia habe ich Schluss gemacht, wir passten wohl doch nicht zusammen. Meine Auserwählte heißt Esther und kommt aus Frankfurt. Ein hübsches Mädchen ohne Allüren, einfach, nett und charakterstark. Wir waren früher schon mal zusammen. Sie wollte unbedingt heiraten, aber ich war noch nicht so weit. Ich fuhr nach Israel, um über alles nachzudenken.«

»Du hast ja besonders fleißig nachgedacht«, sagte ich süffisant. »Zuerst mit Claudia, dann mit dem anderen Mädchen …«

»Es war für mich nicht einfach, ich brauchte Zeit. Ich musste mich prüfen. Doch weder Claudia noch Aviva konnten wirklich mein Herz erobern.«

»Und jetzt bist du sicher, die richtige Entscheidung getroffen zu haben?«

Er lächelte milde. »Du bist herzlich zur Hochzeit eingeladen. Wir heiraten zuerst standesamtlich, dann in der Synagoge. Die Party steigt am Abend im Taunus.«

Jorams Mutter servierte uns Kaffee und Kuchen, was wie immer bei ihr hervorragend schmeckte. Sie fragte mich, wie ich die Lage in Polen nach den Streiks und der Intervention des Staatsapparats einschätzen würde. Sie hatte dort noch einige Familienmitglieder und bangte um deren Sicherheit. Soweit ich wusste, hatte Jorams Mutter als christliche Krankenschwester Herrn Szczeciniarz, als er während des Krieges auf die arische Seite des Ghettos flüchtete und von einem deutschen Soldaten angeschossen wurde, gesund gepflegt. Die unter diesen widrigen Umständen entstandene Beziehung hielt auch nach dem Krieg. Die beiden heirateten und sie schloss sich der mosaischen Religion an.

Ich wusste nicht viel über die Lage in Polen, die meisten Nachrichten entnahm ich der Presse oder dem Rundfunk. In Danzig und Szczecin, dem alten Stettin, gab es Aufstände unzufriedener Arbeiter, die die Preiserhöhungen nicht mehr hinnehmen wollten und auch nicht konnten. Die Staatsmacht schlug zurück, es gab Tote und viele Verletzte. Die Lage im Land schien sich zu normalisieren, was nichts Gutes für die Bevölkerung verhieß.

Frau Szczeciniarz war von dem plötzlichen Hochzeitsentschluss ihres Sohnes überrascht, sie wollte sich auch nicht zu der schnellen Verwirklichung seiner Pläne äußern. Sehr glücklich sah sie dabei nicht aus, eine gewisse Skepsis war ihr anzusehen. Als Joram in der Küche verschwand, fragte sie mich sofort nach seiner zukünftigen Frau.

Ich musste sie enttäuschen, denn ich kannte diese Esther nicht.

Sie machte sich Sorgen, schließlich hatte sie Esther nur einmal gesehen, als Joram sie als seine zukünftige Frau vorstellte.

Joram lud mich noch einmal zur Hochzeit ein, und ich dankte ihm und versprach zu kommen.

Ich verließ den jungen Bräutigam und begab mich in Richtung Innenstadt, um Schimele zu besuchen. Schimele war ein guter Freund, der zusammen mit seinem Vater direkt an der Börse einen Kiosk betrieb. Wir hatten eine schöne Zeit zusammen erlebt: Partys, Club Voltaire, philosophische Abende. Schimele schrieb damals unter Pseudonym für verschiedene Zeitungen, niemand wusste, dass hinter diesem Namen in Wirklichkeit ein Zeitungsverkäufer steckte.

Mein Freund war da und nahm gerade eine Lieferung entgegen. Er begrüßte mich sehr herzlich und fragte nach dem Leben in der Heimat. Er selbst sorgte aber für die größte Überraschung: Er hatte geheiratet. Seine Frau war Krankenschwester in einem städtischen Krankenhaus, Kinder hatten sie noch nicht.

Überall auf dem Platz sah man junge und weniger junge Männer in Anzug und Krawatte, die in der Börse ein und aus gingen. Vor dem Gebäude wartete eine Gruppe von Jugendlichen, bestimmt eine Schulklasse, die das Geschehen live erleben wollte. Die Börse bildete den Mittelpunkt des Platzes. Um das Jahr 1900 erbaut, wurde sie zu einem der Markenzeichen der Stadt. Ich hatte sie noch nie besucht und auch kein Bedürfnis, den Ablauf im Inneren aus der Nähe zu betrachten.

Ich fragte meinen Freund nach seiner Meinung zu Jorams bevorstehender Hochzeit. Schimele lächelte nur kurz und wollte wissen, ob ich auch eingeladen sei. Als ich bejahte, meinte er, dass wir uns dann ja alle im Taunus treffen würden. Dann erkundigte ich mich nach der zukünftigen Frau Szczeciniarz, doch Schimele lachte und sagte, ich würde sie schon kennenlernen, ich solle mir deswegen keine Sorgen machen.

Schimele war wie ich ein Emigrant aus Polen, der den Weg über Wien nach Frankfurt gefunden hatte. Er war eher untersetzt, mit einem großen Kopf, der immer mehr von seiner Haarpracht verlor. Seine schwarzen Augen glänzten und verliehen ihm seine spezifische Ausstrahlung und Ernsthaftigkeit.

Den Verkaufspavillon hatte sein Vater einem Händler abgekauft, der plötzlich Geld brauchte und ihn deshalb loswerden musste. Da hatten die Freimans die Gelegenheit genutzt und waren jetzt Kioskbesitzer im Herzen Frankfurts.

4 FRANKFURTER BEGEGNUNGEN

Die aus Polen emigrierten Juden hielten auch im Ausland Kontakt und bildeten einen eingeschworenen Kreis. Viele der Älteren kannten sich aus der Warschauer Zeit, die Nachkriegsgeneration wiederum hatte teilweise dieselbe Schule besucht. Hier schloss sich der Kreis, wo jeder jeden von irgendwoher kannte. Alle kannten hingegen den Herrn Apfelbaum, der wohl überall auf der Welt zu Hause war und unzählige Bekanntschaften machte.

Herr Apfelbaum verbrachte die Kriegsjahre als Manager einer Zuckerfabrik in der Sowjetunion, wo er für das Transportwesen zuständig war. Sein bestes und zuverlässigstes Transportmittel war ein Esel, den er Grischa nannte. Nach dem Krieg entdeckte er, dass sein jüngerer Bruder als Einziger von seiner Familie ein bayerisches Konzentrationslager überlebt hatte und dann als freier Mensch gleich in Bayern geblieben war. Im Bayerischen Wald betrieben ehemalige NSDAP-Mitglieder Entnazifizierung, indem sie Herrn Apfelbaums Bruder ein Haus und eine Fabrik schenkten und dafür »Persilscheine« en gros erhielten. Man organisierte für ihn unbürokratisch flüssige Mittel, die ihm als Wiedergutmachungsgelder offiziell und rechtskonform zur Verfügung standen. So gerüstet konnte er seinen wiedergefundenen Bruder großzügig finanzieren. Herr Apfelbaum lebte in Polen wie ein feudaler Fürst. Die kommunistischen Machthaber tolerierten den Arbeitslosen und fuhren damit bestens, denn sie konnten mit großzügigen Geschenken aller Art rechnen. Sie unterstützten ihn so gut sie konnten und gaben ihm einen Haufen Ehrenämter. Er war eine bekannte Persönlichkeit in der Stadt, er liebte die Frauen und das süße Leben und konnte für alles zahlen. Ein überall willkommener Genosse. Bei der Partei war er nie, die Partei war aber immer für ihn da. Aufgrund der Unterstützung des Bruders wurden fast alle Wünsche der Honoratioren erfüllt; bange war ihm allerdings vor der Zeit, wo sein Bruder nicht mehr zahlen und er alle Privilegien sofort einbüßen würde.

Und es geschah früher, als er sich das in seinen schlimmsten Albträumen ausdenken konnte. In großer Zahl gelangten nationalistische Betonköpfe in wichtige Ämter in der Partei. Ihr Patriotismus beruhte auf der Idee eines autarken polnischen Weges, ohne die Hilfe ausländischer Genossen oder der polnischen Juden. Man sehnte sich nach einem rein christlichen Polen und erkannte, dass der Weg der Juden entweder nach Israel oder in die große weite Welt zu führen hatte. Man half, wie man nur konnte, um den jüdischen Exodus voranzutreiben. Kleine Provokationen und größere Intrigen führten zu Manifestationen und Unmutsbekundungen der polnischen Arbeiterschaft. Auch half es sehr, die Ausreisestimmung unter den jüdischen Genossen hochzuhalten. Studentenunruhen führten zu einer regelrechten Hetzjagd auf alles Jüdische. Um dem Vorwurf des Antisemitismus aus dem Weg zu gehen, führte man den Begriff des *Zionisten* ein. Ein Zionist war das Konglomerat des Bösen. Den Zionisten durfte man beleidigen, Verwünschungen an ihn schicken, ihn öffentlich als Teufel anprangern. Er war der Satan der katholischen Kirche, vor dem alle anständigen Menschen Angst haben mussten, und sollte aus den Köpfen tapferer Christen mit Gebeten und zur Not mit brachialer Gewalt verjagt werden. Der Satan/Zionist war an allem schuld, an der wirtschaftlichen Misere in Polen genauso wie an der Gefährdung des Weltfriedens und der Unterdrückung der Länder der Dritten Welt – und hier insbesondere der Araber, die als wehrlose, friedliebende Opfer des internationalen Zionismus dargestellt wurden.

Tausende von polnischen Juden verließen das Land, das früher ihre Heimat war und sie jetzt plötzlich zu unerwünschten Bürgern erklärte. Man wurde über Nacht zum Störenfried abgestempelt und hatte in diesem Land keine Existenzchance mehr.

Unter den Emigranten war auch Herr Apfelbaum, der unerwartet vor seinem Bruder in dessen neuer bayerischer Heimat stand. Ihm wurde wie immer geholfen. Solange sein Bruder lebte, konnte Herr Apfelbaum das Leben genießen.

Man quartierte ihn in einer Villa ein und stellte ihm auch gleich ein echt bayerisches Mädel zur Verfügung, das die Aufgabe hatte, den Zugereisten mit dem hiesigen Alltag, den Sitten und der Sprache bekannt zu machen. Die stattliche Frau, mit Dirndl und allem nötigen Zubehör ausgestattet, kümmerte sich sehr gründlich um den Fremdling, sodass dieser nach kurzer Zeit schon einige Redewendungen, wenn auch mit einem kleinen jiddischen Akzent, von sich geben konnte. Damit er das bayerische Lebensgefühl richtig kennenlernen und annehmen würde, blieb sie gleich bei ihm. Nach Ansicht anderer Damen waren die Anweisungen der blonden Sieglinde nicht genug und bald erschienen weitere Vertreterinnen des weiblichen Geschlechts auf Herrn Apfelbaums Anwesen und sorgten für sein Wohlbefinden. So mit Hilfe umhüllt, genoss der Flüchtling das neue Dasein und vermisste keineswegs das süße Leben der alten Heimat. Dort hatten ihm Mariola, Barbara und Marta den grauen Alltag versüßt, hier waren es Waltraud, Walburga und Mechthild, die ihm das bayerische Exil erträglich machten.

Auf Druck von einigen männlichen Honoratioren des Landkreises, die um ihre ehelichen Beziehungen besorgt waren, wurde Herr Apfelbaum schon nach kurzer Zeit nach Frankfurt entsandt. Hier wirkte er als Statthalter seines Bruders, der in der Goethestraße eine exklusive Boutique eröffnet hatte. Der Botschafter führte in Frankfurt ein feines, sorgloses Leben, bereichert durch Besuche der schönsten Frankfurterinnen, die es sich nicht nehmen ließen, bei dem weltmännischen Don Juan einzukaufen. Besonders die raffinierte Anprobe war in der Damenwelt berühmt, sodass es zu langen Wartezeiten kam.

Herr Apfelbaum kannte also jeden und jeder kannte ihn. Mit Schimeles und auch meinem Vater war er während des Krieges in der Sowjetunion unterwegs gewesen, wo er in verschiedene Abenteuer verwickelt war. Sein bevorzugtes Lokal in Frankfurt war das Café Kranzler, wo er sehr häufig zugegen war. Dort trafen sich fast alle hier lebenden Juden. Diejenigen, die nicht zu den Stammkunden zählten, weilten im benachbarten Terrassen-Café, eine Frankfurter Einrichtung, die das Leben im Wiener Kaffeehaus imitierte.

Zwischen dem Café Kranzler und dem Terrassen-Café befand sich der Kiosk von Schimele, der das Gesellschaftsleben der hiesigen Gemeindemitglieder somit tagaus, tagein beobachten konnte. Er kannte sie alle, die Reichen und die Mächtigen, die Armen und die Bettler, die Geliebten und die Ehefrauen. Wenn zum Beispiel Herr Apfelbaum den Itzig Manger suchte und ihn weder beim Kranzler noch im Terrassen-Café fand, fragte er Schimele, der fast immer mit einer Auskunft dienen konnte.

Im Terrassen-Café war ich nur einige Male, dessen Flair sagte mir nicht besonders zu. Als ich noch in dieser Stadt lebte, traf ich dort einen netten Mann, der mir während zweieinhalb Stunden die Geschichte seines Lebens erzählte. Es war ein erschütternder Bericht, der mir aufzeigte, wozu die Menschen fähig sind. Er handelte von einem Sumpf aus Korruption und illegalen Geschäften, dem Handel mit Immobilien und verbotenen Bankgeschäften. Es ging auch um Liebe und Leid, um verlogene Moral und verlorene Moralvorstellungen. Ich habe ihn nie wiedergesehen, aber seine Geschichte blieb mir im Gedächtnis.

Joram hatte mich zum Essen mit seiner Auserwählten in ein italienisches Restaurant eingeladen. Es war ein kleines Lokal mit netter Bedienung und angemessenen Preisen. Die meisten Restaurants im Westend, dem Viertel der Immobilienmakler, Bankmanager und Werbeleute, waren für Normalverdiener nicht mehr bezahlbar. Als ich das Lokal betrat, waren nur wenige Besucher da, von Joram und seiner künftigen Gattin keine Spur.

Ich setzte mich an die Theke und bestellte ein Glas Mineralwasser. Der Wirt hieß Gianluca und war ein Anhänger der Fußballmannschaft Inter Mailand, was viele Fotos, Wimpel und Pokale eindrucksvoll bezeugten.

Als ich im Begriff war, mir noch ein Wasser zu bestellen, ging die Tür auf und Joram erschien. Er war alleine, ohne die Frau, die er heiraten wollte, und ich vermutete schon das Schlimmste. Wir setzten uns an einen Tisch am Fenster und bestellten etwas zu trinken. Ich schwieg, Joram schwieg, nur Gigliola Cinquetti war im Hintergrund zu hören.

Plötzlich schaute Joram mich besorgt an und sagte leise: »Ich habe Angst.« Bevor ich nachhaken konnte, fuhr er fort: »Heiraten heißt, einen Bund fürs Leben einzugehen. Das ganze Leben lang mit diesem einen Menschen zusammen sein, ihn ertragen, seine Launen, seine Probleme miterleben, mit ihm leiden, ist das nicht anstrengend?«

»Aber wenn du liebst, erträgst du den Partner ohne Weiteres, du bist glücklich, alles mit ihm zu teilen. Du wirst mit ihm lachen und weinen, diskutieren, dich streiten, dich versöhnen. Die Liebe macht es möglich.«

Joram schwieg einen langen Augenblick, dann meinte er: »Wenn es so ist, wie du eben geschildert hast, warum hast du noch nicht geheiratet?«

Ich schaute ihn irritiert an. »Weil ich noch nicht die richtige Partnerin zum Heiraten gefunden habe. Aber du, mein lieber Joram, hast mir erzählt, wie sehr du deine künftige Frau liebst und dass du mit ihr eine Familie gründen willst. Du warst sicher, die richtige Partnerin gefunden zu haben. Warum jetzt diese Zweifel, warum die Angst?«

»Esther ist ein liebes Mädchen. Ich glaube, sie zu lieben, aber jetzt wo es Ernst wird, habe ich Bedenken.«

»Liebt sie dich nicht mehr?«

»Doch. Die Liebe ist nicht das Problem. Es geht um den Bund fürs Leben, davor habe ich Angst. Was ist, wenn die Liebe weniger wird oder ganz erlischt?«

»Dann bleibt die Gewöhnung. Ihr wart die ganze Zeit zusammen, getragen von der Liebe, die euch zusammenhielt. Auch wenn das Feuer erloschen ist und die Liebe verschwunden, habt ihr euch aneinander gewöhnt. Man lebt weiter zusammen, denn es bleiben noch Verbundenheit, Sympathie, Achtung vor dem Partner. Jetzt wieder alleine zu leben wäre nicht einfach.«

Joram musterte mich kritisch. »Du bist ein exzellenter Theoretiker, mein Lieber. In der Theorie ist alles geordnet, alles wunderbar. Ich neige trotzdem dazu, die ganze Veranstaltung abzusagen. Beim Standesamt werden sie wohl keine Schwierigkeiten machen.«

»Aber was sagt die Braut dazu, was deine Mutter? Und die eingeladenen Gäste? Das Hotel wirst du trotzdem bezahlen müssen, es wird dich einen Batzen Geld kosten. Und dein Ruf wäre ruiniert. Ich an deiner Stelle würde mir das reiflich überlegen. Noch ist es nicht zu spät. Ich könnte zum Beispiel mit deiner Auserwählten reden, vielleicht kann ich mehr über sie erfahren, um ihre Meinung festzustellen?«

»Meinst du, du erfährst mehr als ich? Ich kenne sie besser als du«, meinte Joram skeptisch.

»Deswegen kann ich ungezwungen mit ihr reden, ich bin in einer ganz anderen Lage als du«, beharrte ich.

»Ich überleg es mir und lass es dich dann wissen.« Joram hatte es plötzlich eilig, er musste noch viele Sachen erledigen. Im Nu war er weg.

Ich ging zum Börsenplatz, um Schimele zu besuchen, traf aber nur seinen Mitarbeiter, deshalb ging ich weiter in Richtung Hauptwache. Plötzlich rief jemand hinter mir: »Hallo! Was für eine Überraschung, Sie hier zu treffen.«

Ich drehte mich um. Vor mir stand eine hübsche Frau um die dreißig, dunkelblondes Haar, nette Erscheinung, und lächelte mich an. Beim besten Willen konnte ich mich nicht an sie erinnern. Ich wusste nicht, woher ich sie kennen sollte.

»Verzeihung, kennen wir uns?«, fragte ich vorsichtig.

Sie schaute mich etwas schräg an, ihr Lächeln schien mir noch ein wenig verschmitzter. »Schade, dass Sie sich nicht mehr erinnern! Unser Gespräch klingt mir immer noch in den Ohren.«

Ich betrachtete sie genauer. »Es tut mir leid, mein Erinnerungsvermögen scheint nachzulassen. Könnten Sie mir auf die Sprünge helfen?«

»Aber gerne. Die Geschichte begann im verschneiten Jerusalem. Da gab es einen Fremdenführer, der einer Gruppe von Theologen sehr eindrucksvoll die Heiligtümer des Christentums zeigte. Unter ihnen befand sich eine Nonne, die seinen Ausführungen interessiert lauschte und den netten jungen Mann sogar in einen Disput verwickelte. Sie erinnern sich vielleicht an Schwester Henrike?«

Erst jetzt fiel bei mir der Groschen und das Gespräch mit der selbstbewussten Ordensfrau fiel mir wieder ein. »Und Sie sind Schwester Henrike?«, fragte ich ungläubig. »Wo haben Sie denn Ihre Ordenstracht gelassen?«

Sie schaute jetzt ein wenig ernster. »Wenn Sie etwas Zeit haben, dann erzähle ich es Ihnen gerne.«

Ich hatte etwas Zeit, und wir setzten uns beim Café Kranzler auf die Terrasse. Henrike bestellte einen Milchkaffee, ich bevorzugte Espresso. Sie sah sehr entspannt aus.

»Damals in Jerusalem war ich noch eine Nonne, die dem Bistum Limburg unterstellt war. Das war ein spannender, interessanter, aber auch schwieriger Job. Nun, er ist jetzt zu Ende, ich bin im schwer verdienten Urlaub.« Sie sah auf und entdeckte auf meinem Gesicht Zeichen des Nichtbegreifens. »Sie können mir nicht folgen? Völlig verständlich. Ich muss gestehen, dass ich geschauspielert habe. Ich habe Journalismus studiert und arbeite für eine bekannte Illustrierte. Ich bin Enthüllungsjournalistin. Im Auftrag unseres Chefredakteurs habe ich mich als Nonne in die Welt der katholischen Kirche eingeschleust. Ich nahm an Gottesdiensten und kirchlichen Veranstaltungen teil, lernte das Leben der Nonnen, ihre Pflichten und Bedürfnisse kennen. Darüber habe ich in meinen Reportagen berichtet und diese mit Fotos illustriert.«

Ich schaute sie entgeistert an. »Und so etwas nennen Sie Journalismus?«

Jetzt reagierte sie mit Unverständnis. »Selbstverständlich. Das ist ein Teil des gewöhnlichen Pressewesens. Wir enthüllen Dinge, die dem breiten Publikum nicht bekannt sind, um sie in einem neuen Kontext zu sehen. Es gibt schon weitere Projekte, deren Möglichkeiten gerade geprüft werden.«

»Darf ich erfahren, wie Sie heißen? Schwester Henrike kann ich Sie ja wohl nicht mehr nennen.«

Sie lachte vergnügt. »Jenny, mein Vorname ist Jenny.«

Ich blickte sie genauer an, während sie an ihrem Kaffee nippte. Sie hatte ein hübsches Gesicht, dunkelblondes langes Haar, hellbraune Augen und eine Nase, die ich klassisch nennen würde. Sie war eine emanzipierte Frau, die das Leben genoss. Auf jeden Fall wirkte sie selbstbewusst und unabhängig, aber nicht anmaßend.

Wir unterhielten uns über Literatur und Kunst, über jüdische Geschichte und die christliche Kirche, über Religionen allgemein und über tausend andere Sachen, die uns beide interessierten. Während unserer Unterhaltung entpuppte sich meine Gesprächspartnerin als ein intelligentes Geschöpf, mit dem jeder Disput zu einer Sternstunde werden konnte, wenn sie es schaffte, ihrer wohl angeborenen Arroganz nicht zu viel Platz einzuräumen. Sie kannte ihre Stärken, ihre Schwächen verbarg sie geschickt. Ich erfuhr, dass sie aus Frankfurt stammte und in London sowie New York Journalismus und Literatur studiert hatte. Sie verkehrte in linken Kreisen, kannte Daniel Cohn-Bendit und seine Gruppe, fühlte sich aber keiner politischen Kraft dieses Landes zugehörig.

Die Springer-Presse nannte sie faschistisch. Über das Thema Liebe wollte sie sich nicht weiter äußern, sie bemerkte nur so nebenbei, dass sie freie Liebe nicht immer für frei halte und wohl eine Romantikerin sei.

»Die Prinzessin wartet auf ihren Prinzen«, lachte ich.

Sie blieb ernst. »Das ist doch ehrenwert, das Warten auf die große Liebe.«

Ich bekannte, dass ich schon mehrere »große« Lieben erlebt hätte, aber immer noch auf die ganz große Liebe warten würde. »Jede Liebe war eine Steigerung der vorherigen. Ich bezweifle aber, ob ich jemals die größte, die vollkommene Liebe erfahren werde.«

Sie lächelte über meine Worte und erwiderte, dass jede Liebe anders sei, dass die Gefühle unterschiedlich seien und diese in Dimensionen einzuteilen ein hoffnungsloses Unterfangen ohne brauchbare Ergebnisse.

Die Unterhaltung mit ihr machte mir großen Spaß. Ein so aufgewecktes, intelligentes Gegenüber zu haben, erforderte konzentriertes Zuhören und durchdachte, dem Gesprächsniveau angepasste Repliken.

Sie wollte wissen, ob ich auch eine nichtjüdische Freundin oder Partnerin gehabt hätte, was ich bejahte. Bevor ich ihr die umgekehrte Frage stellen konnte, gab sie mir zu verstehen, dass sie um diese Erfahrung ärmer sei. Daraufhin beschäftigten wir uns auffallend intensiv mit unseren Getränken, bis wir es schafften, die künstliche Pause zu beenden und unser Gespräch wieder in ruhigere und sichere Bahnen zu leiten. Aber die Betroffenheit blieb, und wir schwiegen auffällig oft, dafür arbeitete unsere Fantasie umso intensiver.

Jenny schaute mich an und wurde ein wenig rot im Gesicht, was nicht an der Sonne lag. Nach einem Blick auf ihre Uhr stand sie auf. Jetzt habe sie beinahe einen wichtigen Termin vergessen, erklärte sie und fragte, ob ich noch lange in Frankfurt bleiben würde.

»Voraussichtlich noch eine Woche.« Beiläufig erwähnte ich, in welcher Pension ich mich in Frankfurt aufhielt, dann trennten sich unsere Wege. Ich drehte mich nach einigen Schritten noch einmal um, in der Hoffnung, sie mache das Gleiche, aber sie tat es nicht und ging in Richtung des Rathenauplatzes, wo sie hinter einem Gebäude verschwand. Für immer?

Ich jedenfalls kehrte in die Pension zurück und legte mich aufs Bett, um das Geschehene zu verarbeiten. Unsere Begegnung ging mir nicht aus dem Kopf. In Israel war Jenny noch eine Nonne gewesen, die mir mit ihrer Fragerei auf die Nerven ging. Schon damals aber war sie mir als wissbegierige Person aufgefallen, die nicht mit einer Standardantwort zu befriedigen war. Sie bohrte tiefer. Sie hasste Klischees, legte Wert auf Gründlichkeit. Sie war eine moderne, selbstbewusste, intelligente Frau von heute, immer bereit, neue Wege zu gehen. Die moderne Frau kannte keine Tabus, weder sexueller noch anderer Natur. Sie war frei in ihren Gedanken, kämpfte für ihre Ideale und stand dem Mann in nichts nach. So eine Frau war Jenny in meinen Augen, nachdem sie die Ordenstracht gegen Jeans getauscht hatte.

Ich ging nach draußen, um frische Luft zu schnappen. Im Terrassen-Café traf ich Herrn Apfelbaum, der sich intensiv mit einem Mann mit einem großen Hut unterhielt. Diesen kleinen Mann kannte ich gut, er war Maler. Eine Galerie in der Berliner Straße verkaufte seine Arbeiten. Seine Kindheit und auch die Jugendjahre hatte er in Israel verbracht. Vor einiger Zeit hatte er mir eines seiner viel beachteten Bilder geschenkt. Bis jetzt hatte ich keine Zeit gehabt, das Werk auszupacken, es lag immer noch unter dem Bett in meiner Tel Aviver Wohnung. Herr Apfelbaum und Dov freuten sich sichtlich, mich zu sehen, und baten mich an ihren Tisch.

Die Diskussion, in die die beiden Männer vertieft gewesen waren, drehte sich um die Frage, ob ein Jude heutzutage eine Deutsche heiraten konnte. Dem Gespräch entnahm ich, dass Dov mit einer deutschen Christin liiert war und sich mit dem Gedanken trug, sie zu heiraten. Sie war Künstlerin wie er und die beiden waren schon zwei Jahre zusammen. Sie dachten an eine Ehe, um die Verbindung offiziell zu machen. Herr Apfelbaum war der Ansicht, wenn man liebte und geliebt würde, sollte man nicht auf Hautfarbe, Nationalität, Religion oder Rasse achten. Er schränkte aber zugleich ein, dass eine solche Beziehung auch Gefahren mit sich bringe. So kämen mit der Zeit Verschiedenartigkeiten zum Vorschein, die die Liebenden am Beginn der Beziehung noch nicht wahrnehmen würden. Unterschiedliche Sitten und abweichende Lebensphilosophien seien die häufigsten Ursachen, die eine Ehe zum Scheitern brächten. Dov war unschlüssig über die Folgen einer Heirat – was seine Gefühle anging, war er sich der Sache jedoch ziemlich sicher. Der kleine Künstler mit dem großen Hut wusste jedoch, dass nur er imstande war, die Entscheidung zu treffen. Der beste Rat taugt in solchen Fällen nicht viel.

Ich hielt mich mit Ratschlägen zurück. Während ich der Unterhaltung der beiden Männer lauschte, zeichnete Dov ganz nebenbei mit einem spitzen Bleistift meine Silhouette auf ein Blatt Papier. Er schenkte mir die Zeichnung zum Abschied und rief noch, als ich ihm schon den Rücken kehrte: »Nächstes Jahr in Jerusalem.«

Für mich hieß es aber: »Nächste Woche in Jerusalem«, denn die nächsten Touristengruppen waren schon eingeteilt.

Auf dem Rückweg fing mich Joram ab und bat um eine Unterredung zu dritt. Esther wartete im Café Kranzler auf uns. Ich blickte in ein mir vertrautes Gesicht. Sie war die Tochter eines Bekannten meines Vaters, der hier in Frankfurt an mehreren Restaurants beteiligt war und ausgezeichnete Beziehungen zu allen gesellschaftlichen Gruppen unterhielt. Zu seinem Bekanntenkreis zählten die Honoratioren der Stadt genauso wie die Marktkrämer, die Kriminellen genauso wie die sie bekämpfenden Kriminalisten. Man sagte ihm nach, mit den Gangstern zusammenzuarbeiten und den Sicherheitsbehörden die heißesten Tipps über die Verbrecher zu liefern. Esthers Vater war ein unheimlicher Mann, und seiner Tochter eilte der Ruf voraus, genauso unheimlich wie ihr Vater zu sein.

Vor vielen Jahren war ich der Schönheit und Raffinesse dieser Dame erlegen, die ihre Partner nach Belieben beherrschte. Sie trieb das böse Spiel mit dem ihr völlig ausgelieferten Opfer so lange, bis es ihr keinen Spaß mehr machte. Dann setzte sie es einfach auf die Straße. Geld spielte keine Rolle, der Papa stellte ihr mehrere Bankkonten zur Verfügung. Die Dame zahlte meistens mit der Kreditkarte in Gold. In manchen Kreisen wurde sie deshalb auch Gold-Esther genannt. Sie trieb ihr Unwesen schon überall und trat unter verschiedenen Namen auf.

Nach diesem Stand der Dinge hatte Joram die schlechteste Option und die falscheste aller möglichen Bewerberinnen gewählt. Meine Aufgabe konnte nur sein, ihm von seinem Vorhaben abzuraten und Esther zum Teufel zu jagen. Nur war es leichter, darüber nachzudenken, als das Ergebnis der Überlegungen in die Tat umzusetzen.

Esther begrüßte mich kühl und distanziert, so als würde sie mir eine Audienz erteilen. Dann schenkte sie mir ein unsicheres Lächeln, denn sie wusste nicht, was ich vorhatte. Ich wusste selbst noch nicht, wie ich Joram die Vermählung mit dieser Dame ausreden könnte, dazu noch in deren Anwesenheit.

Esther ging auch gleich in medias res und fragte: »Was willst du mit dieser Vernehmung meiner Person erreichen?«

»Joram hat mich gebeten, ihn bei der wichtigsten Entscheidung seines Lebens zu beraten.«

»Wenn er diese Entscheidung nicht selbst treffen kann, dann sollte er nicht die Idee haben zu heiraten. Wenn man heiratet, dann liebt man einander. Wenn er Zweifel an dem Vorhaben bekommt, dann sollte er es sein lassen.«

Ich merkte, dass es nicht einfach werden würde, und bat Joram, für eine Weile zu Schimele zu gehen und uns allein zu lassen. In dieser Zeit hoffte ich, mit Esther ein vernünftiges Gespräch führen zu können.

Als Joram sich entfernt hatte, fragte ich Esther, ob das alles nur wieder eine Laune von ihr sei. Sie solle doch den armen Joram nicht ins Unglück stürzen. Es sei schließlich klar, dass sie ihn nach einiger Zeit wie ein nicht mehr gebrauchtes Spielzeug wegwerfen würde.

Ironisch gab sie zu bedenken, Joram würde in diesem Fall eine schmerzlindernde Abfindung erhalten. Und überhaupt mischte ich mich in Sachen, die mich nichts angingen. Aus mir spreche der Schmerz über unsere Trennung, die ich wohl immer noch nicht verkraftet hätte.

»Dieser Schmerz tut nicht besonders weh und ist schon längst vergessen. Aber die Art und Weise, wie du mit mir umgesprungen bist, war eine äußerst unangenehme Erfahrung, die ich Joram ersparen möchte. Ich befürchte, er ist zu naiv und weltfremd für deine Spielchen, und er soll nicht dein nächstes Opfer werden.«

Daraufhin behauptete Esther, dass sie älter und reifer geworden sei, dass sich geändert habe und zur Ehe befähigt fühle. Sie liebe Joram wirklich und er sie auch. Schon Schimele habe versucht, ihnen zu erklären, dass die Idee einer Heirat abwegig sei. Aber sie spreche ihm das Recht ab, ihr und ihrem Gefährten Ratschläge zu geben.

Ich glaubte nicht an ihre Fähigkeit, sich zum Guten zu wandeln, und sagte ihr ins Gesicht, dass sie sogar imstande sei, Joram noch in der Hochzeitsnacht zu betrügen, woraufhin sie mich krank im Kopf nannte und meinte, ich sei wohl immer noch in sie verliebt. Das machte mich für einige Augenblicke sprachlos. Die Dame war so sehr von sich überzeugt, dass sie nicht gewillt war, der Realität ins Auge zu blicken. Sie kochte ihr eigenes Süppchen, und die anderen Menschen interessierten sie nicht im Geringsten.

Nun, Joram war ein erwachsener Mann und sollte wissen, was er tat. Aber auch er hatte Bedenken. Sie waren allgemeiner Art und hatten mit Esther nur wenig zu tun. Er hatte einfach Angst vor der Ehe, vor der Verpflichtung, mit derselben Frau das ganze Leben zu verbringen. Ich konnte seine Beweggründe nachvollziehen, denn auch ich konnte mir nicht vorstellen, mich so eng und so lange zu binden. Selbst Schimele hatte sich lange Zeit erfolgreich gesträubt, eine Ehe einzugehen. In Israel war er standhaft geblieben und auch in Frankfurt hatte er alle Versuche abgewehrt. Aber eines Tages, als ihn seine Aufmerksamkeit für einige Augenblicke in Stich ließ, da willigte er ein. Er hatte mir erzählt, wie glücklich er jetzt sei, wie ihn die Ehe verändere, wie toll es sei, das Gute und das weniger Gute mit einer Person bis ans Lebensende gemeinsam zu erfahren. Es war Liebe auf den zweiten Blick, und solche Liebesbeziehungen dauerten nach seiner Meinung ewig. Seine Gattin arbeitete im Gesundheitswesen und war nur selten im Kiosk anzutreffen, deswegen hatte ich bisher keine Gelegenheit gehabt, sie kennenzulernen.

Esther entpuppte sich als harte und unnachgiebige Gegenspielerin. Nach einem hitzigen Disput verbot sie mir, mich in ihre Angelegenheiten einzumischen. Entnervt beendete ich die unnütze Konversation mit der Bemerkung, ich gäbe der Ehe nicht mehr als drei mickrige Monate, dann sei der Spuk vorbei. Sollte ich aber unrecht haben, schränkte ich ein, dann würde ich mich bei ihr entschuldigen.

Sie hörte sich meine Ausführungen in Ruhe an, dann umarmte sie mich zum Abschied und dankte für diese Einschränkung. Ich würde sehen, dass die Ehe lange dauern werde und sie freue sich schon jetzt auf meine Entschuldigung. In diesem Augenblick betrat Joram das Café und schaute uns verdutzt an. Wir mussten ihm erklären, warum wir uns in den Armen lagen, so wirklich überzeugt schien er aber nicht zu sein. Er erzählte uns, dass auch Schimele ihm seinen Segen zu der Eheschließung gegeben und sein Kommen zu der Feier bestätigt habe. So überrumpelt, war ich letztendlich froh, diese Konversation beendet zu haben, und sagte ebenfalls mein Erscheinen zu. So richtig überzeugt war ich zwar nicht, aber ich hatte diese heikle Angelegenheit unbeschadet überstanden, und das zählte. Fast hätte ich mir die beiden zu Feinden gemacht, doch nun schien alles in bester Ordnung zu sein und die Mission konnte ad acta gelegt werden.

Ich verabschiedete mich von den beiden und besuchte Schimele. Ich unterhielt mich gern mit ihm. Themen fanden wir immer, ob aus Sport, Politik, Geschichte, Literatur oder Wirtschaft. Das Spektrum der gemeinsamen Interessen war breit und bot immer Anregungen für spannende Gespräche. Schimele liebte das Schreiben, er hatte schon einiges zu Papier gebracht und bereits ein Buch veröffentlicht.

An diesem Tag war bei ihm im Geschäft nicht besonders viel los, sodass wir uns gut unterhalten konnten. Es ging um die Frage der Selbstverleugnung. Schimele hatte Probleme damit, im »Land der Mörder« zu wohnen. Er fühlte sich schuldig, in der reichen Bundesrepublik Deutschland statt in Israel zu sein, und das Land seiner Vorfahren verlassen zu haben, um ein »süßes« Leben zu führen. Dort war er der Gefahr eines neuen Krieges ausgesetzt, eines Lebens in ständiger Kampfbereitschaft, in Angst um den Ertrag seiner Arbeit. Er passe nicht zu diesem Leben, das ganz anders sei als in Deutschland, wo die größten Probleme der Bewohner darin bestünden, wie sie ihr Geld gewinnbringend anlegen könnten oder wann sie ihren neuen Wagen geliefert bekämen. Aber das Problem, in einem Land zu leben, aus dem die Mörder seiner Familie kamen, beschäftigte ihn sehr und bescherte ihm nicht nur eine schlaflose Nacht. Ob er die Deutschen hasste? Er würde jein sagen.

Ich hatte dieses Problem Gott sei Dank nicht, ich hatte mich für Israel entschieden und war sicher, die richtige Wahl getroffen zu haben. Unter den Angehörigen und Nachfahren von Massenmördern zu leben ist gewiss nicht einfach und erfordert eine sehr dicke

Haut. Nicht jeder Jude ist immun gegen antisemitische Provokationen, gegen Hasstiraden besoffener Stammtischkumpane, pri-
mitive Judenwitze auf niedrigstem Niveau, intellektuell getarnte
Presseartikel gegen das »zionistische Gebilde« Israel, geheuchelte
Entschuldigungen der Kirche.

Schimele hatte das Leben in diesem Staat gewählt, wo sich die
Juden selbst verleugneten und den Deutschen die Hand reichten. Ich dagegen, nach einem kleinen Intermezzo im Reich von
Goethe, Schiller, Goebbels und Hitler, wählte das Land an den
drei Meeren, wissend, dass es nicht leicht sein würde, dort zu
leben. Schimele war ein typischer Unentschlossener, der zwar
gerne sein Leben dort führen würde, aber nicht auf die Freuden
des Wohlstands verzichten konnte. Er gönnte den Deutschen
ihre Erfolge nicht, dafür freute er sich wie ein Kind, wenn es
einem Israeli gelang, einen guten vierten Platz bei der Olym-
piade zu ergattern, oder wenn ein Jude sogar einen Nobelpreis
bekam. Solche »Schimeles« gab es viele in Deutschland. Sie
schrien »Mörder unter uns« und gaben ihnen bereitwillig beide
Hände. Sie hatten deutsche Freunde, deren Familienangehörige
während des Krieges Gräueltaten am jüdischen Volk begangen
hatten. Schimele meinte, er fühle sich, als hätte er dem Teufel
seine Seele verkauft. Er hatte Gewissensbisse und konnte sich
seine Feigheit nicht verzeihen.

Schimele berichtete mir an diesem Tag von seiner Begegnung mit
dem Juden Daniel Cohn-Bendit, der sich einen Namen als Studen-
tenführer in Frankreich gemacht hatte und hier in Frankfurt in
der Sponti-Szene aktiv war. Sie diskutierten über das Thema Palästina, zu dem sie unterschiedliche Meinungen hatten. Während
sich Cohn-Bendit als Zukunftsvision einen Staat mit Juden und
Arabern vorstellen konnte, war Schimele der festen Ansicht, dass
nur zwei unabhängige Staaten die Chance für Frieden gewährleis-
ten konnten. Er verwies auf das streitsüchtige Nebeneinander der
zwei Bevölkerungsgruppen während der osmanischen Zeit und
der Periode des britischen Mandats.

Er hatte sich etliche Male mit den linken Sponti-Genossen zu
Diskussionen in Szenecafés getroffen. Unlängst hatte auf dem Börsenplatz eine Demo gegen die Häuserspekulanten stattgefunden,
während der die Polizei Wasserwerfer einsetzte und die Demons-

tranten mit Knüppeln bearbeitete. Diese wiederum warfen mit Steinen nach der Staatsmacht. Die Sanitäter hatten viel zu tun. Schimele beobachtete die Geschehnisse durch das Fenster seines Kioskes. Obwohl er Sympathien für die linke Bewegung hatte, fiel ihm bei seinen Treffen mit deren Vertretern eine Sache auf, die ihn sehr beunruhigte: Ihre Anschauungen zeigten zunehmenden Antisemitismus und Ressentiments gegen den israelischen Staat. Damit hatte er nicht gerechnet. Mit Schrecken stellte er fest, dass es zwischen der radikalen Rechten und den Linken Schnittstellen gab, die er in dieser Form nicht für möglich gehalten hätte. In der Juden- oder Zionismusfrage standen die beiden Gruppierungen sich sehr nahe. Was für die Rechten die Juden waren – Schmarotzer, Großkapitalisten, Blutsauger, Zinswucherer –, waren für die Linken die Zionisten. Hinter dieser Bezeichnung versteckten sich Ablehnung und Missbilligung und eine negative Konnotation.

Schimeles Ausführungen hatten etwas wirklich Beunruhigendes. Das böse Gift des Antisemitismus saß tief. Über zweitausend Jahre Hetzkampagne der christlichen Kirchen erzeugte Vorurteile, die an jede Generation weitergegeben wurden. So saugten die Babys mit der Muttermilch den Hass gegen eine Minderheit von Menschen auf, deren größtes Verbrechen es war, eine andere Religion zu haben. Nationalistisch und antisemitisch gesinnte »Experten« entwickelten sogar eine Rassentheorie, die die jüdische Rasse als die niedrigste einstufte. Adelige und Bauern, Wissenschaftler und Handwerker, Reiche und Arme, Pfarrer und Päpste, sie alle einte eins: der Hass gegen die Juden. Das Wort *Jude* wurde zum Schimpfwort.

Die Juden der Welt wehrten sich auf ihre Weise, indem sie die Bildung als das höchste Gut ansahen und dadurch der christlichen Mehrheit Paroli bieten konnten. Und so stellten die Juden ethnisch gesehen die meisten Nobelpreisträger und sehr viele berühmte Wissenschaftler, Entdecker, Gelehrte, Filmemacher, Schriftsteller, Philosophen, Juristen, Ingenieure, Wirtschaftsmanager und Finanzexperten. Aber diese Stellung erzeugte Neid. Es ist anzunehmen, dass es auch ohne Juden »Antisemitismus« geben würde, denn man brauchte einen Sündenbock, auf den man den Hass der Welt abladen konnte, und dafür eignet sich am besten das Fremde und Andersartige.

Dann kamen die Deutschen mit ihrem Hitler. Aber sie schafften es nicht, die Hoffnungen vieler Antisemiten auf eine Ausrottung der Juden zu erfüllen. Sie versuchten zwar auf akribische und sehr gründliche Art, sich des verhassten jüdischen Volkes zu entledigen, aber auch sie stießen an ihre Grenzen. Sie wollten es besser machen als die Römer, als ihre Brüder im Mittelalter, als die zaristische Ochrana, als die pogromerfahrenen Kosaken in der Ukraine und das aufgehetzte Gesindel in Russland und Polen. Sie versagten am Ende auf der ganzen Linie, denn es gibt immer noch Juden auf der ganzen Welt und es werden immer mehr.

Schimele lachte über meine Gedankengänge. Doch ich fuhr ungerührt fort: »Unter anderem deswegen bin ich froh, in Israel zu leben. Dort wird mich niemand als *Saujude* beschimpfen, mein Geschäft boykottieren oder mich als Jude diskriminieren. Und wenn wir angegriffen werden, setzen wir uns zur Wehr!«

»Aber, lieber Tom, in Israel beschimpft man jemanden wegen seines Herkunftslandes«, entgegnete Schimele. »Die Juden aus Afrika oder aus dem arabischen Raum werden von den europäischen oder amerikanischen Israelis nicht weniger diskriminiert als wir hier von den Einheimischen. Ungerechtigkeit gibt es überall, aber wenn man selbst betroffen ist, tut es am meisten weh.«

Ich war von Zipi und ihren Eltern als Ehrengast zu einem Festessen anlässlich der Begrüßung des wiedergefundenen Onkels eingeladen worden. Die Familie wohnte in der Wolfgangstraße, mit freier Sicht auf einen grünen Park, eine Oase der Stille inmitten eines aufblühenden und geschäftigen Viertels. Als ich in der Wohnung erschien, herrschte dort eine hektische Betriebsamkeit. Alle standen in der Küche und redeten durcheinander. Worum es ging, erfuhr ich nicht, denn man nahm mich nur zur Kenntnis, ohne das Gespräch zu unterbrechen. Schließlich beruhigten sich alle und wir setzten uns an den Tisch, der voll war mit verschiedenen Salaten, Vorspeisen und Getränkeflaschen.

Zipis Mutter war eine fabelhafte Köchin, eine Künstlerin am Herd. Wir bekamen Borschtsch serviert, eine Suppe mit roten Rüben. Danach brachte Zipis Mutter, eine Anhängerin der polnischen Küche, gefüllte Ente mit Mandeln auf den Tisch und als Dessert einen Käsekuchen, der auch die Ansprüche der besten

Restaurants befriedigt hätte. Nach dem Essen, bei einem Glas eines vorzüglichen Weines, gestand Mendel, dass er Sehnsucht nach Israel, nach Jerusalem, nach seinem Heim habe. Um allen Missverständnissen vorzubeugen: Er äußerte sich nur in Superlativen über seine neue Familie. Auch Frankfurt gefalle ihm sehr, er habe schon vieles gesehen, auch in der weiteren Umgebung. Er lobte die Ordnung und Sauberkeit in der Bundesrepublik. Er freue sich, dass die Deutschen so schnell und gründlich ihre Vergangenheit bewältigt hätten, um jetzt beruhigt in die Zukunft zu schauen.

Ich erzählte Zipi von Jorams bevorstehender Hochzeit. Sie lachte nur. »Typisch Joram. Er verliebt sich sehr schnell und schon denkt er, er hätte die Frau fürs Leben gefunden.«

Am nächsten Tag erwachte ich erst um zehn Uhr. Ich trank ein Glas Milch und aß ein trockenes Brötchen, als jemand an die Tür klopfte. Ich machte auf. Vor mir stand Joram und strahlte. Er sei gestern bei Esthers Vater eingeladen gewesen und auch mit der Stiefmutter habe er einige Worte gewechselt. Sie sprachen über viele Dinge, Joram hatte den Eindruck, er würde regelrecht ausgefragt. Alle Themen, die den Vater interessierten, wurden behandelt, von der religiösen Einstellung des Kandidaten bis zu den Finanzen wurde alles durchgenommen. Die Stiefmutter fragte ihn belanglose Sachen, aber hinter jeder Frage vermutete er eine Falle, also antwortete er mit Bedacht und nach langem Überlegen.

Esthers Vater erzählte ihm auch von sich. Er hatte das Konzentrationslager in Dachau überlebt und fand sich nach Kriegsende in München wieder. Dort handelte er auf dem Schwarzmarkt mit Zigaretten, Kleidung, Teppichen und allem, was sich verkaufen ließ. Eines Abends traf er ein abgemagertes polnisch-jüdisches Mädchen, das er schon nach wenigen Wochen heiratete. Von München zog das frisch vermählte Paar nach Kaiserslautern und schließlich nach Frankfurt. Herr Baumann – so hieß er – eröffnete eine Bar im Rotlichtmilieu, dann aber widmete er sich den Immobilien, deren finanzielles Potenzial er früh erkannte. Er kaufte sanierungsbedürftige Häuser, klagte die Bewohner raus und die so frei gewordenen Immobilien verkaufte er an die Banken und Konzerne weiter. So hatten diese ein sauberes Image ohne Gerichtsurteile und schlechte Presse, und er hatte seine Prozente, die in die Millionen gingen. Er arbeitete im Hintergrund, blieb der Öffentlichkeit fast unbekannt.

Seine Frau brachte ein Mädchen zur Welt, das sie Esther nannten. Es wuchs im Luxus auf, mit Gouvernanten und Hauspersonal. Dann starb die Mutter an Krebs. Der Vater heiratete schon nach einem Jahr seine langjährige Freundin, die er die ganze Zeit vor allen Bekannten versteckt hatte. Die neue Ehefrau konvertierte zum Judentum und blieb weiterhin im Hintergrund, nur als Käuferin einer Marburger Häuserzeile trat sie in Erscheinung. Herr Baumann besaß Immobilien und Einkaufszentren überall auf dem Erdball, in Asien ebenso wie in den USA sowie in fast allen europäischen Ländern.

Esther Baumann wuchs als steinreiches Einzelkind auf, und nach dem Abitur begann sie, das schwierige Feld der zwischenmenschlichen Beziehungen zu erkunden. Sie traf sich mit verschiedenen Männern, um die echte Liebe zu finden, was jedoch nicht zum Erfolg führte. Nach Schimele, mir und vielen anderen Jungs hatte sie sich nun Joram geangelt, der ihr in allen Belangen unterlegen war. Und diesen Unglücklichen wollte sie unbedingt ehelichen. Was sie in ihm sah, wollte oder konnte sie nicht verraten. Er sah in ihr die Frau seiner Träume, er verliebte sich in sie, wie er schon zuvor in alle seine Freundinnen verliebt war. Joram war sich sicher, das Verhör gut bestanden zu haben.

Er lud mich zu einem richtigen Frühstück in einen Imbiss auf der Zeil ein, der Herrn Balbinski, dem Vater meiner Mitschülerin Lela, gehörte. Als wir den Imbiss betraten, saß er an der Theke und philosophierte mit Herrn Apfelbaum über Frauen.

Es war in Frankfurt ein offenes Geheimnis, dass Herr Balbinski sich eine Mätresse leistete, die in einer schicken Wohnung im Westend wohnte und nur ihm zur Verfügung stand. Schon früher in Polen, in der Textilstadt Lodz, unterhielt er eine junge Schauspielerin, die nur für ihn da sein sollte. Für sie mietete er eine Villa und trug alle Unkosten, dafür verlangte er Sonderrechte und Ausschließlichkeit. Er wusste nicht, dass die junge Diva mehreren Herren diente, unter ihnen Honoratioren der Stadt und Kollegen aus der Schauspielbranche. Als die Gattin davon erfuhr, packte sie ihre Sachen und verschwand. Aber ohne das Geld ihres untreuen Gemahls war sie eine von vielen, mit seinem Geld eine von wenigen, also kehrte sie zu ihm zurück und verzieh ihm. Da sein Ruf unwiderruflich ramponiert war, beschloss Herr Balbinski, die Stadt zu wechseln und in Stettin sein Glück zu versuchen. Er bezog mit seiner Familie eine schöne Villa am Rande der Stadt und fand sogleich einen Kameraden, der auch ständig auf der Jagd nach schönen Frauen war, nämlich Herrn Apfelbaum.

Herr Balbinski fragte Joram nach dem Stand der Dinge und bemerkte grinsend, dass er als Schwiegersohn von Herrn Baumann ausgesorgt hätte. Herr Apfelbaum gab ihm den Rat, vorerst zu heiraten, und sollte es mit Esther nicht klappen, winke ihm ein schöner Batzen Geld als Entschädigung. Joram entgegnete, er heirate aus Liebe, was bei den Herren allgemeine Heiterkeit auslöste.

»Mit der Liebe ist es so«, dozierte Herr Apfelbaum, »sie kommt und eines Tages geht sie auch wieder, nur das andere bleibt.« Mit *das andere* meinte er die finanziellen Zuwendungen, die ein fixer Posten bei einer Ehe dieses Kalibers zu sein schienen.

Die beiden gratulierten Joram zu seinem Entschluss, Esther Baumann zu ehelichen, und wiesen übereinstimmend auf die materielle Ausstattung des jungen Ehepaars hin.

»Ich will kein Geld von Esthers Vater«, sagte Joram gereizt, »ich habe genug Geld, um unseren Unterhalt zu sichern.«

Sie versuchten ihm zu erklären, dass genug nicht immer genug sei und dass man Baumanns Geld ja gut anlegen könnte. Sofort boten sie dabei ihre Unterstützung an, vorausgesetzt man bekomme eine kleine Provision.

Dann wandte sich Herr Apfelbaum an mich und fragte. »Und du, wann wirst du endlich heiraten?«

»Das soll nicht Ihre Sorge sein, Herr Apfelbaum. Sollte ich heiraten, schicke ich Ihnen eine Mitteilung.«

»Schau«, er versuchte es auf eine andere Weise, »der Schimele hat auch so lange gebraucht, wir dachten schon, er macht sich nichts aus dem weiblichen Geschlecht, aber dann fand er doch die Frau fürs Leben. Wie ich gehört habe, ist er sogar glücklich, nur haben sie noch keinen Nachwuchs.«

»Und darüber machen Sie sich Sorgen?« Joram verstand seinen Gesprächspartner nicht. »Haben Sie keine anderen Probleme? Schauen Sie auf die Weltlage. Die Großmächte rüsten um die Wette, der Kalte Krieg bedroht den Frieden, die Weltbevölkerung wächst unaufhaltsam – und Sie machen sich Gedanken um Schimeles Nachwuchs?«

»Ich schaue auf die Welt nicht so global wie du«, verteidigte sich der Angesprochene, »ich betrachte sie regional und interessiere mich für das, was bei mir um die Ecke passiert. Und ich sehe Dinge, die niemandem gefallen. Schimeles Vater würde sich über ein Enkelkind freuen, dein Vater«, da wandte er sich zu mir, »wäre zufrieden, wenn du endlich heiraten würdest. Und Jorams Mutter ist bestimmt die glücklichste Person auf Erden, denn sie weiß, wessen Tochter ihr Sohn zur Frau nimmt.«

»Die Dinge sehen ganz anders aus«, stellte Joram klar. »Meine Mama hat erst vor Kurzem erfahren, wen ich heiraten werde, und sie ist keinesfalls begeistert. Esther hat keinen guten Ruf, dieser Umstand ist sogar meiner Mutter nicht entgangen. Sie hat Bedenken, und ich konnte ihr diese nicht ausreden.«

»Die Frauen sind nur schwer zu verstehen«, räsonierte Herr Balbinski. »Sie denken irrational, handeln emotional und sind geborene Skeptiker. Sie sagen nicht das, was sie meinen. Aus denen wirst du nie schlau.«

»Ihr Einwand ist nicht von der Hand zu weisen«, dozierte ich vor den versammelten Experten, »die Damenwelt ist für einen Mann wirklich schwer zu verstehen. Ihre Stimmungswandel sind für uns unbegreiflich und haben wohl mit den Hormonen zu tun. Vormittags stellen sie eine These auf, von der sie am Abend nichts mehr wissen wollen. Ob sie achtzehn oder achtzig Jahre alt sind – ihre Psyche wird für uns Männer immer ein Geheimnis bleiben.«

»Ich wusste nicht, dass du ein Philosoph bist«, wunderte sich Herr Apfelbaum. Er trug uns Grüße an meinen Vater und an Jorams Mutter auf und entschwand in die Menschenmenge, die um diese Zeit die Zeil bevölkerte.

Herr Balbinski machte uns seine berühmte »koschere« Wurst, die fantastisch schmeckte, aber vermutlich gar nicht koscher war, sondern einfach nach einem alten Rezept seiner Oma zubereitet wurde. Während wir sie verspeisten und dazu Cola tranken, erzählte er uns, dass seine Tochter Lela in Paris an der Sorbonne Jura studierte und vor einiger Zeit einen Pariser Geschäftsmann mit Namen Silberman geheiratet hatte.

Dass unser Klassenprimus Lela studierte, war keine Überraschung, denn sie war schon in der Schule strebsam und fleißig gewesen. Aber dass sie schon geheiratet hatte, untermauerte unsere These von der Unberechenbarkeit der Damenwelt. Denn Lela war ein scheues Mädchen gewesen, das Jungs gemieden hatte. Sie kleidete sich nie modisch wie die anderen Klassenkameradinnen, und wenn wir manchmal alle den Unterricht schwänzten und lieber ins Kino gingen, dann ging sie in die Stadtbibliothek oder direkt nach Hause. Unsere Klassenlehrerein, die auch Direktorin der Schule war, lobte Lela in den höchsten Tönen als Musterbeispiel eines aktiven, gut erzogenen und fleißigen Schülers. Sie wusste alles und kannte sich auch mit dem Judentum sehr gut aus.

Dagegen war mein Verständnis vom Judentum in meiner Jugendzeit nicht besonders ausgeprägt. Die Eltern waren der absurden Idee verfallen, ich sollte erst spät erfahren, dass wir Juden waren. Das sollte meiner Integration dienen und mich vor Antisemitismus bewahren. Nun merkte ich schnell, dass meine Eltern untereinander eine andere, mir fremde Sprache benutzten. Später erfuhr ich, dass das Jiddisch war, ein Idiom, das die osteuropäischen Juden sprachen. Das war eine aus dem Mittelhochdeutschen stammende Sprache, angereichert mit vielen hebräischen Ausdrücken aus dem alten Judäa sowie weiteren Begriffen aus allen möglichen Stationen der Vertreibung. Neben der fremden Sprache, die meine Eltern auch dann benutzten, wenn ich etwas nicht verstehen sollte, fiel mir die Tatsache auf, dass sie keine Kirche besuchten. Jeder gute Pole ging am Sonntag in die Kirche, nur meine Eltern taten das nicht. Auf meine Fragen antworteten sie ausweichend. Doch im Alter von fünf Jahren hörte ich schon, dass wir nach Palästina verschwinden sollten, denn solche Sätze fielen öfter, zum Beispiel wenn meine Mutter beim Einkaufen kritisch die feilgebotene Ware begutachtete. Dann empfahl ihr die Verkäuferin, nach Palästina auszuwandern, dort könne sie wählerisch sein. Hier in diesem Land solle sie das kaufen, was man ihr gebe. Zu Hause nach Palästina gefragt, schwiegen die Eltern oder speisten mich mit irgendeiner Geschichte ab.

Einen ähnlichen Fall beschrieb übrigens der polnisch-jüdische Schriftsteller Aleksander Wat: Zum Ende der Dreißigerjahre ging sein siebenjähriger Sohn mit seiner christlichen Gouvernante spazieren. Nach dem Spaziergang verkündete er fröhlich: »Weißt du, Mama, man hat in unserer Straße bei der jüdischen Ladenbesitzerin alle Scheiben eingeschlagen.« Als Frau Wat den Jungen fragte, weshalb er sich darüber so freue, antwortete der Kleine: »Weil die Juden böse und schmutzig sind.«

Daraufhin wurde er zum ersten Mal über sein Judentum unterrichtet. Wat begann das Gespräch mit folgenden Worten: »Ist deine Mama böse?«

»Nein, sie ist lieb.«

»Und ist deine Mama schmutzig?«

»Nein, sie ist schön.«

Und zum Ende: »Liebst du deine Mama?«

»Ja, sehr.«

»Dann wisse, dass deine Mama eine Jüdin ist. Und nun, liebst du deine Mama?«

Der Junge überlegte, zögerte einen Augenblick und antwortete dann: »Ich würde sie noch mehr lieben, wenn sie keine Jüdin wäre.«

Erst viel später teilten mir die Eltern mit, dass wir zwar Polen waren, aber nicht die richtigen. Da verstand ich die Welt nicht mehr. Warum sollte ausgerechnet ich kein richtiger Pole sein? Ich wurde in diesem Land geboren, sprach dessen Sprache manchmal besser als ein waschechter Eingeborener, nahm am gesellschaftlichen Leben teil und nannte Polen nicht nur meine Heimat, sondern auch mein Vaterland. Etappenweise erfuhr ich, dass wir Juden in diesem Land seit Jahrhunderten nur geduldet waren. Als man uns im Mittelalter in Deutschland verfolgte und damit einen Vorgeschmack für Späteres lieferte, verließen viele Juden diese hasserfüllten Menschen und zogen nach Osten auf der Suche nach einer Bleibe. Der polnische König Kasimir der Große sah plötzlich die Chance, sein etwas verfallenes Königreich mithilfe der jüdischen Flüchtlinge wieder aufzubauen. Damals störte es die Polen nicht, dass die Juden eine fremde Sprache benutzten, eine andere Religion ausübten und sich auch anders kleideten. Sie sollten der maroden Wirtschaft auf die Beine helfen, die Finanzen konsolidieren, frischen Wind in die polnische Kultur bringen. Was auch glänzend gelang. Manche blieben hier, manche zogen weiter nach Russland oder nach Rumänien. Nun, meine Familie blieb hier und überstand alle antisemitischen Pogrome. Sogar Auschwitz überstanden meine Eltern unbeschadet, aber nur wegen ihrer Weitsicht – sie hatten Polen rechtzeitig vor Hitlers Einmarsch verlassen. Obwohl immer auf der Flucht vor den Deutschen, wurden die Juden von diesen doch fast vollständig vernichtet.

So erfuhr ich spät, aber nicht zu spät von meinem Judentum und wusste endlich, was die Verkäuferinnen meinten. Wir sollten Polen verlassen und nach Palästina, das jetzt wieder Israel hieß, auswandern. Dem Umstand, dass die frühere Heimat Deutschland immer noch in den Köpfen der Juden präsent war, ist es zu verdanken, dass viele – mich für einige Zeit eingeschlossen – wieder dorthin zurückkehrten. Auch aus wirtschaftlichen Gründen, was nicht zu leugnen ist.

Herr Balbinski erließ uns die Bezahlung unseres »Frühstücks«, was besonders mich fröhlich machte, denn ich war immer knapp bei Kasse. Als wir wieder draußen waren und die frische Luft genießen durften, zog Joram ein perlweißes Kuvert aus seiner Jackentasche. »Fast hätte ich es vergessen«, entschuldigte er sich. »Das ist eine Einladung zu meiner Hochzeit. Alle anderen erhalten sie per Post, aber du und Schimele, ihr kriegt sie persönlich von mir überreicht.«

Ich bedankte mich ausdrücklich für so viel Ehre und bestätigte mein Kommen. Ohne auf die Anspielungen von gerade eben einzugehen bekräftigte ich, dass ich mich wirklich freute, dass er diesen Schritt machen wollte.

Wir gingen zu Schimele, der gerade mit einer Kundin flirtete und ihr ein Kompliment über ihre Augen machte, ohne das Gesicht zu verziehen. Die junge Frau war ganz außer sich und bereit, sich ihm an den Hals zu werfen. Der alte Schelm hatte einige Kunststücke im petto, die der Kundenbindung dienten. Auch ihm überreichte Joram seine persönliche Einladung, die Schimele fast gerührt entgegennahm.

Als Joram in einer Zeitschrift mit erotischen Abbildungen blätterte und dadurch etwas abgelenkt war, raunte Schimele mir zu, dass Jorams Mutter mich sprechen wolle. Sie sei gerade im Terrassen-Café. Gemeinsam versuchten wir nun Joram davon zu überzeugen, seiner zukünftigen Gattin bei den Hochzeitsvorbereitungen zu helfen. Auf seinen Einwand, dafür sei eine Firma angestellt, machten wir ihm plausibel, dass keine Firma der Welt das Brautpaar ersetzen könne. So überzeugt entschwand er zu seiner Herzensdame und ich konnte in Ruhe zum Terrassen-Café gehen. Schimele lachte vergnügt über unser kleines Komplott. Ihm saß schon immer der Schalk im Nacken.

Frau Szczeciniarz saß an einem Tisch am Fenster und rührte mit dem Löffel in ihrer Kaffeetasse. Sie trug ein blaues Kleid und ihr Haupt krönte ein breiter Hut, der ihr das Aussehen einer Lady verlieh. Sie spendierte mir einen Orangensaft und wollte hören, was ich über Esther Baumann zu berichten wusste.

Zuerst beschrieb ich Esther als ein eher exzentrisches Mädchen, das nach langer und manchmal auch schmerzhafter Suche seinen Platz im Leben gefunden zu haben schien. Sie könne ihre auf der Suche nach der Wahrheit des Lebens gemachten Erfahrungen nun auch gut verarbeiten. Wie jeder Reifeprozess habe auch der von Esther einige Zeit gebraucht.

Frau Szczeciniarz schaute mich verdutzt an und sagte dann, sie hätte von mir Informationen erwartet, aber keine philosophische Dissertation über die seelischen Befindlichkeiten ihrer zukünftigen Schwiegertochter.

Ich wies auf die Tatsache hin, dass Esther als das einzige Kind eines Multimillionärs in materiellem Überfluss aufgewachsen sei und sich schon in ihren Jugendjahren gelangweilt von allen Dingen des täglichen Lebens gezeigt habe.

Auch ihr Joram sei ein Einzelkind von vermögenden Eltern, die ihm fast alle Wünsche erfüllt hätten. Trotzdem sei er ein ruhiger, aufgeschlossener Junge, der seinen Weg in der Welt gemacht habe, wandte dessen Mutter ein.

Nun, anscheinend wusste sie nicht so genau, was ihr Sohn in Tel Aviv und Frankfurt so alles trieb. Ich wollte die Diskussion so sachlich wie möglich halten und verzichtete deshalb großzügig auf eine Beurteilung seines Treibens. Ich gab nur zu bedenken, dass jeder Mensch im Lauf seines Lebens Höhen und Tiefen durchmacht, aber da merkte ich schon, dass ich wieder in philosophische

Gefilde geriet und bremste mich noch rechtzeitig. Mein Fazit, das ich ihr mit fester Stimme mitteilte, lautete: »Im Großen und Ganzen sind die beiden für diese Ehe geeignet und können sie zu einer Oase der Liebe und des gegenseitigen Respekts ausbauen. Esther ist reif für den Bund fürs Leben und auch Joram ist erwachsen genug. Alles Weitere wird das Leben zeigen. Eine Garantie für den Ehestand kann niemand geben, der ist immer ein Wagnis mit einem ungewissen Ende.«

Frau Szczeciniarz schaute mich entgeistert an, dann dankte sie mir für die Zukunftsprognose ihres zurzeit größten Problems und riet mir, ein Buch zu schreiben. »Wer so viel schwätzt und unnützes Zeug erzählt, der könnte ein Autor werden.« Sie vermied geschickt das Wort Schriftsteller, denn sie kannte den feinen Unterschied. Nach einer nachdenklichen Pause bekannte sie: »Es ist schwer, den einzigen Sohn nach so viel Jahren an eine fremde Frau zu verlieren. Aber ich kann mich ja nicht querstellen, obwohl das Herz wehtut und die Seele weint.«

Nach diesem Gespräch marschierte ich auf direktem Weg zu meiner Pension, um ein wenig auszuspannen. Ich warf mich aufs Bett und schlief sofort ein. Als ich wieder wach wurde, las ich endlich Jorams Einladung. »Lieber Tom, hiermit laden wir Dich zu unserer Hochzeit im Standesamt im Römer herzlich ein. Wir bitten Dich, Jorams Trauzeuge zu sein. Am Abend steigt dann im Schlosshotel Kronberg die tollste Hochzeitsparty der Welt. Esther und Joram.«

Ich betrachtete es als Auszeichnung, als Jorams Trauzeuge fungieren zu dürfen. Allerdings musste ich nun nicht nur ein Geschenk besorgen, sondern mir auch einen Anzug samt Krawatte kaufen. Ich überprüfte meine Geldreserven und kam zu keinem zufriedenstellenden Ergebnis. Für den Anzug würde das Geld eventuell reichen, die Krawatte würde ich dann von jemandem ausleihen müssen. Ich steckte das Geld ein und war im Begriff zu gehen, als es an der Tür klopfte. Ich ging davon aus, dass die Pensionsinhaberin irgendetwas von mir wollte, aber als die Tür aufging, blickte ich in ein hübsches, von dunkelblondem Haar umrahmtes Gesicht. Es war Jenny.

»Darf ich eintreten?«, fragte sie mit einem sonnigen Lächeln.

Ich war so überrascht, dass mir keine Worte einfielen, also kam sie einfach herein und setzte sich auf einen freien Stuhl. »Ich war in der Nähe und dachte, Sie freuen sich bestimmt, wenn ich Sie besuche.«

Sie hatte recht, ich freute mich wirklich, war aber nicht bereit, das zu zeigen. »Das ist nett von Ihnen. Leider habe ich hier im Zimmer nichts, was ich Ihnen anbieten könnte.«

»Das ist doch nicht weiter schlimm, ich habe mich zu Hause schon gestärkt.«

Ich sagte, dass ich auf dem Weg in die Stadt sei, um ein Hochzeitsgeschenk und einen Anzug zu kaufen und fragte sie einfach, ob sie mich beraten könnte. Glücklicherweise hatte sie Zeit und freute sich darauf, mir bei den Besorgungen mit Rat und Tat zur Seite zu stehen. Bevor wir unserem Einkaufsbummel in Angriff nahmen, gingen wir noch schnell bei Schimele vorbei. Ich stellte ihm Jenny vor und fragte ihn dann auf Polnisch, ob er mir etwas Geld leihen könne.

»Sag wie viel und frag nicht ob«, schmunzelte er. »Nettes Mädchen«, bemerkte er dann verschmitzt.

»Etwa hundert Mark könnte ich schon brauchen. In einem Monat hast du das Geld zurück.«

»Sagen wir in einem Vierteljahr.« Schimele war, wenn die Sache es erforderte, ein verdammt guter Realist.

Wir durchkämmten sämtliche Geschäfte in der Innenstadt und ich bewunderte die Ausdauer meiner Begleiterin. Schließlich erstanden wir einen günstigen und schicken Anzug, der mich elegant machte, wie Jenny es formulierte. Sie fand auch die zum Anzug passende Krawatte, und nun konnten wir uns auf die Suche nach einem Hochzeitsgeschenk machen. Kurz vor Ladenschluss gelang es uns, eine schöne Vase und einen Eimer Honig zu kaufen. In die Vase würde ich zehn rote Rosen stellen. Als Anspielung auf Esther sollten die Rosen Joram zeigen, dass seine Angetraute nicht »ohne« war und der Weg zum Glück dornig sein konnte. Aber andererseits war Esther auch fähig, ihm das Leben zu versüßen, was der Eimer Honig symbolisieren sollte.

Danach waren wir beide erschöpft und ich führte Jenny zum Essen in ein chinesisches Restaurant aus. Zwischen Peking-Suppe, Frühlingsrolle und süßsaurem Hähnchen fragte sie mich, ob ich von den Touristenführungen in Israel leben könne.

»Leben schon«, antwortete ich doppeldeutig.

Jenny lächelte und sagte, jeder Job sei von einer guten Organisation abhängig. Vielleicht sollte ich über eine Restrukturierung der Abläufe nachdenken.

Ich hatte nie über die Abläufe meiner Arbeit nachgedacht, und ich wäre nie auf die Idee gekommen, diese zu reorganisieren. Sicher, viele meiner Kollegen bekamen mehr Geld von den Geschäftsinhabern, aber ich war mit allen freundschaftlich verbunden und von Freunden verlangt man nicht plötzlich mehr Geld. Die Trinkgelder teilte ich brüderlich mit den Busfahrern. Eigentlich hätten meine Einkünfte reichen müssen, aber um bei der Wahrheit zu bleiben, reichten sie mir nur selten. Vielleicht würde eine rigorose Bestandsaufnahme, gepaart mit deutscher Gründlichkeit und solidem Reorganisationshandwerk, doch bessere Resultate bringen und mich von allen Geldsorgen befreien?

Jenny bedankte sich höflich für die Einladung und ich bedankte mich galant für die Hilfe beim Einkauf und erklärte mich bereit, sie zu ihrer Wohnung zu begleiten. Zuerst wollte sie meine Begleitung ablehnen, aber dann erschienen kleine Funken in ihren Augen und sie willigte ein. Vermutlich hatten wir den gleichen Gedanken. Wir schauten uns nicht an, aber ich spürte das verdeckte Feuer, das von ihr ausging. Sie wohnte inmitten des Studentenviertels, umringt von Szenekneipen und linken, progressiven Läden, von denen die Karl-Marx-Buchhandlung der prominenteste war.

Sie schwieg, als wir hoch in den vierten Stock stiegen. In ihrer Wohnung tranken wir einen Kaffee und unterhielten uns dabei über Gott und die Welt. Ich merkte, dass ein Gespräch mit ihr nicht nur Spaß machte, sondern auch äußerst anregend war. Jenny war sehr belesen, hatte ihre feste Meinung zu den besprochenen Themen und konnte sie auch gegen alle meine Einwände erfolgreich verteidigen. Ihr Selbstbewusstsein war sehr ausgeprägt und grenzte manchmal an Arroganz, ein Charakterzug, der mir gut gefiel. Ich fand viele Ähnlichkeiten zwischen uns. Zum Kaffee gab es Gebäck von Aldi und ein paar Minuten Mozart vom Plattenspieler. Sie schaute mich an, ich schaute sie an und Wolfgang Amadeus erhielt den Laufpass …

Als ich aufwachte, war sie schon auf den Beinen und kochte Kaffee. Sie war bereits beim Bäcker gewesen und hatte frische

Brötchen mitgebracht. Sie küsste mich und schwieg. Ich schwieg auch, ich war noch nicht ganz wach und dachte, dass ich träume. Die Brötchen schmeckten vorzüglich, der Kaffee auch, und ich war für einige Augenblicke glücklich. Dann küsste ich sie und danach küssten wir uns beide. Als ich ihre Wohnung verließ, war es schon Mittag.

In der Innenstadt traf ich Schimele, der gerade zum Wienerwald aufbrechen wollte, um etwas zu essen. Mein Hunger war gestillt, und das in vielerlei Hinsicht. Aber ich erklärte mich bereit, ihn auf ein Bier zu begleiten. Während er ein halbes Hähnchen verspeiste und mit Bier begoss, fragte er mich nach der letzten Nacht. Ich tat so, als verstünde ich seine Frage nicht, aber er lachte vergnügt. »Du hast doch die Nacht nicht allein in deinem Bett verbracht!«

»Wie meinst du das?«

»Du hast die Frau die ganze Zeit angeschaut, und sie dich genauso, das konnte nicht bei einem Händedruck zum Abschied bleiben. In solchen Dingen kann mir niemand etwas vormachen!«

Ich gab endlich zu, diese Nacht nicht in der Pension verbracht zu haben. Mehr wollte er nicht wissen und wechselte das Thema. Wir sprachen über das künftige Ehepaar, und Schimele hob Jorams Mut hervor, diese heiße Sache so angepackt zu haben. »Das hätte ich Joram nie zugetraut«, sagte er anerkennend.

»Ich hoffe nur, es geht alles gut. Seine Mutter hat große Bedenken«, erklärte ich.

Mir wurde bewusst, dass ich selbst während unserer Unterhaltung ständig an Jenny dachte und stellte erschrocken fest, dass ich mich wohl in sie verliebt hatte. Schimele beendete sein Mittagessen mit einem ordentlichen Schluck Bier und wir verließen das Restaurant.

»Kannst du dir vorstellen, eine Nichtjüdin zu heiraten?«, wollte er auf dem Rückweg zum Kiosk plötzlich wissen.

Ich überlegte eine Weile. »Warum nicht?«, sagte ich dann. »Die Liebe kennt schließlich keine Grenzen und keine Religionen.«

Schimele lächelte wieder. Er hatte selbst eine Nichtjüdin geheiratet. Nach Jorams Ansicht war sie eine Ehefrau wie aus dem Bilderbuch und dazu eine ausgezeichnete Köchin. Ihr selbst gebackener Kuchen hatte Kultstatus.

In diesem Augenblick fasste mich jemand am Arm. Ich musste mich nicht umdrehen, um zu wissen, wer hinter mir stand. Jenny sagte leise, sie hätte geahnt, wo ich mich aufhalten würde. Sie habe einen Riesenhunger und wolle mich gerne zum Essen einladen. Ich lächelte sie an und im gleichen Augenblick fühlte ich, wie Schimele mir eine Banknote in die Hand drückte. Das ist ein wahrer Freund!, dachte ich.

Wir verabschiedeten uns von ihm und Jenny meinte: »Feiner Kerl, dieser Schimele«, nachdem wir ein paar Schritte gegangen waren.

»Ja, er ist mein wohl bester Freund.«

Wir speisten in einem griechischen Restaurant am Liebfrauenberg. Während des Essens bat ich Jenny, mich zu der Hochzeitsparty zu begleiten. Sie war unschlüssig, aber ich sah, dass sie das reizen würde. Sie fragte, was man zu einer jüdischen Hochzeit anzog.

»Du ziehst das an, was du zu jeder Hochzeit anziehen würdest. Nur die Zeremonien sind ein wenig verschieden.« Ich sagte ihr auch, dass ich als Trauzeuge beim Standesamt erscheinen müsse und auf ihre Unterstützung hoffe. Sie hatte jedoch verschiedene Termine wahrzunehmen und konnte mir daher keine konkrete Zusage geben.

Nach dem Essen spazierten wir durch die Stadt, und plötzlich befanden wir uns vor ihrer Wohnung. Im Bad erblickte ich eine zusätzliche neue Zahnbürste, die mir mehr sagte als alle meine Spekulationen. Ich empfand eine kleine innere Unruhe, woher sie kam, wollte ich nicht ergründen. Nicht jetzt. Jenny war sehr zärtlich und schlief nach unserem Tête-à-Tête sofort ein.

Jetzt konnte ich mein Inneres erforschen. Die Unruhe, die ich spürte, bezog sich auf diese neue Beziehung. Ich musste aufpassen, nicht mein Herz zu verlieren. Ich brauchte einen klaren Kopf, denn das Für und Wider musste analysiert und gut überlegt werden. Nur, die theoretische Seite war eine Sache – die praktische eine andere. Ich musste mir eingestehen, dass ich eine fast panische Angst vor einer längeren Beziehung hatte, eine Angst, die nicht ohne Hintergrund und nicht ohne Vorgeschichte war. Diese Angst drückte auf die Seele, sie wirkte in meinem Unterbewusstsein. Ich belog mich selbst und versteckte mich hinter einer Wand aus bil-

ligen Erklärungen und falschen Deutungen. Ich war ein gebrann-
tes Kind und dachte, aus meinen gescheiterten Beziehungen das
Richtige gelernt zu haben. Nach Zipi war die Vorsicht gekommen,
denn diese große Liebe war am Ende kläglich gescheitert, und ich
hatte dabei die größte Schuld zu tragen. Ich war sicher, für eine
lange Beziehung nicht geeignet zu sein. Sobald ich Liebe spürte,
entwickelte ich regelrechte Panikgefühle und war am Ende froh,
wenn sie scheiterte.

Und jetzt war Jenny da und ich stürzte mich hinein in das große
Abenteuer. Aber die Angst kam, als ich die neue Zahnbürste sah.
Am liebsten wäre ich weggelaufen, so weit es ging, aber gleichzeitig
wollte ich diese Beziehung. Andererseits hasste ich Trennungen,
ich mochte die Heulerei nicht und die gegenseitigen Vorwürfe.

Jenny schlief fest und hielt mich dabei mit beiden Armen um-
fangen. Ein Zeichen?

5 MASEL TOV

U m zehn Uhr war die Trauung im Römer angesagt. Joram erschien in einem dunkelblauen Anzug, seine Zukünftige war ebenfalls in Dunkelblau gekleidet. Mehr noch als das Auftreten des Brautpaares interessierte die Versammelten die Dame an meiner Seite, die man in diesen Kreisen noch nie gesehen hatte.

Esthers Trauzeugin war ihre Busenfreundin Lena. Ihre Eltern saßen etwas abseits, neben ihnen Frau Szczeciniarz, ebenfalls in einem dunkelblauen Kleid. Auch Herr Tadzio, der Fahrer, Sicherheitsbeauftragte, Assistent, Tennispartner und Vertraute von Esthers Vater, war anwesend. Tadzio hatte in Polen als Fallschirmjäger in der Armee gedient und setzte nach seiner Militärzeit die dort erworbenen Kenntnisse im Dienste einer kriminellen Vereinigung ein. Er war ein schlauer Bursche und die polnische Miliz konnte ihm nichts anhaben. Als es jedoch wirklich brenzlig für ihn wurde, benutzte er seine internationalen Kontakte und tauchte in Wien unter. Dort spielte er den ehrlichen Geschäftsmann und gründete eine Import-Export-Firma, deren Kunden aus vielen zweifelhaften Institutionen kamen. Tadzio lebte sehr gefährlich. Nach zwei misslungenen Anschlägen auf ihn verkaufte er seine Firma und verkündete, er ziehe sich aus dem Geschäft zurück und nehme keine Aufträge mehr entgegen. Da traf es sich gut, dass Herr Baumann einen Fahrer suchte, der sich auch im Sicherheitsdienst auskannte, handwerklich begabt war, nicht zu viele Fragen stellte und auf den man sich verlassen konnte. Tadzio entsprach allen diesen Kriterien und bekam den Job.

Nach der Trauung gab es einen Umtrunk und dann musste das Paar zum Rabbinat, um die Heiratsurkunde zu bestätigen. Am Abend fuhren wir in den Taunus, wo im Grandhotel die Hochzeitsparty steigen sollte. Da die Tochter von Herrn Baumann heiratete, war natürlich viel lokale Prominenz anwesend. Auch die halbe jüdische Gemeinde war eingeladen.

Das Ehepaar Baumann saß mit Frau Szczeciniarz, den frisch Vermählten und Herrn Tadzio am ersten von sehr vielen Tischen. Weitere Tische waren für Verwandte des Ehepaares reserviert, die aus Israel, den Vereinigten Staaten, Kanada und Mexiko kamen. Jenny und ich hatten unseren Platz am selben Tisch wie Schimele und dessen Familie. Jenny sah wie eine Prinzessin aus mit ihrem schicken Kleid, den Stöckelschuhen und dem langen Haar, das ihr auf die Schultern fiel. Auch Schimeles Frau sah sehr apart aus in ihrem Kostüm. Seine Schwester Chajele und ihr Mann gesellten sich ebenfalls zu uns. Chajele hatte in Jerusalem das gleiche Internat besucht wie ich.

Am Tisch neben uns nahm Zipis Familie Platz. Zipi sah wunderschön aus und kam gleich auf uns zu. Als sie meine Begleiterin erblickte, hielt sie inne, dann aber lächelte sie und gab mir ein Küsschen auf die Wange. »Gratuliere«, murmelte sie kaum hörbar. Ich lächelte milde und freute mich über ihre Reaktion, denn im Innersten ihres Herzens hatte sie wohl noch etwas für mich übrig. Große Lieben verursachen immer kleine Nachbeben, und das auch noch Jahre nach der Trennung, folgerte ich.

Es kamen viele, viele Gäste. Bauunternehmer, Kaufleute, Manager, Makler, Politiker, hohe Beamte gaben sich die Ehre. Sogar ein ehemaliger Lebensgefährte von Frau Baumann, der zum Baron aufgestiegen war, durfte seine Aufwartung machen.

Bevor die Party losging, traute der Rabbiner das Paar nach jüdischem Brauch unter einem Baldachin. Nach einem endlosen Reigen von Glückwünschen, Hochrufen und *Masel tovs* setzten sich die Hochzeitsgäste zum Essen. Es schmeckte vorzüglich. Die Getränke, insbesondere die hochprozentigen, waren von bester Qualität und reichlich. Nach dem Essen spielte eine israelisch-deutsche Band gängige Lieder in Hebräisch, Jiddisch, Deutsch und Englisch. Man bat zum Tanz. Der arme Schimele versuchte es mit seiner Frau, aber nach wenigen Augenblicken gab er entnervt auf. Das Tanzen gehörte nicht zu seinen Stärken.

Jenny tanzte hervorragend, was ich über meine Fähigkeiten nicht behaupten konnte. »Jeder hat seine Schwächen und Stärken«, dozierte Jenny, »deine Stärken liegen woanders.« Wo genau, wollte sie mir nicht sagen.

Als ich von Herrn Tadzio in ein Gespräch verwickelt wurde,

entführte ein glatzköpfiger Mann in einem dunklen Streifenanzug Jenny zum Tanz. Sie unterhielten sich dabei angeregt, was auf eine Bekanntschaft der beiden schließen ließ. Danach tanzte sie mit dem falschen Baron und dann mit Herrn Salzman, dem Besitzer einiger Nachtklubs in dieser Stadt. Als wir unsere Plätze wieder einnahmen, erklärte sie mir, dass der Glatzkopf ein bekannter Journalist sei und sie früher bei derselben Zeitung gearbeitet hätten.

Dann wurde ich von Zipi zum Tanzen aufgefordert. Ich wusste, was mich erwartete, und machte gute Miene zum bösen Spiel.

»Wer ist deine Begleiterin?«, wollte sie auch gleich wissen.

»Eine Bekannte. Ich habe sie in Jerusalem kennengelernt.«

»Aha, sie war bestimmt eine schöne Touristin, der du in Jerusalem eine Sonderführung hast zukommen lassen.«

»Nein, sie war als Nonne dort und ich musste ihr viele Fachfragen beantworten.« Zipi schaute mich an wie jemanden, der plötzlich den Verstand verloren hat. »Es war wirklich so, Zipi. Ich traf sie in Frankfurt zufällig wieder. Sie hat mich erkannt und angesprochen. Es hat sich herausgestellt, dass sie Journalistin ist und eine Enthüllungsstory über eine Ordensgemeinschaft geschrieben hat.«

»Von solchen Enthüllungsgeschichten habe ich nichts gelesen«, sagte Zipi skeptisch. »Was für ein Magazin ist das, für das sie den Undercoveragenten spielt?«

»Das hat sie mir leider nicht verraten.«

»Gib acht auf dich, das ist eine komische Bekanntschaft!« Sprach's und entfernte sich in Windeseile.

Für weitere Überlegungen blieb keine Zeit, denn schon kam Schimele heran, seine Gattin im Schlepptau. Sie war eine aparte und kluge junge Frau, die auf Umgangsformen achtete und für unnütze Palaver nichts übrig hatte. Sie bekundete die Absicht, in absehbarer Zeit nach Israel reisen zu wollen. Sie stammte ebenfalls aus Polen und wollte sich ein eigenes Bild von meinem Land machen, denn die Propaganda der kommunistischen polnischen Regierung hatte es immer als das Epizentrum des Bösen und eine Gefahr für den Weltfrieden dargestellt. Ich begrüßte ihre Idee, dem Nahen Osten einen Besuch abzustatten, und bot meine Hilfe für die eventuelle Durchführung einer Rundfahrt an.

Mein nächster Gesprächspartner hatte einen schwarzen Smoking an sowie schwarze, auf Hochglanz gebürstete Schuhe. In dieser Garderobe hätte Herr Apfelbaum als erfolgreicher Hollywoodschauspieler durchgehen können. »Ich habe gehört, du hast eine Freundin an Land gezogen?« Herr Apfelbaum war berüchtigt für seine direkte Art.

Ich lächelte ausweichend und erklärte, man sollte in der Fremde nicht alleine sein. Es war eine Floskel, aber da mir auf die Schnelle keine passende Replik einfiel, bediente ich mich dieser Phrase.

Herr Apfelbaum wollte meine »Auserwählte« unbedingt kennenlernen. »Du solltest auch endlich heiraten«, drängte er.

»Nun, jeder von uns hat andere Prioritäten, andere Wünsche und Bedürfnisse. Ich will mich jetzt nicht binden, das hat noch Zeit.«

»Pass auf, dass die Richtige, wenn sie kommen sollte, nicht plötzlich wieder weg ist«, schmunzelte Herr Apfelbaum. »Mach dir nicht zu viele Gedanken. Damals im Krieg habe ich mich in die schönste Einwohnerin von Stalingrad verliebt. Obwohl sie zwei kleine Kinder hatte, zögerte ich keinen Augenblick, sie zu heiraten. Wir waren verschiedener Religion, aber auch das spielte keine Rolle. Ich habe meinen Entschluss nie bereut.«

In diesem Augenblick erschien Lydia und sagte zu ihrem Gatten: »Endlich habe ich dich gefunden.« Dann begrüßte sie mich und fragte nach meinem Leben in Israel. Während ich ihr davon erzählte, schaute ich sie bewundernd an. Sie hatte auch nach so vielen Jahren nichts von ihrer Schönheit verloren. Ich lud sie ein, mich in Israel zu besuchen.

»Wenn mein lieber Gatte mitmacht, warum eigentlich nicht? Er mag das Reisen nicht unbedingt«, erklärte sie ironisch.

Herr Apfelbaum widersprach entschieden dieser Behauptung seiner Frau und verwies auf die Tatsache, dass er während des Krieges fast den ganzen asiatischen Teil der Sowjetunion bereist hatte, China eingeschlossen.

Als die beiden das Ehepaar Jaschke erblickten, das auf sie zusteuerte, wandten wir uns den neuen Gesprächspartnern zu. Sie wirkten sehr jung, waren gerade einmal über dreißig und beruflich wie sozial sehr engagiert. Ihnen schwebte vor, in Tansania verschiedene Bewässerungsprojekte zum Wohl der dort lebenden Menschen einzurichten. Das Leben in der Bundesrepublik

Deutschland betrachteten sie differenzierter und kritischer als die meisten Bewohner dieses Staates. Vor allem bemängelten sie die unzureichende Vergangenheitsbewältigung seitens der Bundesbürger, ihre Konsumgier, die Fixierung auf äußere Werte. Des Deutschen liebste Kinder seien die Arbeit, das Auto und der Urlaub. Früher sei Deutschland wegen Goethe, Lessing, Marx, Kant und Beethoven bekannt und hochgeschätzt gewesen, heute seien Dachau und Auschwitz der Maßstab.

Langsam schaute ich mich nach Jenny um, aber ich konnte sie nirgendwo entdecken. Da die Tanzfläche ziemlich groß war und auch in anderen Räumen getanzt wurde, gab ich auf und konzentrierte mich auf das Wesentliche: auf das Essen und Trinken. Es war Genuss auf höchstem Niveau. Alles, was man sich nur erträumen könnte, stand zum Schlemmen bereit. Auf mit weißen Decken gedeckten langen Tischen waren bergeweise Köstlichkeiten angerichtet: weiße Trüffeln, Artischocken, zarte Wachteln, Lachs, Kaviar, marinierte Oliven, Austern, Riesengarnelen, unzählige Salate, Roastbeef mit unterschiedlichen Soßen, Schinkenplatten und vieles mehr. Auf anderen Tischen standen verschiedene Weinsorten, Biere, Cocktails, kalte und warme Getränke. Sogar das Frankfurter Nationalgetränk, den Apfelwein, konnte man hier trinken.

Die Party fand in vier großen Räumen statt. So viele Menschen, so viel Prominenz hatte ich noch nie beieinander gesehen. Die Atmosphäre war locker und ungezwungen, es war laut und manche Geschäftsabschlüsse wurden hier getätigt. Ich entdeckte den kahlköpfigen Journalisten, aber als ich ihn ansprechen wollte, verschwand er plötzlich in der Menge. Stattdessen fand ich Zipis Onkel Mendel, der ziemlich verloren in einer Ecke stand und interessiert ein Bild von Kokoschka, das dort hing, betrachtete.

»Wie gefällt Ihnen die Hochzeitsparty?«, fragte ich ihn.

»Ein exklusives Hotel, viele schöne Menschen, viele wichtige Menschen, exquisite Speisen, viel Geld liegt in der Luft – aber wo ist das Glück? Wo ist die Bescheidenheit geblieben? Die Juden hier sind anders als bei uns in Jerusalem. Ich würde nicht sagen, dass sie kaltherziger sind, aber sie sind kühler. In Jerusalem gibt es nicht so viel Prunk, dafür aber mehr Herzlichkeit, mehr Wärme. Hier ist ein kaltes Land und die Menschen haben viel von dieser Kälte abbekommen.« Er lächelte milde, aber es war ein eher müdes Lächeln.

»Ich fliege nächsten Donnerstag wieder zurück nach Jerusalem«, sagte ich leise, doch ich wusste, dass er mich trotz des Lärms verstand.

»Wenn du nichts dagegen hast, würde ich gerne mit dir zurückfliegen.« Seine Worte überraschten mich nicht, ich spürte sein Widerstreben, länger hierzubleiben. »Ich werde das mit meiner Familie klären. Ich freue mich schon jetzt auf einen so netten Reisebegleiter.«

Ich nahm mir vor, ebenfalls mit Zipi zu reden, aber ich ging davon aus, dass sie verstand, warum ihr Onkel nur in Jerusalem leben konnte.

Da Jenny immer noch nicht aufgetaucht war und ich mir langsam Gedanken machte, beschloss ich, sie zu suchen. Ich durchstöberte alle vier Säle, ohne sie ausfindig zu machen.

»Suchst du etwa nach mir?« Vor mir stand plötzlich eine schöne junge Frau und lächelte verschmitzt. Ich erkannte sie nicht auf Anhieb. Sie war groß und schlank, hatte langes schwarzes Haar und ein bezauberndes Lächeln. Ja, dieses Lächeln! Daran erinnerte ich mich. Nach so vielen Jahren hatte sie sich total verändert. Aus dem hässlichen Entlein Lela Balbinski war eine schöne Frau geworden.

»Gib zu, du hast mich nicht erkannt«, feixte meine ehemalige Klassenkameradin vergnügt.

Ihr Vater tauchte hinter ihr auf und begrüßte mich mit der alten jüdischen Chuzpe. Er zeigte auf seine Tochter und sagte: »Zu spät, mein Lieber, zu spät. Lela ist schon vergeben.«

»Unsere Lehrerin, Frau Löwe, wollte uns verkuppeln, deswegen setzte sie uns zusammen in eine Schulbank«, erzählte Lela. Und ich Idiot hatte immer gedacht, ich hätte etwas verbockt und es sei meine Strafe, neben ihr sitzen zu müssen. Lela schaute mich interessiert an. »Ja, mein Lieber, du hast nie gemerkt, dass ich heimlich in dich verliebt war.«

»Jetzt hast du mir erst die Augen geöffnet«, sagte ich etwas bedrückt und vermied, ihr in die Augen zu schauen.

»Ihr habt in mir nur die Streberin gesehen, das hässliche Mädchen, das nur ans Lernen dachte und sonst keine Hobbys hatte. Ich war zwar gut in der Schule, aber ich war nicht glücklich«, sagte sie ernst und ein wenig traurig.

»Du warst nicht glücklich?«, wunderte sich Herr Balbinski. »Ich habe doch alles für dich getan. Du durftest in den Schulferien verreisen. Wer konnte sich das damals schon erlauben? Du wolltest Klavier spielen – ich kaufte ein Klavier und engagierte einen teuren Lehrer. Ich stand dir mit Rat und Tat bei.«

»Vater, Tom interessieren diese Geschichten nicht.«

»Im Gegenteil, das kommt mir sehr bekannt vor. Das erinnert mich an die Ermahnungen und Erklärungen meiner Eltern. Auch sie wollten nur das Beste für mich. Man kaufte mir ein Musikinstrument, obwohl ich nicht spielen wollte. Sie schickten mich in Ferienlager an die Ostsee oder ins benachbarte Ausland. Ob ich damit besonders glücklich war, fragte keiner. Sie achteten sehr auf eine gute Bildung. Man glaubte damals, dass ein Jude ohne Bildung keine Chance hat. Der Gedanke ist wohl noch immer aktuell, die Juden müssten eine besondere Bildung genießen und sich am besten in den sogenannten freien Berufen bewähren, als Anwälte, Ärzte, Makler und so weiter. Und immer werden jüdische Eltern für ihre Tochter einen Arzt oder Rechtsanwalt suchen und für den Sohn eine Frau aus gutem Hause, also die Tochter eines Anwalts oder Arztes.«

Lelas Vater schwieg, aber Lela lächelte zustimmend. Sie gab mir einen Kuss, den ich sofort erwiderte. Dann entfernte sie sich so plötzlich, wie sie gekommen war. Vater Balbinski gab mir die Hand und lief der Tochter hinterher. Ein kleiner *Vater Goriot*, dachte ich. Er zeigte die typische Verhaltensweise jüdischer Eltern.

Ich suchte weiter nach Jenny, aber die Hoffnung, ihr hier noch zu begegnen, schwand von Minute zu Minute. Ich traf noch viele Bekannte, mit denen ich plauderte, aber es machte mir keinen rechten Spaß mehr. Um zwei Uhr morgens verließ ich die Hochzeitsgesellschaft und fuhr in meine Pension.

Erst spät wachte ich auf und nach der Morgentoilette beschloss ich, Jenny einen Besuch in ihrer Wohnung abzustatten. Auf mein Klingeln reagierte niemand. Auf dem Schild über der Klingeltaste standen nur die Initialen »A. M.« Diese hatten wohl mit Jenny nichts zu tun. Ich klingelte noch ein paarmal, bis jemand das Fenster öffnete und fragte, zu wem ich denn wolle.

»Eigentlich will ich zu Jenny, sie wohnt im vierten Stock.«

Die Antwort war so, wie ich schon fast befürchtet hatte. Man kannte hier keine Jenny. Die Wohnungsinhaber waren für einige Zeit verreist und einige Freunde hatten einen Schlüssel für die Wohnung, aber von einer Jenny oder Jennifer wusste man nichts.

Ich ging weiter, enttäuscht, verraten, ausgenutzt, sauer auf mich selbst, weil ich mich zum Narren gemacht hatte. Vielleicht geschah mir das auch recht, vielleicht brauchte ich eine solche Lektion, um wieder von den Wolken auf die Erde zu gelangen. Wusste ich überhaupt, was ich wollte? Eher nicht. Ich umkreiste die Erde auf der Suche nach einer Umlaufbahn, auf der ich endlich heimisch werden konnte. Ich suchte scheinbar ziellos nach irgendetwas, was man Geborgenheit oder auch Wärme nennen konnte. Eigentlich hielt ich Ausschau nach etwas Undefinierbarem, nach einer Prise Glücksgefühl vielleicht. Hatte Jenny mir das gegeben? Es war jedenfalls sehr nah dran. Ihre Art war es, die mich so ansprach. Eine Frau mit vielen Gesichtern. Aber wer war sie in Wirklichkeit? Und wer war ich für sie? Eine dankbare Abwechslung vom grauen Alltag? Oder ein Lückenbüßer, eine Ablenkung nach einer Trennung? Fragen über Fragen, auf die ich im Moment keine Antwort fand. Ich fühlte Leere in meinem Kopf, analytisches Denken war unmöglich.

Was macht man in solchen Fällen, wenn der Kopf sich gegen alles sträubt, das Herz an seinen Verletzungen leidet und das Gemüt um Hilfe ruft? In solchen Fällen geht man zu Schimele! In seinem Kiosk ist er für alle da. Gewöhnlich hört er sich alle Geschichten an, zeigt Mitgefühl und Interesse. Er unterbricht das Gespräch nur, um einem Kunden eine FAZ, eine Schachtel Zigaretten oder eine Cola auszuhändigen. Er ist ein guter Zuhörer, er ist leicht zu finden und er hat meistens Zeit.

Doch ausgerechnet als ich bei ihm anlangte, hatte er eine Unterredung mit Herrn Berger. Herrn Berger kannte jeder. Er gehörte zum Kiosk wie die Börse zum Börsenplatz. Er stammte aus Wolfenbüttel, dort hatte er die Schulbank gedrückt, zusammen mit dem Sprössling der Familie eines bekannten Spirituosenherstellers. Dann kam der Krieg und Berger, der dummerweise jüdischen Glaubens war und auch bis heute ist, musste aus dem geliebten Deutschland fliehen. Mit dem allerletzten Transport von Jugendlichen nach England entkam er den Nazis, unter denen sich viele seiner Nachbarn und Bekannten befanden. Von England aus kam er in die USA, wo er in den militärischen Spionagedienst eintrat. Nach mehrmonatiger Ausbildung wurde er wieder nach Deutschland eingeschleust und nahm hier an Befragungen gefangener deutscher Offiziere teil. Nach Kriegsende war er in München stationiert und an Verhören von mittleren Nazigrößen beteiligt. Er schickte persönlich den Onkel seines ehemaligen Klassenkameraden, der sich mehrerer Kriegsverbrechen schuldig gemacht hatte, in den Kerker. Aber dieser war ein zu großer Fisch, schon nach zwei Tagen verließ der Mann überraschend das Gefängnis. Er rächte sich auch gleich an seinem Gegenspieler. Man entließ Berger aus der Armee, und wo immer er einen Job bekam, musste er ihn nach einigen Wochen aufgeben. Die Macht eines Naziverbrechers war auch im Nachkriegsdeutschland groß und diese Tatsache war äußerst erschreckend. Berger ging nach Frankfurt und arbeitete dort als Versicherungsagent für amerikanische Militärangehörige. Über seine Erlebnisse schrieb er ein Buch, das jedoch kein Verleger herausgeben wollte, weder in der Bundesrepublik noch in den Vereinigten Staaten. Der Onkel des Klassenkameraden musste in den Nachkriegsjahren den Amerikanern irgendwelche Dienste angeboten haben, die für diese wohl sehr wichtig waren. Als Gegenleistung erhielt er von ihnen Straffreiheit, was wiederum Berger auf die Barrikaden rief. In all den Jahren kämpfte er um die Verurteilung des Verbrechers, aber alle seine Anträge wurden von den Gerichten mit scheinheiligen Begründungen abgewiesen. Einmal erhielt er sogar einen Brief von seinem ehemaligen Klassenkameraden, der jetzt den Vorsitz im Vorstand des Spirituosenkonzerns übernommen hatte. Dieser bat ihn, die ganze Angelegenheit zu vergessen, und bot zur Unterstützung dieses Anliegens auch gleich eine größere Geldsumme an. Berger war leider ein unbeugsamer Gerechtigkeitsfanatiker und lehnte dankend ab. Die Angelegenheit war immer noch nicht abgeschlossen, eine Verjährung gab es bei Herrn Berger nicht.

Jeden Tag besuchte Herr Berger Schimeles Kiosk und kaufte eine amerikanische sowie eine Münchener Tageszeitung. Seine Liebe zu München blieb bestehen. Er hatte schlohweißes Haar, war groß und sehr gesprächsfreudig. Sein Markenzeichen war das zweimalige »Yes, yes«, mit dem er sein Kommen und Gehen ankündigte.

Ich begrüßte ihn herzlich und er fragte mich nach meinem Leben in Israel. »Du bist ein wenig *zerchitzt*, Tom«, meinte er. Er benutzte immer dieses jiddische Wort, um anzuzeigen, dass mit seinem Gesprächspartner etwas nicht stimmte.

»Tom ist verliebt«, klärte Schimele ihn auf.

Herr Berger schaute mich sorgenvoll an. »Daran leidest du doch nicht etwa?«

»Doch, ich leide. Sie ist einfach weg.«

»Dein Mädchen ist weg?«, riefen die beiden überrascht.

»Sie ist plötzlich verschwunden. Wir waren bei Jorams Hochzeit im Taunus. Jenny tanzte dort mit einem Journalisten, den sie von früher kannte. Und später war sie plötzlich weg. Ich habe sie überall gesucht, das ganze Hotel durchkämmt. Heute war ich bei ihrer Wohnung, aber keiner der Hausbewohner kannte sie.«

»So eine ähnliche Geschichte habe ich auch schon erlebt«, erzählte Herr Berger. »In Hollywood lernte ich eine nette Schauspielerin kennen, die ich sofort in mein Herz schloss. Sie war aus Puerto Rico und hieß Maria Isabella – oder so ähnlich. Wir tranken Cocktails in einer Bar, tanzten eng umschlungen und ich lud sie ein, auf einen Kaffee in meine bescheidene Bleibe zu kommen. Sie gab mir einen Kuss und meinte, sie wolle nur noch kurz zur Toilette. Wenn sie inzwischen nicht gestorben ist, dann sitzt sie dort immer noch. Sie kam einfach nicht mehr zurück. Ich suchte sie überall – ohne Ergebnis. Dieses Erlebnis hinterließ einen faden Beigeschmack. Es sind über fünfundzwanzig Jahre vergangen, aber immer noch spüre ich den Stich im Herzen.«

Wir schwiegen alle betroffen, bis Schimele anmerkte, auch ihm sei etwas Ähnliches passiert. Aber er wollte seine Geschichte nicht erzählen, was wir ihm nicht übel nahmen.

Herr Berger regte an, die Mieter zu fragen, wer jetzt diese Wohnung bewohnte. Schimele riet, sämtliche Zeitungsredaktionen anzurufen, um zu erfahren, ob eine Jenny bei ihnen als Journalistin arbeitete. Es waren gut gemeinte Ratschläge, die mir etwas Hoffnung gaben, Jenny doch noch zu Gesicht zu bekommen.

Unsere Debatte wurde von Herrn Bachler unterbrochen, der zum Kiosk kam, um Zigaretten zu kaufen. Herr Bachler war der Inhaber des Restaurants Börsenkeller, das besonders bei den japanischen Touristen beliebt war. Ich nutzte die Gelegenheit, um mich zu verabschieden.

Bevor ich mich weiter auf die Suche nach der entflohenen Liebe machte, schaute ich beim Café Kranzler vorbei. Außer Herrn Apfelbaum und drei seiner Gefährten entdeckte ich keinen Bekannten. Ich wollte schon das Lokal verlassen, da hörte ich eine Stimme meinen Namen rufen. Ich drehte mich um. Ganz hinten in einer Ecke saß Baron von Hablingen und winkte mich zu sich.

»Komm her zu mir, Kleiner, ich habe dir ein gutes Geschäft anzubieten.«

Ich ging zu ihm und gab ihm die Hand. Der ehemalige Lebensgefährte von Frau Baumann hatte ein Gesicht mit harten Zügen, das dem Gegenüber Angst einjagen konnte. Mit fahrigen Augen blickte er ständig unruhig hin und her und kontrollierte die Umgebung, um beim kleinsten Vorkommnis reagieren zu können. Man munkelte, dass der Mann, bevor er die Baronin von Hablingen geehelicht hatte, als Kleinkrimineller in Hessens Unterwelt tätig war. Prostitution und das Inkassogeschäft waren wohl seine Gebiete.

Widerstrebend setzte ich mich zu ihm, um zu erfahren, was für ein Geschäft er vorschlagen wollte. Er bestellte ein Bier für mich, erst dann kam er zum Kern der Sache.

»Du bist in dem Alter, wo man sich langsam festlegen muss, mein Junge. Das Leben eines ledigen Mannes hat viele Vorteile, fürwahr. Darüber könnte ich dir viel erzählen. Aber es kommt die Zeit, wo man nicht mehr ewig feiern, sich besaufen, immer wieder neue weibliche Bekanntschaften machen kann. Irgendwann sucht man Sicherheit im Leben. Diese Stabilität kann dir die Bindung an eine Frau bringen. Verstehst du?«

»Bis jetzt kann ich noch folgen.«

»Gut. Wenn sie eine gute Partie ist, kannst du sie sogar heiraten. Und wenn sie zudem eine Adlige ist, bekommst du Geld und Adelstitel sozusagen im Paket. Du musst sie nicht lieben, es reicht, wenn ihr euch versteht. Die Liebe ist gut in der Jugend, danach ist es nur ein Geschäft. Und nun zu meinem Tipp: In der Nähe von Rüdesheim wohnt die Gräfin von Kiezenhausen. Sie besitzt dort ein Landgut mit einem Restaurant und Hotel. Die Räume sind immer vermietet, das Lokal läuft prima. Die Erträge reichen dick für zwei Leute. Die Gräfin ist eine feine, sehr gebildete Dame. Sie ist noch ziemlich jung, erst einunddreißig. Ihr Ehemann, der Graf von Kiezenhausen, ist unlängst an Krebs verstorben. Sie sehnt sich nach einem jungen, unverbrauchten Mann, mit dem sie ein neues Leben anfangen kann. Da dachte ich an dich, mein Junge. Sie ist seriös und vermögend, eine super Partie. Na, was sagst du dazu?«

Ich starrte mein Gegenüber an wie einen Marsmenschen. »Es ehrt mich, dass Sie sich um meine Zukunft Gedanken machen, aber ich habe zurzeit nicht die Absicht, irgendeine Dame zu ehelichen«, wehrte ich sein Ansinnen empört ab.

Der Baron nahm einen kräftigen Schluck aus seinem Glas, dann konterte er: »Und was hat dann die Geschichte mit dieser sogenannten Journalistin zu bedeuten?« Jetzt war ich perplex. Woher wusste er von dieser Sache? Und was ging ihn das überhaupt an? Ohne auf meine Ablehnung einzugehen, insistierte der Baron: »Wie wäre es mit einem kleinen Ausflug nach Rheinhessen? Ich lade dich ein. Sollte die Gräfin von Kiezenhausen deinen Vorstellungen nicht entsprechen, können wir dort wenigstens zu Abend essen. Und ich versichere dir, ihre Küche ist wirklich hervorragend.«

Warum ich seine Einladung annahm, kann ich nur schwer erklären. Vielleicht wollte ich einfach raus aus Frankfurt? Jedenfalls folgte ich dem Baron zu seinem Wagen, einem BMW-Cabrio, in die Tiefgarage. Wir fuhren auf der Autobahn in Richtung Wiesbaden und dann weiter auf der Landstraße, bis wir schließlich nach links abbogen in einen Waldweg, der direkt zu dem Gut führte. Wir parkten fast direkt am Hoteleingang. Der Baron ging zunächst allein hinein, mir »empfahl« er, vor dem Eingang zu warten. Nach einigen Minuten kam er zurück und sagte, dass die Gräfin gerade Besuch habe. Sie sei aber bereit, uns zu empfangen.

Zuerst dachte ich, von Hablingen hätte mich in ein als Ausflugslokal getarntes Bordell gebracht. Man führte uns in einen Salon, wo an einem mit hochprozentigen Getränken vollgestellten Tisch zwei Damen saßen und in ein ernstes Gespräch vertieft waren. Mein Begleiter stellte mich den beiden vor.

Gräfin Kunigunde von Kiezenhausen war eine aparte Frau, die früher einmal sehr schön gewesen sein musste. Die Altersangabe, die der Baron mir in Frankfurt gemacht hatte, war allerdings äußerst optimistisch und entsprach wohl eher Wunschdenken. Die Dame hatte ihren vierzigsten Geburtstag schon lange überschritten – was nicht gegen sie sprach, denn sie hatte das gewisse Etwas, das manche Frauen von anderen unterscheidet. Die andere Dame war ihre Freundin Brunhilde Prinzessin von Schaumburg. Sie war bildhübsch, sehr schlank und hatte kurzes blondes Haar. Die Prinzessin war einige Jahre jünger als die Gräfin, was der Letzteren jedoch nicht schadete. Man spürte ihre große Erfahrung, die sie sich in einer langen Lebens- und Berufsperiode angeeignet hatte.

Man lud mich tatsächlich zum Essen ein, dabei entwickelte sich ein herzliches und offenes Gespräch, das allerdings dem Niveau meiner Gesprächspartner angepasst war. Beide Damen waren sehr nett und mir freundlich gesinnt. Die Prinzessin hatte ihren kleinen Sohn bei sich. Von Beruf war sie Winzerin, in früherer Zeit hatte sie sich als Tänzerin betätigt. Über ihre Wirkungsstätten schwieg sie beharrlich. Ich wollte nicht taktlos sein, also hakte ich nicht nach.

Die Gräfin machte mir einige Aufwartungen, die von ausgeprägter Weiblichkeit zeugten. Sie bot mir sogar an, die Nacht in ihrem Hotel zu verbringen. Leider musste ich ihr mit dem Hinweis absagen, ich hätte noch einige Vorbereitungen für meine Abreise zu treffen. Ich lud die beiden Damen nach Israel ein und sie meinten, sie würden mich gerne eines Tages im Heiligen Land besuchen. Beim Abschied bedankte ich mich für die großzügige Gastfreundschaft und wartete etwas abseits, während der Baron noch einige Dinge mit den beiden besprach. Mir schien, als benutzten sie ab und zu Begriffe aus dem Wortschatz des »Bahnhofsmilieus«, aber da hatte ich mich sicher verhört.

Baron von Hablingen fand es ausgesprochen schade, dass aus der von ihm angestrebten Liaison nichts geworden war. Doch was hätte ich einer Dame zu bieten, die schon aus vielen Töpfen gegessen hatte und mir an Lebenserfahrung weit überlegen war? Nichts als meine Jugend! Manchmal mochte so etwas funktionieren, aber viel eher würde es zu Missverständnissen und Konflikten kommen.

Als wir wieder in Frankfurt ankamen, war es schon dunkel. Ich ging sofort schlafen und träumte von Jenny.

Am nächsten Tag ging ich noch einmal zu der Wohnung, in der ich mit Jenny übernachtet hatte. Es gelang mir, mit einer Nachbarin einige Worte zu wechseln. Von ihr erfuhr ich, dass die Mieter ihren Schlüssel während ihrer Abwesenheit einem befreundeten Ehepaar überlassen hatten, das aber nach Westberlin zog und die Wohnung an einen Bekannten übergab. Der kam und ging in unregelmäßigen Zeitabständen. Einige Male übernachtete hier eine junge Frau, deren Beschreibung zu Jenny passte. Wer sie war und wie sie hieß, war der Nachbarin unbekannt. Eigentlich erfuhr ich nicht viel und wenig Erhellendes.

Ich musste das Kapitel »Jenny« ad acta legen. Sie würde für mich immer ein Geheimnis bleiben. Ich beschloss, mich nicht mehr mit dem Thema zu beschäftigen, aber das war leichter gesagt als getan. Dauernd hatte ich ihr Gesicht vor Augen, meinte ich ihre Stimme zu hören. Ich erinnerte mich an ihr selbstbewusstes Auftreten, an unsere intensiven Gespräche. Und ich war wütend auf mich. Wütend, dass ich mich verliebt hatte wie ein naiver Anfänger. Ich wusste doch, dass so etwas nur Ärger brachte … und trotzdem war ich auch froh, dass man solche Gefühle nicht steuern kann, dass sie ein eigenständiges Leben führen. Ich hoffte, Jenny mit der Zeit vergessen zu können. Insgeheim hoffte ich aber auch, ihr wieder zu begegnen.

Mit diesem Zwiespalt zwischen dem Verstand und dem Herzen ging ich zu Zipi, um mich zu verabschieden und nach ihrem Onkel zu fragen. Zipi bestätigte, dass ihr Onkel die Absicht hatte, nach Israel zurückzukehren. Die ganze Familie war deswegen unglücklich. Sie hatten alle versucht, auf Mendel einzureden, aber seine Entscheidung stand schon lange fest. Man hatte schon alles für den Rückflug in die Wege geleitet. Zipi und ihr Vater hatten vor, ihn im nächsten Jahr in Jerusalem zu besuchen, aber traurig waren sie trotzdem. Auch Mendel verspürte keinerlei Freude, seine wiedergefundene Familie wieder zu verlassen, aber er konnte in Europa, in Deutschland nicht leben. Seine Heimat war Israel, sein Platz war in dem Heim in Jerusalem. Zipi und ihre Familie baten mich, am Abend mit ihnen zu essen. Diese Einladung konnte ich schlecht ablehnen und ich versprach zu kommen.

Die nächsten Schritte führten mich zu Schimele, ich hoffte auf Neuigkeiten. Die erste las ich auf dem Aufmacher der größten deutschen Boulevardzeitung. Man schrieb über die hiesige Fußballmannschaft von Eintracht Frankfurt und ihr »magisches Dreieck« Grabowski/Nickel/Hölzenbein. Die Nachricht über einen Terroranschlag im Nahen Osten war der Zeitung nicht halb so erwähnungswert. An diesem Tag wehte ein kalter Wind aus dem Norden, aber der Winter war vorbei. In diesem Jahr hatten wir in Jerusalem fast mehr Schnee gehabt als in Frankfurt. So viel zu den Kapriolen der Natur.

Schimele saß hinter der Verkaufstheke und las einen Artikel im Nachrichtenmagazin *Der Spiegel*. Er beschwerte sich über die tendenziöse Berichterstattung in Bezug auf den Nahen Osten: hier die bösen Israelis, die nur auf Landgewinn aus sind, dort die armen, ausgebeuteten, heimatlosen Palästinenser. »Das ist liberaler progressiver Antizionismus, der schnell in Antisemitismus umschlagen könnte«, sagte Schimele erbost. »Das sind der Deutschen Lieblinge, die entrechteten Palästinenser! Schaut, die Juden, Verzeihung, die Israelis sind genauso schlimm wie wir während des Krieges. Sie bringen unschuldige Menschen um, vernichten Existenzen, berauben sie der Menschenwürde. Was für eine Frechheit! Es sind doch die Juden, die Jahrtausende lang beraubt, gefoltert, umgebracht wurden. Die Menschen dieser Erde gewöhnten sich an den Status dieses Volkes, das die Opferrolle in der Geschichte mit Demut spielte. Und nun, wo dieses Volk selbst die Initiative ergreift und zum Täter wird, macht dieser Umstand die Welt sprachlos. Jetzt greifen sie es in aller Härte an. Die Verleumdungen und Entgleisungen nehmen zu und man kann den Lieblingsfeind wieder ungestraft anklagen.«

Ich wollte jetzt mit Schimele, der sehr aufgeregt aussah, darüber nicht diskutieren, denn ich sah schon einige Differenzen in seiner und meiner politischen Auffassung. Ich wollte nach anderen Sachen fragen, und so wechselte ich das Thema und lenkte das Augenmerk auf den von uns beiden geliebten Fußball. Da kannte Schimele sich aus, insbesondere wenn es um Eintracht Frankfurt ging. Er zeigte sich beeindruckt von den Leistungen dieser Mannschaft, die unlängst sogar deutlich gegen den bundesdeutschen Primus Bayern München gewonnen hatte.

Dann kamen wir auf andere Dinge zu sprechen. Schimele fragte mich, ob ich vielleicht mal unseren gemeinsamen Bekannten Motty getroffen hätte. Dieser Motty verschwand eines Tages aus dem Land und wählte Paris als neuen Wohnort. Seitdem hatten wir ihn nicht mehr gesehen. Leider konnte ich mit keinen Neuigkeiten aufwarten, ich hatte nichts von ihm gehört.

Schließlich brachte ich den wahren Grund meines Besuches zur Sprache. Ich erkundigte mich bei Schimele, ob Jenny vielleicht bei ihm aufgekreuzt war, aber die Antwort entsprach meinen Befürchtungen. Ich bat ihn, sich bei mir zu melden, sollte er sie doch noch mal sehen. Meine Telefonnummer war in seinem Notizbuch dick unterstrichen. Dann verabschiedete ich mich und ging meiner Wege.

Bis zum Essen bei Zipi war noch Zeit, deshalb schaute ich ins Café Kranzler, wo ich auf Frau Szczeciniarz traf, die in ein Gespräch mit Herrn Apfelbaum vertieft war. Ich setzte mich zu ihnen und bestellte eine Cola. Jorams Mutter war immer noch nicht überzeugt, dass die Entscheidung ihres Sohnes zur Heirat richtig war. Sie bemängelte seine geringe Erfahrung mit dem anderen Geschlecht, seine Naivität in Bezug auf die Damenwelt. Esther dagegen scheine eine raffinierte Frau zu sein, die vermutlich schon viele Männer um den Finger gewickelt habe. Diesem Einwand konnten wir nur zustimmen. Aber alle hofften wir das Beste, keiner wollte sich Joram gegenüber kritisch äußern. Ich versicherte, dass die Zeit schon alles regeln werde, die Zukunft gehöre Joram und seiner Gemahlin. Doch ich spürte, dass seine Mutter immer noch skeptisch war, was die Ehe ihres Sohnes betraf, und ich konnte sie sehr gut verstehen.

6 Ein bewegtes Leben

Zipis Familie war schon versammelt, als ich eintraf. Der Vater war mit der schnellen Abreise seines Bruders ganz und gar nicht einverstanden, konnte aber dessen Beweggründe durchaus nachvollziehen. Europa hatte sich verändert, es war nicht mehr der Kontinent, den er aus seiner Kindheit und Jugend kannte. Und die Bundesrepublik Deutschland war nicht gerade das Land, in dem man sich als Jude besonders wohl fühlte. Zu viele böse Erinnerungen waren damit verbunden.

Bevor ich nach Hause ging, verabredeten wir, dass wir am Tag des Abflugs gemeinsam zum Flughafen fahren wollten.

Und dieser Tag nahte mit Riesenschritten. Ich machte noch ein paar Besorgungen, und schon war es an der Zeit, Abschied zu nehmen. Zipi und ihr Vater begleiteten uns zum Flughafen. Dort wartete schon Schimele, der sich unbedingt nochmals von mir verabschieden wollte. Aber nicht nur das. Er hatte eine Bitte an mich, die ich ihm nie abgeschlagen hätte. Er übergab mir einen Brief und bat mich, diesen im Tel Aviver Künstlercafé für Marina abzugeben. Schimele sagte nichts, ich fragte nichts und verstaute das Schreiben in meiner Reisetasche.

Der Abschied von seinem Bruder fiel Mendel sehr schwer. Dieser versprach hoch und heilig, nächstes Jahr nach Jerusalem zu kommen und ihn zu besuchen. Ein Abschied unter Tränen, genauso rührend wie das Wiedersehen zwei Wochen zuvor. Dann mussten wir uns einer peniblen Kontrolle durch die Sicherheitsbeamten unterziehen, bevor wir schließlich im Flugzeug Platz nehmen durften.

Während wir auf den Start des silbernen Vogels warteten, fing Mendel unvermittelt an, über seinen Zimmergenossen im Jerusalemer Heim zu sprechen. Dieser habe viel Fantasie und erzähle viele Geschichten, meinte Mendel, aber seine wahre Lebensgeschichte wüssten nur sehr wenige. Dass er ihm die richtige Version verraten hatte, bestätigte ein Freund, der ihn aus früheren Zeiten kannte.

»Mein Mitbewohner und Freund Alex ist kein einfacher Mensch. Auch seine Lebensgeschichte ist nicht einfach. Er war ein junger Mann von vierzehn Jahren, als der Krieg in Europa ausbrach. Seine Eltern lebten in Ostpolen, hinter Lwow, das bei den Deutschen Lemberg heißt. Sein Vater war Landvermesser. Die Familie war nicht streng gläubig, nur an den hohen Feiertagen gingen sie in die Synagoge. Sie waren auch keine Zionisten, die zurück zu den alten Wurzeln wollten. Sie freuten sich zwar, dass in Palästina, das damals britisches Mandatsgebiet war, wieder Juden lebten, aber das war schon alles. Die Eltern waren gebildete Menschen, sie besuchten kulturelle Veranstaltungen und verfolgten das politische Leben in Polen. In ihren Bücherregalen fand man Werke von polnischen Autoren ebenso wie von deutschen und internationalen Schriftstellern.

So wie viele aufgeklärte Menschen dachten sie, dass der faschistische Spuk bald vorüber sein würde. Aber da waren sie auf die polnische Propaganda hereingefallen, denn die Polen in ihrem Hang zur Selbstüberschätzung hatten die militärische Stärke der deutschen Großmacht völlig falsch bewertet. Und so kam es, wie es kommen musste. Die polnische Armee erlitt eine vernichtende Niederlage. Die politische und militärische Elite verschwand und überließ es dem Volk, den Widerstand gegen die Besatzung zu organisieren.

Bevor also die Familie meines Freundes auf den deutschen Blitzkrieg überhaupt reagieren konnte, war ihre Heimat schon zu sowjetischem Gebiet erklärt. Schon bald erschien bei der Familie ein Vertreter des KGB und erklärte, dass sie jetzt Bürger der ruhmreichen Sowjetunion seien und ihre jüdisch-polnische Vergangenheit vergessen sollten – sonst könnten sie eines Tages Probleme bekommen. Die Eltern verstanden die Warnung, trotzdem erschienen irgendwann Mitarbeiter der neuen Staatsmacht und holten den Vater ab. Danach hat die Familie ihn nicht mehr gesehen. Die Mutter ging zu den Rotarmisten, zum KGB in Lwow, zu allen nur möglichen Ämtern, um irgendeine Nachricht vom Vater zu erhalten. Man wollte nicht mit ihr reden. Aber sie tauchte jeden Tag dort auf, beharrte auf einem Gespräch mit den zuständigen Beamten. Sie ging den Sowjets gewaltig auf die Nerven – bis ihnen der Kragen platzte.

Eines Nachts rückte ein graues Pritschenauto vor ihrem Haus an. Man gab der Frau und den zwei Kindern zehn Minuten, um ihre Habseligkeiten zu packen. Alles, was einen Wert darstellte, wurde konfisziert. Sie wurden zum Lwower Bahnhof gebracht, wo schon ein Zug mit Viehwaggons wartete. Sie waren voll mit polnischen Juden und russischen Kriminellen, die nach Sibirien transportiert werden sollten. Du kannst dir vorstellen, welche Angst die Menschen dort hatten, insbesondere die Frauen.«

»Wie kann es sein, dass viele Polen und polnische Juden solche Foltern erleiden mussten, und andere, wie zum Beispiel mein Vater oder der von Schimele oder auch dein Bruder, im asiatischen Teil des Sowjetunion ein im Vergleich dazu fast ruhiges Leben führen konnten?«, wunderte ich mich.

»Das ist dem Schicksal geschuldet«, sagte Mendel und putzte sich gründlich die Nase. »Einige Menschen werden vom Pech verfolgt, andere haben einfach Glück. Mein seliger Vater würde es mit dem Willen des Allmächtigen erklären, aber im Hebräischen haben wir dafür das Wort *goral*. Du kannst es mit dem *Schicksal* vergleichen, aber es bedeutet mehr. Mein Freund Alex hatte das Glück nicht, das dein oder Schimeles Vater hatten.«

Unsere Maschine hatte vom Tower das Startzeichen erhalten und wir rollten in die Abflugposition. Die Stewardessen überprüften unsere Sicherheitsgurte, und schon bald waren wir in der Luft und nahmen Kurs auf den Nahen Osten. Als unter dem Flugzeug nur noch dichte Wolken zu sehen waren, nahm Mendel den Faden wieder auf.

»Die Familie stand eng umschlungen in einer Ecke des Viehwaggons. Die Menschen verloren während der Fahrt jegliche Scham, vor den Augen der anderen urinierten sie und verrichteten ihre Notdurft. Die Kriminellen vergewaltigten fast alle Frauen im Wagen, darunter die Schwester und die Mutter meines Freundes. Auch kleine Jungen waren vor ihnen nicht sicher. Auf die Schreie, das Weinen und Flehen der Menschen reagierten die Wärter nicht. Als der Zug an irgendeiner Station anhielt und die unfreiwilligen Passagiere ins Freie gelangten, sah man das ganze Desaster. Überall lagen Leichen und blutverschmierte, kaum noch lebende Menschen. Mein Freund und ein weiterer jüdischer Junge nutzten die Gelegenheit und hauten ab. Die Wachposten schossen nicht, denn die wussten, dass zu dieser Jahreszeit, es war Anfang November und schon ziemlich kalt, ohne Hilfe kein Mensch in dieser Wildnis überleben konnte. Mutter und Schwester blieben in dem Zug zurück, dessen Ziel vermutlich nicht einmal die Aufseher kannten.

Die beiden Flüchtigen wussten zunächst nicht, in welche Richtung sie gehen sollten. Der andere Junge hieß Amos und war ein Jahr älter als Alex. Amos war etwas größer, auch kräftiger, und er war besonnen. Er spielte den Anführer und Alex ordnete sich ihm unter. Sie wanderten zunächst durch eine ebene Landschaft, die aber im Lauf der Zeit immer hügeliger wurde. Viele Anhöhen entpuppten sich als große Hindernisse. Sie begegneten vielen Tieren, aber nie stießen sie auf irgendeine Siedlung. Es war bitterkalt, stetig wehte ein orkanartiger Wind, es gab kaum Bäume, nur die ewige Steppe. Es gab genug Möglichkeiten, den Durst zu löschen, aber etwas Essbares war nicht zu finden.«

In diesem Augenblick, wie zur Ironie des eben Geschilderten, brachte uns eine hübsche Stewardess das Essen, das bei allen Fluggesellschaften fast gleich aussieht.

Ich beschrieb Mendel, wie mir Alex bei unserem Gespräch in Josis Imbiss eine etwas andere Version dieser Geschichte erzählte und dass Josi wiederum behauptet hatte, alle seine Erzählungen seien ein Produkt seiner Fantasie.

Mendel lächelte milde und vertilgte in aller Ruhe den als Dessert gereichten Keks. Dann sagte er: »Keiner von ihnen sagt die ganze Wahrheit, aber es lügt auch keiner von ihnen. Es waren verrückte Zeiten, die wir nie werden vergessen können. In diesen Zeiten war ein Leben nichts wert, der Mensch wurde zum Tier. Normale Menschen wie du und ich mutierten zu Unmenschen, zu Bestien in menschlicher Gestalt. Man musste erkennen, dass in jedem von uns ein *Mister Hyde* schlummert. Es bedarf nur extremer Situationen, um ihn zu wecken. Und ein Krieg ist dafür besonders geeignet. Viele Menschen, die im Krieg fürchterliche, unvorstellbare Dinge erlebt haben, leiden bis heute, ihre Seele ist für immer krank.

Auch Alex ist ein Mensch mit großen psychischen Problemen. Wenn er seine Geschichte erzählt, dann gibt er häufig Sachen dazu,

die so nicht stattgefunden haben. Das ist den schrecklichen Kriegs-
erlebnissen geschuldet. So etwas bleibt das ganze Leben haften,
das beschäftigt die Fantasie. Er hat seit dieser Zeit Albträume,
manchmal kann er gar nicht schlafen, manchmal hat er Angstzu-
stände. Es gibt Tage, an denen er das Zimmer nicht verlässt, dann
wieder kommt er nicht heim, sondern übernachtet irgendwo im
Freien. Zu Josi hat er ein ambivalentes Verhältnis, seitdem sich
die beiden wiedergefunden haben. Das gilt andersherum für Josi
genauso.«

Die Stewardess nahm die Essensreste und das Geschirr wieder
mit, und wir konnten nun etwas bequemer sitzen. Das Schicksal
von Alex war weiterhin Gesprächsthema.

»Alex und Amos befanden sich also in der menschenleeren
Steppe. Sie litten großen Hunger. Schließlich erreichten sie doch
ein kleines Wäldchen. Hier war der Wind etwas erträglicher, die
Kälte nicht ganz so beißend. Und Essen fanden sie auch. Mit he-
runtergefallenen Ästen erschlugen sie einen vermutlich kranken
Hasen, der nicht schnell genug laufen konnte. Mit scharfen Steinen
trugen sie sein Fell ab und aßen das rohe Fleisch. Der Mensch
macht alles, um zu überleben. Er verliert alle Hemmungen, legt
jede Rücksicht ab. Wie diese beiden Jungen. So gestärkt wanderten
sie weiter, bis sie ganz weit am Horizont so etwas wie Behausun-
gen zu sehen glaubten. Sie näherten sich vorsichtig diesem Ziel. Es
waren Baracken, die mit Stacheldraht umzäunt waren. Sie wussten
nicht, dass es sich um die Strafgefangenenkolonie Popilica in der
Nähe von Irkutsk am Baikalsee handelte.

Doch die beiden Flüchtigen ahnten, dass dieses Terrain für sie
höchste Gefahr darstellte, und entfernten sich schleunigst. Nach
einigen weiteren Kilometern erreichten sie eine Ortschaft. Es war
wohl Markttag, denn auf dem Dorfplatz standen Frauen und einige alte Männer und verkauften Fisch. Die sibirischen Einwohner,
deren Aussehen dem der Lappen in Finnland oder der Eskimos in
Alaska ähnelte, verkauften exotische Lebensmittel und gelbe Arm-
reifen, die sie als echtes Gold anpriesen. Die Jungs wussten, dass
sie keine Chance hatten, hier zu überleben, sie mussten zurück in
den europäischen Teil der Sowjetunion. Sie entdeckten einen Stand
mit geräucherten Fischen, an dem eine alte Frau mit Kopftuch
beschäftigt war. Der Entschluss kam spontan und ohne Zögern.

Schnell wie der Blitz warfen sie sich auf den Stand, erbeuteten die Fische und waren im Nu im Getümmel verschwunden. Sie rannten und rannten, bis sie das Dorf weit hinter sich gelassen und das Flussufer erreicht hatten. Dort aßen sie ihre Beute vollständig auf und schliefen schließlich gesättigt ein.

Als sie aufwachten, sahen sie sich drei Milizionären gegenüber, die die beiden ohne ein Wort mit zum Revier nahmen. Dort stellte man ihnen viele Fragen, anschließend verfrachtete man sie ins Lager nach Popilica. Zuerst bekamen die Jungs Peitschenhiebe, jeder zwanzig an der Zahl. Nach dieser ›Begrüßung‹ schleppte man sie in eine der Baracken, wo russische Kriminelle ihre Strafen absaßen. In der kleinen Baracke wohnten, oder besser vegetierten sechzehn erwachsene Männer, die alle nur eins im Kopf hatten: Sex. Als ›Frauen‹ dienten ihnen der geistig zurückgebliebene Artiom und der kränkelnde Borja. Die Führungsperson dieser Baracke hieß Bohdan, ein Ukrainer, der mehrere Banken ausgeraubt und Milizionäre erschossen und zu seiner eigenen Überraschung nur lebenslänglich bekommen hatte. Er war ein Mannsbild von fast einem Meter neunzig, stark, brutal und in allen Lebensbereichen unersättlich. Aber er hatte eine typisch russische Seele. Wenn er gut drauf war, dann zeigte er sich von seiner gütigen Seite. Er nahm die Jungen unter seinen Schutz. Sie gehörten damit ihm persönlich und ein Angriff auf sie bedeutete automatisch, dass man sich mit ihm anlegte. Der, der es versuchte, bezahlte mit seinem Leben. Allen war klar, wer der Chef in dieser Baracke war. Am Tag arbeitete man in einem Steinbruch in der Nähe. Der Winter bedeutete hier Kampf ums Überleben, doch den Jungen ging es den Umständen entsprechend gut, denn als Bohdans Leibeigene genossen sie unantastbaren Schutz. Der Schwerverbrecher versorgte sie auch mit Essen, das er anderen Häftlingen entwendete.

Es ging alles gut, bis der Lagerkommandant die zwei Jungen zu sich nehmen wollte. Da wurde Bohdan zum Tier. Er hatte keinerlei Angst vor dem Kommandanten. Als am Abend zwei seiner Helfer in die Baracke kamen, um Alex und Amos abzuholen, wurden sie von Bohdan überrascht, der ihnen im Nu das Genick brach. Dann nahm er die zwei Jungen mit zum Kommandanten. Der war überrascht, dass Bohdan die beiden selbst zu ihm brachte. Bevor er die Lage richtig einschätzte, hatte er schon ein scharfes Messer am Hals. So ›überzeugt‹, ging er auf alle Forderungen seines Kontrahenten ein.

Man übergab Bohdan einen abgetakelten Lastwagen, mit dem er und die Kinder das Lager verließen. Es war klar, dass etwaige Hilfe aus Irkutsk erst nach einiger Zeit kommen würde, Bohdan hatte einen großen Vorsprung. Sie fuhren am Baikalsee entlang, gleich neben den Schienen der transsibirischen Eisenbahn. Sie machten einen großen Bogen um das Städtchen Baikalsk und fuhren weiter in Richtung Ulan-Ude in der Republik Burjatien. Dort hatte Bohdan einen Bekannten, der früher mit ihm Überfälle verübt hatte. Sie fuhren so lange, bis der letzte Tropfen Benzin verbraucht war. Da in unregelmäßigen Zeitabständen Tankwagen die Lager an der Straße belieferten, blieb den dreien nichts weiter übrig, als zu warten. Ihre Erlösung kam im Morgengrauen des folgenden Tages. Die Jungen gingen hinaus auf die sogenannte Straße und hielten den Tanklastwagen an. Der Fahrer stieg nichtsahnend aus, um zu erfahren, was zwei Kinder in dieser Einöde zu suchen hatten. Als er von ihnen in ein Gespräch verwickelt wurde, griff Bohdan den Mann von hinten an. Es kam zu keinem Kampf, er war Bohdan hoffnungslos unterlegen. Man tankte den Lastwagen wieder auf und fuhr weiter, ohne den Fahrer kampfunfähig gemacht zu haben.

Sie fuhren einige Tage unbehelligt, bis sie eines Tages in der Nähe eines Dorfes in eine Falle tappten. Sie hatten nicht mehr daran gedacht, dass sie überall zur Fahndung ausgeschrieben waren. Die burjatische Miliz stoppte den Lastwagen und umstellte ihn. Man nahm alle Insassen mit nach Ulan-Ude, dort wurde Bohdan dem Haftrichter überstellt. Die Jungen, die als entführt galten, brachte man in ein Waisenhaus. Ein Mitarbeiter des Heimes war Grigorij, den alle Grischa nannten. Er nahm die beiden mit zu einem Ausflug, um ihnen die aufstrebende Stadt zu zeigen. Die nach dem Fluss Ude benannte Stadt (*rote Erde*) war die Perle Burjatiens. Die mongolischen Bewohner hielten immer noch an der buddhistischen Religion fest, obwohl der große Diktator das nicht so gerne hatte. Grischa zeigte ihnen das monumentale Lenindenkmal, die größte Porträtbüste der Welt.

Was die Heranwachsenden nicht wussten: Grischa war wie sie ein Jude. Es gelang ihm, die Behörden davon zu überzeugen, dass die Jungen in Birobidschan besser aufgehoben wären, sie seien doch Juden. Der Generalissimus wolle doch allen sowjetischen Juden eine Heimat schenken, somit würden die Behörden in seinem Sinne handeln. So bearbeitet, gaben die Beamten nach und Grischa wurde beauftragt, die Kinder nach Birobidschan zu begleiten. Man setzte die drei Reisenden in den Zug nach Chabarowsk. Von dort waren es zum roten Zion noch etwa 150 Kilometer.

Der Zug fuhr langsam, so als hätte man in diesem Teil der Welt unheimlich viel Zeit. Bis sie in Chabarowsk ankamen, vergingen viele Tage. Doch für die Jungen war es eine angenehme Zeit, sie erholten sich schnell von den Strapazen der letzten Wochen. In Chabarowsk verbrachten sie drei Tage auf dem verschneiten Bahnhof, bis der Zug nach Birobidschan aufgestellt wurde. Hier sah man viele Juden, die in Chabarowsk irgendwelche Besorgungen zu machen hatten. Dann konnte die Reise zu ihrem endgültigen Ziel Birobidschan beginnen.

Die Stadt begrüßte sie mit einer Tafel in russischer und jiddischer Sprache. Vom Bahnhof brachte sie ein abgetakelter Pritschenwagen zum Verwaltungsgebäude, wo ein Betrieb herrschte wie in einem Bienenkorb. Bis Grischa den zuständigen Beamten fand, vergingen mehrere Stunden. Schließlich konnte er die beiden an Menasche Feigenbaum übergeben, so hieß der Staatsdiener, der sich um die zwei Jungen kümmern sollte. Hier verabschiedete sich Grischa von seinen neuen Kameraden und verschwand flotten Schrittes. Er hatte es eilig, und die Urheberin seiner Eile wohnte in der Puschkinstraße.

Menasche Feigenbaum war ein schon in die Jahre gekommener Herr, der dem großen Vorsitzenden alles glaubte, was dieser von sich gab. Er war zutiefst überzeugt, dass Birobidschan, dieses Sumpfgebiet zwischen den Flüssen Bira und Bidshan, die wahre Heimat eines jeden sowjetischen Juden sei. Als man ihn in seinem Heimatort in St. Petersburg, das jetzt Leningrad hieß, fragte, ob er nach Sibirien an die chinesische Grenze ziehen würde, um dort eine neue jüdische Heimstätte zu errichten, da zögerte er keinen Augenblick. Er fragte nicht, warum man den Juden plötzlich eine neue Heimat verpassen wollte, und wenn, warum dann nicht gleich im echten jüdischen Zion. Er schwieg und erklärte sich bereit, eine kommunistische jüdische Stadt aufbauen zu helfen. Er fuhr mit Frau und Kind fünf Wochen lang mit dem Zug, bis sie endlich an einem kleinen Bahnhof inmitten der Taiga ankamen.

Überall gab es Sümpfe, die Menschen litten unter Malaria und Typhus, Stechmücken und anderes Ungeziefer erschwerten entscheidend das Leben der jüdischen Pioniere, der *Chaluzim*. Sie aber stemmten sich diesen Widrigkeiten entgegen und legten Sümpfe trocken, rodeten Wälder, bauten erste Häuser und Straßen und machten diese sibirische Ödnis bewohnbar. Sie gründeten Familien und versuchten, in diesem menschenfeindlichen Teil der Welt ein lebenswertes Leben aufzubauen. Im Winter war hier beißend kalt, im Sommer brütend heiß, im Herbst und Frühjahr gab es Stürme und Überschwemmungen. Sie hörten nachts die Wölfe heulen, und alle hatten Angst vor dem Winter, wenn die Tiere, vom Hunger getrieben, bis an den Stadtrand kamen und nach geeigneten Opfern Ausschau hielten.

Man fand zwei Familien, die die Kinder aufnahmen. Die Familie Rybakow, die vor zehn Jahren noch Fischer geheißen hatte, nahm Alex unter ihre Fittiche. Sascha Rybakow bewohnte mit seiner Frau und seinen beiden Kindern ein Dreizimmerhäuschen im Norden des Städtchens. Die Toilette war draußen, ein Holzhäuschen mit einem Loch in der Mitte. Waschen musste man sich in der Küche, wo es auch heißes Wasser gab. Der Sohn hieß Gideon und war etwa in Alex' Alter, die Tochter Rajzele, die man auch Rajzla oder Rosa nannte, war zwei Jahre jünger. Sie hatte schwarzes Haar und, wie Alex fand, die schönsten und klügsten Augen, die er je gesehen hatte. Nun waren seine Frauenkenntnisse zwar überschaubar, aber seine Beurteilung deckte sich mit den Beobachtungen, die später andere, erwachsene Männer machten.

Rosa und ihr Bruder gingen zu der Schule in der Königin-Esther-Straße, und dorthin schickte man auch Amos und Alex. In dieser Schule lehrte ›der alte Mann‹ jüdische Geschichte und die jiddische Sprache. Man nannte ihn immer nur ›der alte Mann‹, eigentlich hieß er David Levkin. Er wagte es, den Schülern von einem anderen Zion zu erzählen, von der echten jüdischen Heimstätte, von der Heimat der Vorväter und der israelitischen Könige. Birobidschan nannte er ›jüdische Heimat von Stalins Gnaden‹, ein Stückchen ödes Land am Ende der Welt, wo Sibirien

China ›gute Nacht‹ sagte. Die Jugendlichen lernten morgens in der Schule, nachmittags arbeiteten sie beim Aufbau ihrer neuen Heimat mit, abends halfen sie im Haushalt und machten ihre Hausaufgaben. Zeit zu spielen und träumen gab es nicht, der Alltag war hart und der Tag mit seinen vierundzwanzig Stunden viel zu kurz.

Eines Tages war der alte Lehrer weg, er verschwand in der Weite Sibiriens. Niemand wagte nach ihm zu fragen. Der große Führer des Volkes hörte alles, sah alles, hatte alles unter Kontrolle. Seine Juden waren auserkoren, den sumpfigen, malariaverseuchten Boden ihrer neuen sibirischen Heimat trockenzulegen. Menschenleben hatten nur eine statistische Bedeutung, sie waren für ihn die Bauern auf dem großen Schachbrett der Geschichte, die zu seinem Wohl auch geopfert werden konnten.

Wer als Erster die Idee zur Flucht hatte, wusste am Ende keiner mehr. Jedenfalls beschlossen Amos, Alex, Gideon und Rosa in ihrem jugendlichen Elan, aus dem verhassten Birobidschan abzuhauen. Ihr Ziel: die wahre Heimat, der echte Zion, Eretz Israel. Nun war damals Eretz Israel ein britisches Mandat, von arabischen Aufständen heimgesucht, von der britischen Armee kontrolliert. Die jüdische Gemeinschaft, der *Jischuw*, hatte zuallererst mit eigenen Problemen zu kämpfen. Die gemäßigten von ihnen wollten einen friedlichen Übergang von der Mandatsverwaltung zum eigenen Staat, die radikalen wollten die Briten mit Gewalt aus dem Land werfen und die Araber gleich hinterher.

Um in den Nahen Osten zu gelangen, musste man sich zuerst von Sibirien in Richtung Kaukasus durchschmuggeln, dann den Iran in seiner ganzen Länge passieren, um später nach Arabien zu gelangen. Von dort waren es nur wenige Hundert Kilometer bis in die alte neue Heimat. In einer kalten Nacht trafen sich die Jugendlichen in einem verlassenen Schuppen. Sie hatten Proviant mitgenommen und ihren Eltern beziehungsweise Erziehungsberechtigten geschrieben, dass sie das bessere Morgen suchen und auch finden würden. Sie wüssten, dass sie ihnen mit diesem Schritt einen Stich ins Herz versetzen würden, aber sie hätten keine andere Möglichkeit, ihrem erträumten Ziel näher zu kommen. Eines Tages, wenn der Krieg vorbei sei, kämen sie zurück nach Sibirien, um die Eltern in die freie Heimat mitzunehmen.

Zuerst mussten sie den Weg nach Chabarowsk finden. Bei einer Anhöhe fuhren die Züge langsam, diesen Umstand nutzten unsere Ausreißer und quartierten sich auf einem Güterzug ein. Sie lagerten auf gefällten Bäumen, die nach Irgendwo transportiert wurden. So kamen sie nach Chabarowsk, der großen Stadt am Amur. Über eine Eisenbahnbrücke über den Fluss hätte man theoretisch nach China gelangen können, aber das gehörte nicht zu ihrem Vorhaben. Um Wasser zu tanken, hielt der Zug an. Die jungen Leute verschwanden in der Morgenröte des aufgehenden Tages. Da sie nur wenig Geld dabei hatten, stahlen sie etwas Essbares bei einer Marktfrau, die gerade ihren Stand aufbaute und die Lage nur schwer überblicken konnte.

Es war kalt, aber man konnte es aushalten. Am Ufer des Amur fanden sie ein verlassenes Bootshaus, wo sie ungestört frühstücken konnten. Doch als sie es verließen, zeigte der riesige Fluss seine frostige Seite. Es wehte ein schneidender Wind, der durch ihre spärliche Kleidung hindurchging und den ganzen Körper in einen Eiszapfen verwandelte.

Nach Ulan-Ude gelangten sie wieder mit einem Güterzug. Weil Amos und Alex die Stadt ein bisschen kannten, beschlossen sie, eine Weile zu bleiben. In einem verlassenen Schuppen hofften sie, wieder zu Kräften zu kommen, denn sie hatten während ihrer Flucht wenig gegessen und getrunken. Sie stahlen Nahrungsmittel von Marktständen und aus Imbissküchen. In dieser Zeit kamen sich Alex und Rosa näher. Sie hatten schon zuvor Zuneigung zueinander gespürt, daraus entwickelte sich nun Liebe. Das entging Amos nicht, der selbst Gefühle für Rosa hatte. Er bemühte sich, nicht eifersüchtig zu sein, was ihm jedoch einige Probleme bereitete.

Am dritten Tag ihres Aufenthaltes in Ulan-Ude ging Gideon auf den Markt, um Lebensmittel zu stehlen – und kam nicht wieder. Sie warteten den ganzen Tag und die ganze Nacht, aber er kehrte nicht zu ihnen zurück. Am nächsten Tage gingen sie ihn suchen, obwohl sie wussten, dass die Gefahr groß war, entdeckt zu werden. Sie fanden ihn nirgends. Mit Tränen in den Augen beschlossen sie weiterzuziehen. Rosa stemmte sich noch dagegen, doch die beiden Freunde konnten sie schließlich überzeugen. So verließen sie Ulan-Ude und fuhren zunächst erneut mit einem Güterzug am Baikalsee entlang. In der Nähe einer Maschinenfabrik konnten sie einen Lastwagenfahrer überreden, sie bis nach Irkutsk mitzunehmen. Und nach einer langen und gefährlichen Fahrt durch das wilde Sibirien landeten sie endlich am Ufer der Angara. Irgendwo in der Nähe war das Lager Popilica, wo Amos und Alex die dunkelste Zeit ihres Lebens verbracht hatten. Doch sie verdrängten den Gedanken daran mit großem Nachdruck, es blieb nur ein dunkler Fleck in ihrer Erinnerung.

Sie beschlossen, zu Fuß weiterzugehen. Nach einigen Kilometern revidierten sie jedoch ihre Entscheidung und sie versuchten eine Mitfahrgelegenheit zu organisieren. Dies gestaltete sich schwierig, denn die meisten Transit-Lkws waren für Armeezwecke beschlagnahmt. Einen Armeewagen anzuhalten trauten sich die Flüchtigen nicht. Schließlich gelang es ihnen, einen Pick-up anzuhalten. Der Fahrer, ein Burjate, nahm sie ein Stück mit. Mit dem Auto, dem Zug und zu Fuß überquerten sie das Altaigebirge und nahmen eine kurze Auszeit in Semipalatinsk.

Dann ging es weiter nach Karaganda und von dort nach Usbekistan in dessen Hauptstadt Taschkent.

Dorthin hatte ein Gangster und Warlord aus den afghanischen Bergen namens Dorsan seinen Handlanger geschickt. Dorsan war der Herr der Unterwelt, er kontrollierte den Abbau von Edelmetallen, und sein Handlanger sollte einige Abenteurer, die ihm dabei ins Handwerk pfuschten, beseitigen. Das gelang dem Ganoven zwar nicht, aber was ihm gelang, war die Entführung eines schönen Mädchens, das sich alleine in der Kleinmarkthalle aufhielt. Für sie erhoffte er sich Lob und Anerkennung von Dorsan. Man verkaufte das Mädchen anschließend in den afghanischen Bergen an den Ältesten einer Bergsippe.

Wie du dir wahrscheinlich schon gedacht hast, war es Rosa, die Schwester des verschollenen Gideon und die Geliebte von Alex. Die beiden hatten sich geschworen, dass sie am Hafen von Haifa aufeinander warten würden, sollte das Geschick sie trennen. Die zwei Freunde blieben allein zurück und versteckten sich in einer Bruchbude in der Nähe der Altstadt. Irgendwann wanderten sie notgedrungen ohne Rosa weiter. Über Aschgabat in Turkmenistan gelangten sie über die grüne Grenze nach Maschhad im Iran. Von dort führte ihr Weg nach Teheran. Hier verschwand Amos plötzlich, als er nach einem Diebstahl von Eiern von der Polizei verfolgt wurde. Alex war nun ganz allein und überlegte, wie er von Teheran nach Haifa kommen könnte.«

Die Stewardess kam noch einmal mit Getränken vorbei, und Mendel nahm dankbar ein Glas Wasser entgegen. So gestärkt fragte er, ob er seine Erzählung fortsetzen solle. Ich hatte keine Einwände, der Flug würde noch eine ganze Zeit dauern.

Mendel nahm eine für ihn angenehmere Sitzhaltung ein und fuhr fort: »Im Jahr 1946 arbeitete ich am Passagierhafen in Haifa auf einer Baustelle. Es war ein schöner Arbeitsplatz: Vor mir glitzerte das Meer, die Möwen jagten unvorsichtige Fische und die Schiffssirenen erinnerten mich an die Tatsache, dass Haifa wieder zu einem wichtigen Umschlagplatz geworden war. Während ich meine Arbeit direkt am Pier verrichtete, fiel mir eine schöne junge Frau mit schwarzen Haaren auf, die jeden Tag am Kai stand und auf die Passagierschiffe wartete. Wenn ein Schiff anlegte, ging sie schnellen Schrittes und voller Erwartung hin. Diese Szene wiederholte sich täglich und stets wanderte die Frau enttäuscht und unverrichteter Dinge zurück in die Stadt. Ganz offensichtlich wartete sie auf jemanden.

Ich bin kein Draufgänger, deshalb dauerte es lange, bis ich mein Herz in die Hand nahm und das Mädchen fragte, auf wen sie jeden Tag so unbeirrbar warte. Sie hoffe auf die Ankunft ihres Verlobten, der eines Tages nach Haifa kommen würde, ließ sie mich wissen. Sie war wirklich ein sehr schönes, apartes Mädchen mit einer ungewöhnlichen Ausstrahlung. Ich war damals ein junger, ganz gut aussehender Mann, also nahm ich meinen Mut zusammen und bat sie, mit mir bei Chaim um die Ecke einen Kaffee zu trinken und ihre Geschichte zu erzählen. Und sie sagte nicht nein.

Sie hieß Shoshana und kam aus der Sowjetunion, wo sie zuletzt im asiatischen Teil des großen Reiches gewohnt hatte. Eigentlich stammte ihre Familie ursprünglich aus Moskau, wo die Mutter am Konservatorium Musik lehrte und der Vater Kinderbücher schrieb. Dann hatte man sie eines Tages in einen Güterzug verfrachtet und nach Birobidschan in Sibirien verbannt. Der große Generalissimus hatte den sowjetischen Juden befohlen, diesen Ort als neue Heimat zu betrachten und sich dort anzusiedeln. Für die militärischen Strategen war es von Vorteil, an der Grenze zu China Siedlungen zu haben, und für die Russen war es von Vorteil, das verhasste ›jüdische Element‹ nach Sibirien zu schicken. Sie hofften, ohne Juden würden sie besser leben. Von diesem lebensfeindlichen Ort in Sibirien war sie zusammen mit ihrem Bruder und zwei Freunden geflohen. In Taschkent wurde sie von Menschenhändlern entführt und nach Afghanistan an einen Warlord verkauft. Es dauerte lange, bis ihr die Flucht gelang und sie auf abenteuerlichen Wegen über Afghanistan und Iran nach Israel fand. Weil sie und ihr Verlobter sich geschworen hatten, hier im Hafen aufeinander zu warten, kam sie jeden Tag hierher.

Wie du sicher schon längst bemerkt hast, war das Rosa. Vier Monate lang kam sie jeden Tag zum Hafen, um auf ihren Geliebten zu warten. Dieses schöne Mädchen wartete auf Alex, den ich erst sehr viel später kennenlernte. Dann eines Tages gab sie auf und kam nicht mehr. Irgendwann sah ich sie im Fernsehen wieder. Sie war Sängerin geworden und gehörte zu den populärsten Entertainern in unserem jungen Land. Du hast vielleicht schon von ihr gehört, sie heißt Shoshana Kimchi. Sie hat ihren Manager geheiratet und eine Tochter zur Welt gebracht.«

Ich pfiff anerkennend. Diesen Namen kannte fast jeder in Israel. Die Dame war eine Ikone des hiesigen Unterhaltungsbetriebs. Shoshana Kimchi war nicht nur Sängerin, sondern auch eine sehr gute Schauspielerin. Unlängst hatte sie auf einem wichtigen Filmfestival einen Preis gewonnen.

Mendel setzte seine Erzählung fort: »Amos kam erst 1947 nach Israel. Er wurde von den Briten verhaftet, nach Zypern verfrachtet und dort interniert. Eines Tages floh er, in einem Schiff versteckt, in die Türkei, von wo er irgendwann Haifa erreichte. Alex wiederum kam noch ein Jahr später im Heiligen Land an. Er wurde in Persien verhaftet, kam nach drei Monaten frei und wurde nach Ägypten verfrachtet. Auf abenteuerliche Weise gelang es ihm, sich nach Israel durchzukämpfen. Er wohnte zusammen mit beduinischen Banditen im Sinai und überfiel mit ihnen Militärkonvois der an den Kämpfen beteiligten Parteien. Dann floh er mit einem englischen Lkw-Fahrer nach Palästina. Bis er endlich nach Haifa kam, um sich mit Rosa zu treffen, war es schon zu spät. Rosa war bereits verheiratet und eine bekannte Persönlichkeit geworden. Übrigens: Gideon tauchte nie wieder auf, man fand von ihm keine Spur. Keiner weiß, was mit ihm geschehen ist.

Ganz überraschend und völlig zufällig traf Alex in Jaffa seine verschollene Schwester, die einen Nachtklub führte. Das Wiedersehen war von innerer Kälte geprägt. Alex spürte, dass seine Schwester eine schlimme Zeit hatte durchstehen müssen. Er konnte sie kaum erkennen. Vor ihm stand eine kalte, abweisende Frau, der es an menschlichen Regungen fehlte. Ihr ehemals schwarzes Haar war nun grau, die früher lachenden und glänzenden Augen schauten starr und unbeweglich. Sie musste Schreckliches erlebt haben, was ihre Lebensfreude für immer auslöschte. Alex hatte den Eindruck, mit einer lebenden Toten zu sprechen. Sie wollte oder konnte nichts über ihr Geschick erzählen, sie sagte nur, dass sie 1945 nach Israel eingewandert sei. Die beiden Geschwister waren Verlierer des Krieges. Der Freiheit, der Eltern, der Kindheit beraubt und einem grausamen Schicksal überlassen, verloren sie alle menschlichen Werte. Sie hatten den Lebensmut verloren und hassten sich selbst. Alex sah seine Schwester nie wieder, sie erhängte sich drei Jahre später in ihrem Nachtklub. Sie hinterließ keinen Abschiedsbrief. Als Alex ihre Sachen abholte, wartete auf ihn nur der abgenutzte Koffer, mit dem sie im gelobten Land angekommen war. Darin befanden sich ein Foto von den Eltern und eines von den beiden Geschwistern sowie einige Dokumente, die besagten, dass sie in Sibirien in einem Lager gewesen war und dann in Indien in einem Freudenhaus gearbeitet hatte. Sonst nichts. Er begrub seine Schwester in Tel Aviv, wo er nach dem Erlernen der hebräischen Sprache als Versicherungsagent arbeitete.

Es waren schwere Zeiten. Das Land war überschwemmt mit Flüchtlingen aus Europa, die Hitlers Vernichtungskrieg überlebt hatten. Es herrschten fast schon anarchistische Verhältnisse. Die britische Mandatsmacht war überfordert und auch unwillig, mehr Engagement in einer für sie hoffnungslosen Angelegenheit aufzubringen. Während bei den Juden Aufbruchsstimmung herrschte, fürchteten die hier wohnenden Araber nicht zu Unrecht den Strom der Überlebenden des Holocaust in ihr Land. Der Status quo der Völker war gefährdet, man befürchtete eine Zunahme des Konfliktpotenzials, Übergriffe und Ausschreitungen, die leicht zu Blutbädern führen konnten. Die Aggressivität stieg bei beiden Seiten stetig, keiner traute dem anderen friedliche Absichten zu. Die Briten spielten mit dem Gedanken, dieses konfliktbeladene

Land so schnell wie möglich zu verlassen, was die Möglichkeit eines bewaffneten Konflikts noch steigerte. Die arabischen Nachbarländer drohten der jüdischen Führung offen mit einem Krieg, sollten die Briten abziehen und man in dem Mandatsgebiet einen freien jüdischen Staat ausrufen.

Alex traf in Tel Aviv bei einer Tanzparty ein nettes Mädchen, das schon hier im Land geboren wurde und dessen Eltern aus Ungarn kamen. Sie heirateten bald darauf. Drei Jahre später waren sie schon wieder geschieden. Die Ehe scheiterte aus vielen Gründen. Auch die Ehe von Shoshana Kimchi wurde geschieden. Die Sängerin blieb mit ihrer Tochter Nirit zunächst in Haifa, später übersiedelten sie nach Tel Aviv. Da erfuhr endlich auch Alex, dass die bekannte Entertainerin Shoshana Kimchi seine Rosa ist. Diese Tatsache konnte er nur sehr schwer verkraften. Er war sicher, dass Rosa ihr Versprechen nicht gehalten und nicht auf ihn gewartet hatte. Da er keinen Kontakt zu ihr suchte, konnte er die Wahrheit nicht erfahren.

Ich lernte Alex auf einer der Baustellen, auf denen ich beschäftigt war, kennen. Wir hatten über die ganze Zeit mehr oder weniger engen Kontakt. So erfuhr ich auch von seiner dramatischen Lebensgeschichte. Eines Tages berichtete Alex, dass er bei einer politischen Veranstaltung Amos getroffen hatte. Dieser war verheiratet und betrieb einen Textilgroßhandel. Einige Zeit später offenbarte uns Amos, dass sein Geschäft pleite und seine Ehe daran zerbrochen sei. Ich hatte von einer Imbissbude gehört, die im Zentrum Jerusalems zum Verkauf stand, und informierte die anderen darüber. Alex und ich kratzten alle unsere Ersparnisse zusammen und erwarben das Objekt, das von Amos betrieben wurde, während wir als stille Teilhaber fungierten. Nach seiner Pleite hatte Amos seinen Namen geändert, jetzt nannte er sich Josi.

Irgendwann wurde ich Ohrenzeuge, wie Josi und Alex sich über Rosa/Shoshana unterhielten. Dabei kam auch ihr gebrochenes Versprechen, am Hafen von Haifa zu warten, zur Sprache. Da begriff ich, dass das Mädchen am Pier Rosa gewesen sein musste, und erzählte den beiden Freunden die Geschichte. Dann hörten wir eines Tages im Radio ein neues Lied der Sängerin. Sie besang, in poetische Worte verpackt, die Zeit in Sibirien und die Flucht mit ihren Freunden. Sie sang von ihrer Entführung, ihrer Befreiung und ihrem Weg in das wahre Zion. Das Lied wurde zwar nicht zum Hit, aber es erreichte Kultstatus und heimste auch viele Preise ein. Alex war solchermaßen erregt über die Wege des Schicksals, dass er für einige Zeit einfach verschwand, ohne ein Wort zu sagen. Wir konnten ihn verstehen. Man musste ihm Zeit lassen, das alles zu verdauen. Eines schönen Morgens erschien er wieder in der Imbissbude. Seit dieser Zeit erfindet er seinen Lebenslauf neu und fügt immer wieder andere Fakten dazu oder löscht alte einfach aus.

Alex' Erschütterung dauerte lange und machte schließlich der Trauer Platz. Es ist eine Trauer um das verlorene Leben, die eine ganze Generation fühlt. Es ist auch Wut über die eigene Hilflosigkeit, über die Unfähigkeit, das Leben anders zu gestalten. Diese Generation lebt mit einem Trauma und sie war nur selten in der Lage, dieses zu bewältigen. Solche Schicksale wie die der vier Kinder sind keine Seltenheit, sie gehören zu den Kriegsjahren. Entwurzelte, verlassene, von der Welt vergessene Menschen, unter ihnen viele Kinder und Jugendliche, durchquerten Europa und Asien auf der Suche nach etwas Glück, Sicherheit und Wärme, die ihnen kein Mensch geben konnte oder wollte. Man hatte weder Zeit noch Mittel, sich mit ihnen zu befassen. Meist ging es ums eigene Überleben. Diese traumatisierten Menschen wollten nach dem Krieg ein neues Leben aufbauen, sie erlernten Berufe, heirateten, versuchten Fuß zu fassen. Aber die Normalität ist gespielt. Was in ihrem Inneren stattfindet, weiß kaum jemand – ein Hilfeschrei, der nie gehört wird. Ihre Ehen gehen meistens kaputt, ihr Nervenkostüm ist angespannt und ihre Seele krank. Sie leiden an Schlaflosigkeit und an Nervosität, sie haben Albträume und sind psychisch labil. Ihre ganze Hoffnung liegt in ihren Kindern. Sie sollen es besser haben, ein sicheres Leben führen ohne Krieg und ohne Hunger. Sie sollen Schulen besuchen, studieren können, ihre Träume verwirklichen und ihre Jugend genießen.«

Unerwartet kam plötzlich die Durchsage, dass wir uns dem Tel Aviver Flughafen näherten. Über Mendels Erzählung war die Zeit »wie im Flug« vergangen. Mit Interesse verfolgten wir das Landemanöver.

Nach der üblichen Prozedur der Passkontrolle und Gepäckausgabe nahmen wir den Bus nach Jerusalem. In Tel Aviv war es nur bewölkt gewesen, in Jerusalem dagegen begrüßte uns ein starker Regen, vom Schnee blieb nur eine Erinnerung übrig. Von der zentralen Busstation brachte ich Mendel nach Katamon. Dort im Heim wartete man schon auf ihn. Der Empfang war sehr herzlich, das ganze Personal freute sich, den Rückkehrer wieder begrüßen zu dürfen.

»Nun, du Schmock, vermutlich hast du dem jungen Mann von mir erzählt, nicht wahr?«, wandte sich Alex an Mendel.

Dieser schaute ihn eindringlich an. »Es ist an der Zeit, dass du dich nicht mehr selbst belügst, verstehst du?«

Alex schwieg für einen Augenblick, was einen höchst seltenen Vorgang darstellte. Er verbesserte den Sitz der Mütze auf seinem Haupt und atmete tief ein. »Vielleicht hast du recht.« Er gab mir die Hand. »Willkommen im Klub, mein Junge.«

So wurde ich zum Mitwisser der bedrückenden Geschichte von einer Frau und drei Männern, denen ihre Jugend gestohlen und deren Würde beschmutzt wurde, denen nur Pein, Kummer und Elend zuteil wurden.

7 WIEDERSEHEN

Am nächsten Tag wartete auf mich schon eine Touristengruppe aus Neuseeland. Es waren evangelische Christen, die zum ersten Mal im Heiligen Land weilten und sehr wissensdurstig waren. Gegen Mittag war die Führung beendet, danach kümmerte ich mich um private Angelegenheiten. Behördengänge sind in Israel genauso zermürbend wie in Deutschland oder Polen. Es dauerte bis zum Abend, ehe ich alles erledigt hatte.

Eine Woche später bekam ich eine Gruppe von Reisenden, die das Leben in Tel Aviv miterleben wollten. Tel Aviv ist im Gegensatz zu Jerusalem eine moderne Stadt mit einer noch ziemlich jungen Geschichte. Im Jahr 1909 als jüdischer Vorort von Jaffa gegründet, wuchs sie mit der Zeit zu einer modernen Großstadt. Ich zeigte den Touristen in der von der UNESCO zum Weltkulturerbe ernannten *Weißen Stadt* einige Gebäude im Bauhaus-Stil, errichtet von Architekten aus Dessau und Berlin, die vor dem Naziterror geflüchtet waren. Dann besuchten wir die *Independence Hall*, von wo aus David Ben Gurion am 14. Mai 1948 den unabhängigen Staat Israel ausrief. Anschließend besichtigten wir einige Museen. Während sich die Gruppe zur Erholung am Strand sonnte, suchte ich Gilad auf, der einen Souvenirladen betrieb und mit dem ich geschäftliche Verbindungen unterhielt.

Am Abend machten wir eine Rundfahrt durch das beleuchtete Tel Aviv. Der Bus war fast überfüllt, alle wollten an der Tour teil nehmen. Als wir am Dizengoff-Platz ausstiegen, um das muntere Treiben meiner Mitbürger hautnah mitzuerleben, bekam ich plötzlich einen leichten Stoß in den Rücken. Ich drehte mich um ... und staunte nicht schlecht. Vor mir stand Baron von Hablingen in Begleitung von zwei Paaren. Ich erkannte die charmante Gräfin Kunigunde von Kiezenhausen am Arm eines groß gewachsenen, haarlosen Mannes, der einen Schnurrbart wie Kaiser Wilhelm trug und seinen Dialekt bei der Vorstellung nicht verstecken konnte. Er stammte aus Rosenheim im tiefsten Bayern. Das andere Paar waren die schöne Brunhilde Prinzessin von Schaumburg mit einem schon älteren Herrn, der ihr Gatte zu sein schien. Er war klein und sah gut genährt aus. Die Damen waren braun gebrannt und gut gelaunt und freuten sich schon auf das Nachtleben der Stadt.

»Jerusalem ist für die Gläubigen, Tel Aviv für die Ungläubigen«, ließ der Baron eine seiner Lebensweisheiten vom Stapel. Seine Gattin sei leider unpässlich, sie sei im Hotelzimmer geblieben. Der Baron hatte dadurch freie Hand für seine Pläne – und dass er irgendwelche Absichten hegte, war so klar wie das Wasser im Mittelmeer.

»Du musst mir helfen«, flüsterte der Baron an meinem linken Ohr. »Du musst mir zwei Mädels für diese beiden Herren besorgen. Das habe ich diesen zwei Pfeifen hier versprochen.«

»Und Ihre Begleiterinnen? Werden sie keinen Verdacht hegen?«

»Überhaupt nicht. Sie sind darüber informiert. Dann habe ich Zeit für die beiden«, sagte der Baron vergnügt und zugleich entzückt über seine unverfrorene Schlauheit oder das, was er dafür hielt.

»Und Ihre Gattin?«

»Die schläft wie ein Bär, ich habe Schlafmittel in ihren Cocktail gemischt«, lachte er zufrieden.

Die Nahostmetropole war nachts genauso interessant und sehenswert wie am Tag. Alle waren begeistert vom Tel Aviver Nachtleben, das anders als in anderen Städten erst ab 22 Uhr richtig begann und sich über die ganze Nacht hinzog.

Auch den fünf Feierwütigen war die Lust auf nächtliche Vergnügungen und frivole Abenteuer direkt anzusehen. Auf die intensive Nachfrage seitens des Barons und seiner adligen Begleitung suchte ich ein zu ihren Interessen passendes Lokal aus und brachte sie zu dem Klub Madame Rosa, wo früher mein Freund Schimele gearbeitet hatte. Um diese Tageszeit war es aber sehr schwer, einen freien Platz zu ergattern. Da uns der russische Türsteher auf keinen Fall hineinlassen wollte, verlangte ich Madame Rosa zu sprechen. Das machte Eindruck auf den sibirischen Glatzkopf. Er verschwand im Inneren des Lokals und kam nach einigen Minuten zurück mit der Nachricht, dass Madame Rosa keine Zeit habe, aber ich könne vom Telefon an der Bar aus mit ihr sprechen. Ich erklärte ihr also, dass ich ein Freund von Schimele und Motty sei und Gäste aus Deutschland dabei hätte, die sich für das hiesige Nachtleben und insbesondere für ihren Klub interessierten. Madame war gerührt, als sie die Namen Schimele und Motty hörte, und so wurde die ganze Frankfurter Mischpoke herzlich eingeladen.

Ich konnte nicht lange bleiben, denn ich hatte am nächsten Tage in Jerusalem eine deutsche Pastorengruppe zu führen. Ich bat den Baron nur, sich würdig zu benehmen, und wünschte allen eine gute Unterhaltung.

Als ich wieder in Tel Aviv weilte, waren die Repräsentanten der bundesdeutschen Aristokratie schon in ihre Heimat zurückgekehrt. Madame Rosa war begeistert von den Vertretern aus dem Frankfurter Bahnhofsviertel, die viel konsumierten, tanzten, alle Zurückhaltung fallen ließen und ewige Freundschaften schlossen.

Als ich den Klub verließ und auf die Straße trat, rammte ich einen Fußgänger, bei dem ich mich auch sofort entschuldigte. Als ich ihn erkannte, machte ich große Augen. Vor mir stand Joram Szczeciniarz und grinste. Er war gerade mit seiner Gattin angekommen und auf dem Weg zu seiner Wohnung. Seine Anvertraute war mit ihrem ehemaligen Freund Mischa Paskudnik im Café Gordon verabredet und wollte dort auf ihn warten. Doch als wir dort ankamen, saß Esther allein an einem Tisch und trank einen Kaffee. Sie konnte Mischa Paskudnik nicht sprechen, denn dieser saß im Gefängnis von Abu Kabir eine Strafe wegen betrügerischen Konkurses ab. Jetzt wurde mir klar, dass dieser Mischa mit Chaim Paskudnik, dem Gatten von Madame Rosa, verwandt sein musste.

Während seines Israelaufenthaltes sah ich Joram öfter. Er fädelte undurchsichtige Immobiliengeschäfte ein, die ihm später bestimmt noch viel Ärger bringen würden. Aber Joram konnte es nicht lassen. Mit dem Geld des Schwiegervaters waren seine Möglichkeiten größer, aber nicht besser.

Eines Tages musste ich ihm einige Unterlagen nach Hause bringen. In der Wohnung überraschte mich seine Frau mit Kaffee und Kuchen. Aber sie wäre nicht Esther, wenn sie nicht versucht hätte, mich zu verführen. Vom Plattenspieler kam schöne Musik, sie forderte mich zum Tanzen auf und schmiegte sich dabei an mich, um mich mit ihren ohne Zweifel vorhandenen Reizen zu betören. Obwohl ich sie kannte und unheimlich aufpasste, hätte sie ihr Ziel fast erreicht.

Das Klingeln an der Tür bewahrte mich vor einem Fehltritt und den nachfolgenden Konsequenzen. Ein Bote brachte Esther Blumen von ihrem Mann.

»Jeden Tag schickt er mir Blumen!« Esther beschwerte sich fast über diese Aufmerksamkeit, die auch mir nicht geheuer war. Ich war fast sicher, dass er irgendein Mädchen besuchte und diese undurchsichtigen Immobiliengeschäfte nur als Tarnung dienten. Die Ehe schien eine Farce zu sein.

Die Beiden luden mich und noch drei andere Bekannte zu einem Abendessen in ihrer Wohnung ein. Es handelte sich um ein Ehepaar aus Österreich, das für eine deutsche Presseagentur tätig war, und Aldona Bratkowska. Ihr Vater war ein polnischer Professor, der vortäuschte Jude zu sein und so seine polnische Heimat verlassen durfte. Seine Gattin wollte jedoch nicht weg. Sie war Kolumnistin bei der Parteizeitung und ein Leben ohne die sozialistischen Ideale konnte sie sich nicht vorstellen. Der Professor wollte in Israel eigentlich nur Station auf dem Weg in die USA machen, da verliebte er sich in eine Dozentin an der Tel Aviver Universität und blieb im Land, sehr zur Freude seiner Tochter, die hier mit einem Studenten Zimmer und Bett teilte.

Esther erzählte uns während des Essens, dass sie eine prominente Nachbarin habe. Ich erfuhr zu meiner großen Verblüffung, dass es sich um die berühmte Schauspielerin und Sängerin Shoshana Kimchi handelte. Natürlich fragte ich Esther gründlich aus über ihre Nachbarin. Die Straße, an der sie und Joram wohnten, gehörte zu dem Viertel, wo die Prominenten und Reichen ihre Villen hatten. Eigentlich passte Esther genau hierher, denn sie konnte sich mit den reichen Israelis ohne Probleme messen. Nur war Geld für sie zwar eine wichtige Angelegenheit, aber nicht die wichtigste. Das Stückchen Glück, das sie suchte, konnte sie mit Papas Geld nicht kaufen.

Später drehte sich das Gespräch hauptsächlich um die Lage in Israel. Diese bot stets Stoff für Diskussionen, denn die politische

Situation war immer angespannt, und auch die wirtschaftliche Lage war alles andere als rosig.

Da klingelte es plötzlich an der Tür und Joram eilte davon, um den nächsten Gast zu begrüßen. In der Tür stand eine schöne Dame um die fünfzig, in der ich sofort Shoshana Kimchi erkannte. Sie entschuldigte sich für die Störung und erklärte, sie suche ihren Papagei Farfan, der immer frei im Garten sitze. Er sei so zahm, dass sie nie befürchtete, er würde wegfliegen. Doch das sei nun geschehen und sie sei auf der Suche nach ihrem Liebling.

Hier besann sich Esther auf ihre gute Erziehung und bat die Diva spontan, Platz zu nehmen und den Käsekuchen zu probieren. Shoshana ließ sich überreden. Ich überlegte noch, wie ich sie in ein Gespräch verwickeln könnte, und als der Kuchen aufgegessen war und Shoshana auf ihre kleine goldene Uhr blickte, da wusste ich, dass es Zeit war, sie anzusprechen. Ich stellte mich mit einigen Sätzen vor und machte eine Bemerkung über gemeinsame Bekannte. Shoshana verstand die Anspielung natürlich nicht, deshalb musste ich etwas ausholen.

»Vor vielen Jahren arbeitete im Hafen von Haifa ein Bauarbeiter am Pier. Dort fiel ihm eine junge Frau auf, die auf jemanden zu warten schien. Sie kam jeden Tag, aber die erwartete Person erschien nicht.«

Shoshanas Augen wanderten unruhig über mein Gesicht. »Woher kennen Sie diese Geschichte?«, fragte sie leise.

»Dieser Bauarbeiter, der damals das schüchterne Mädchen beobachtete, ist der Onkel einer Freundin. Das Mädchen erzählte ihm, dass es während einer langen Flucht aus Birobidschan von seinem Freund getrennt wurde und diesen hier treffen wolle, denn sie hatten sich versprochen, am Hafen von Haifa aufeinander zu warten. Sie fuhr jeden Tag mit dem Bus nach Haifa, ein Beweis für ihre große Sehnsucht und Hoffnung.«

Shoshana saß blass auf ihrem Stuhl. Ihre Augen sahen blicklos durch mich hindurch. Die anderen unterhielten sich über neue Modeerscheinungen, sodass ich die soeben angefangene Geschichte ungestört weitererzählen konnte.

»Irgendwann kam sie nicht mehr, auch endeten die Arbeiten des Mannes an diesem Pier. Aber eines Tages arbeitete er mit einem Mann zusammen, der sich Alex nannte. Sie wurden Freunde.

Alex konnte den Verlust von seiner Geliebten Rosa nie richtig verkraften. Als ihm sein Freund von dem wartenden Mädchen am Hafen von Haifa erzählte, war er verzweifelt und haderte mit dem Schicksal. Durch Zufall fand er auch seinen Fluchtgefährten Amos wieder, den er in Teheran verloren hatte und der es nach einer langen Odyssee ebenfalls nach Israel geschafft hatte. Allen hat das Leben übel mitgespielt.«

Shoshana verdeckte ihr Gesicht mit den Händen. Sie weinte mit trockenen Augen, eine Kunst, die sie sehr gut beherrschte. »Wir haben alle verloren!«, sagte sie leise. »Das Leben kann so brutal sein. Es hat uns alles genommen, unsere Lieben, Freundschaften, Eltern, Geschwister. Alles.«

Ich saß still neben ihr und war mir des Schmerzes, den ich ihr antat, sehr bewusst. Sie wollte oder konnte das Gespräch nicht fortsetzen und wandte sich an unsere Gastgeber, um sich mit einem Hinweis auf ihre Migräne zu verabschieden. An der Türschwelle fing ich sie ab. Ich entschuldigte mich für das Leid, das sie durch meine Eröffnungen erfahren hatte, und fragte, um auf ein anderes Thema zu kommen, ob sie eine Künstlerin namens Marina kenne. Ich solle ihr nämlich einen Brief übergeben, der aber komischerweise an eine Nirit Yaroni adressiert sei.

Zu meiner Überraschung meinte Shoshana, sie kenne Nirit sehr gut und das schon seit über vierundzwanzig Jahren. Sie sehe sie aber eher selten, denn beide hätten sie Auftritte in der ganzen Welt und könnten sich meist nur an längeren Feiertagen treffen. »Damit du nicht den ganzen Tag grübeln musst: Nirit ist meine Tochter«, sagte Shoshana und lächelte milde. »Der Brief ist bestimmt von jemandem aus Frankfurt, an den Nirit vor Jahren ihr Herz verloren hat?«, vermutete sie.

Ich nahm meinen ganzen Mut zusammen und machte ihr einen Vorschlag, der sie stutzig machte. Sie überlegte einen Moment und erwiderte dann, meine Idee sei interessant, aber sie habe Angst vor der ganzen Sache, die Jahre seien vergangen und die Gefühle hätten sich verändert. Ich solle es arrangieren, vielleicht würde es klappen.

Am nächsten Tag hatte ich wieder in Jerusalem zu tun. Nach getaner Arbeit machte ich mich auf den Weg zur Imbissbude von Amos/

Josi. »Na, junger Mann, wie ich gehört habe, hat Mendel unsere ganze Vergangenheit ausgeplaudert«, begrüßte er mich weder herzlich noch feindselig. »Du solltest unsere Geschichte aufschreiben, solange wir noch da sind und dir Auskunft geben können.«

Ich erwiderte, dass ich sie eines Tages vielleicht tatsächlich zu Papier bringen würde, jetzt aber mit anderen Problemen zu kämpfen hätte.

Ein groß gewachsener rothaariger Mann stellte sich vor mich und gab seine Bestellung auf. Josi nahm eine Pita heraus und füllte sie mit Fleischröllchen, Salat und anderen Zutaten. Der Mann bezahlte und drehte sich um.

»Motty«, rief ich überrascht.

Vor mir stand tatsächlich Motty und schaute mich entgeistert an. »Hallo Tom! Mensch, wir haben uns ja schon eine Ewigkeit nicht gesehen.«

»Was machst du in Jerusalem? Ich dachte, du wohnst mit deiner Claudia in Paris«, erkundigte ich mich immer noch ganz perplex.

»Wie du siehst, bin ich hier und nicht in Paris. Und was meine Gattin betrifft, sie heißt nicht Claudia, sondern Veronique.«

Wir lachten und erinnerten uns an die gemeinsame Zeit in unserer Schule, zu der wir damals beide gingen. Motty erklärte, er sei nach Israel gekommen, um »frische Energie zu tanken«. Zu Hause herrsche zurzeit dicke Luft, das gemeinsame Leben mit Veronique gestalte sich schwierig. Viele Missverständnisse, Verschwiegenheiten, falsche Interpretationen, schon seit einiger Zeit bahne sich da eine Ehekrise an. Man lebe für sich allein, ohne auf die Bedürfnisse des Partners einzugehen.

Motty hatte vor, nach Beerscheba zu fahren, um unseren alten Schulkameraden Micha zu treffen, der dort ein Restaurant führte. Außerdem wollte er im Seebad Eilat am Roten Meer alte Erinnerungen auffrischen. Welche Erinnerungen das waren, darüber gab er keine Auskunft. Er fragte nach unserem Freund Schimele, den er schon lange nicht mehr gesehen hatte, und ich erzählte ihm, dass Schimele geheiratet hatte und dass es ihm sehr gut ging. Wir tranken noch einen Kaffee zusammen, dann verabschiedete er sich von mir und verschwand in der Dunkelheit der Heiligen Stadt. Ich blieb noch bei Josi und niemand störte uns mehr beim gemeinsamen Schweigen.

Tags darauf betreute ich eine Gruppe von Nonnen aus Würzburg. In einer von ihnen glaubte ich für einen Moment Jenny zu erkennen, was sich natürlich als Hirngespinst erwies. Die Nonnen waren wissensdurstig und nahmen alles, was ich ihnen erklärte, dankbar auf. Während der Tour kam mir kurz der Gedanke, sie alle könnten in Wirklichkeit verkleidete Lebedamen sein, die mich einer Prüfung unterziehen wollten. Ich schaute in ihre Gesichter, aber ich konnte nur leidenschaftliche Gotteshingabe feststellen und nichts, was meinen Spekulationen Nahrung gegeben hätte. Wir aßen gemeinsam in einem Kloster zu Mittag, dann war unsere Exkursion beendet. Ich nutzte die Zeit des Aufenthalts im Kloster zur inneren Einkehr. Ich wollte einen klaren Kopf bekommen. Ich wollte Jenny vergessen – und auch wieder nicht. Ich wollte Shoshana und ihren Freunden etwas zurückgeben, was man nicht zurückgeben konnte, die Geschichte war nicht rückgängig zu machen. Mir ging ihre Geschichte näher, als ich mir eingestehen wollte. Ich sehnte mich nach einem Happy End, wohl wissend, dass dieses nur im Kino vorkommt.

In solchen Augenblicken der Schwermut suchte ich gewöhnlich die Gesellschaft von Tufik, einem palästinensischen Andenkenhändler im Jerusalemer *Suk*, dem orientalischen Markt. Vom Kloster war es nicht weit, ich musste nur einige wenige Straßen und Gassen durchqueren.

Der Suk in Jerusalem ist wie ein gewaltiges Labyrinth. Ein Unkundiger, der sich in das Innere des Marktes wagt, läuft Gefahr, aus eigenem Orientierungsvermögen nicht mehr ins Freie zu finden. Er irrt durch unzählige Gassen und Gässchen, betritt Ausgänge, die im Nichts enden, findet Wege, die ihn ins orientalische Nirwana führen. Der Suk erstreckt sich über das arabische und christliche Viertel. Ein Gewirr von engen Gassen, Bogengängen und Gewölben, die mehrere Hundert Jahre alt sind, erwartet den furchtlosen Besucher, der sich hineinwagt. Dieser arabische Markt wurde während der ganzen Zeit seit seiner Entstehung ausgebessert, umgebaut und modernisiert. Die jetzige Form verdankt er den Osmanen, den türkischen Herrschern, die die nahöstlichen Gebiete nach der unfriedlichen »Übernahme« des Byzantinischen Reiches unter ihre Fittiche nahmen. Der Jerusalemer Suk ist ein für jeden Besucher faszinierendes Gemisch aus Orient und Okzident und nimmt alle Sinne in Anspruch. Auf diesem undurchsichtigen und für jeden Touristen geheimnisvollen Areal findet jeder etwas für sich. Fisch, Fleisch und Backwaren, Kleidung und Schuhe, Haushaltsgeräte, Spielzeug, Kosmetika und Schmuck. Aus arabischen Kaffeehäusern dringt der Wohlgeruch frisch gemahlenen Kaffees, gewürzt mit Kardamom. Mit ihrer spärlichen Einrichtung sind sie den Männern vorbehalten, die sich hier dem Brettspiel widmen und Wasserpfeife rauchen. Ebenso lockt der Duft der kleinen Restaurants und der exotischen Gewürze.

In Jerusalem zu sein und diesen farbenprächtigen orientalischen Markt nicht zu besuchen, ist fast schon eine Sünde. Neben bunten Stoffen, billigen T-Shirts und Souvenirs werden auch handbestickte Beduinengewänder und Kopfbedeckungen, antike Öllampen, alte Münzen und andere archäologische Kostbarkeiten dargeboten. Schätze aus Buchara, Taschkent, Armenien oder dem ehemaligen Konstantinopel, moslemische Gebetsteppiche aus Samarkand, Korallen aus der Arabischen See, Schmuck aus der Ländern der Seidenstraße, zierliche gläserne Flaschen aus Ägypten, Keramik aus der Gegend um den Berg Ararat und tiefblaues Glas aus Hebron – alles, was man sich nur denken kann, wird dem verwirrten potenziellen Käufer angeboten. Oft stammen die Angaben der Verkäufer aus dem Reich der Märchen, aber manchmal kann man auf diesem Markt des schönen Scheins wirkliche Raritäten und Prachtstücke erstehen. Es ist ein Ort der 1001 Möglichkeiten, da wird gefeilscht und gehandelt nach Herzenslust. Im christlichen Teil des Suks verliert die Atmosphäre nichts von ihrem Reiz, aber der Schwerpunkt liegt hier auf den prächtigen Utensilien der Ostkirchen, der orthodoxen Form des Christentums. Es werden Ikonen, die Heiligenbilder auf goldfarbenem Grund, juwelenbesetzte Kreuze und massive Kelche angepriesen.

Ich liebte dieses Farbenspiel, das das Auge mit allen Farben des Regenbogens verwöhnte. Das Aroma von Moschus und Myrrhe drang aus den Läden nach draußen und hinterließ in mir ein Wohlgefühl ohnegleichen. Doch wer diesen prächtigen Suk besuchen wollte, der musste sich diesem Abenteuer allein unterziehen, in dem Labyrinth von Gassen und ins Nirgendwo führenden Wegen war es fast unmöglich, eine Gruppe von Menschen im Auge zu behalten.

Ich ging also an vielen Händlern und deren feilgebotener Ware vorbei, bis ich am Ende eines Bogengangs das Geschäft von Tufik fand. Er saß auf einem alten Stuhl, in den Händen hielt er eine Wasserpfeife und atmete tief das Gemisch aus Rohtabak, Melasse und Glyzerin ein. Er genoss das süßliche Aroma, das ihn in Verzückung versetzte. Sein Gesicht zeigte Zufriedenheit und Glückseligkeit. Er deutete auf den Stuhl neben sich und ich setzte mich zu ihm.

Während des Rauchens der Wasserpfeife herrschte absolutes Schweigen, erst danach unterhielten wir uns über Gott und die Welt. Tufik war gerade neunzig geworden, doch dieses Alter sah man ihm nicht an. Er hatte als Siebzehnjähriger den deutschen Kaiser Wilhelm II. in Jerusalem erlebt, er war dem Baron Rothschild, Theodor Herzl und Atatürk begegnet. Er hatte mit dem Großmufti von Jerusalem, Mohammad Amin al Husseini, diniert, kannte die Familie von George Habash und wurde von dem englischen Hochkommissar Samuels persönlich empfangen. Er beherrschte neben dem Arabischen und Englischen noch Hebräisch, Türkisch und Französisch. Das Beste bei meinen Besuchen bei Tufik aber war das Schweigen, eine einmalige Erholung für Geist und Seele. Wasserpfeife rauchen und meditieren, der Seele Erholung bieten, der Psyche Freiräume gewähren, so erholte ich mich bei Tufik von meinen seelischen Nöten, erlangte wieder Frische für den Geist. Nach dieser seelischen Regenerationszeit ging ich in den mit einem Vorhang abgetrennten Raum, wo ich etwas für meinen Körper tat. Ich legte mich auf ein mit einem Tuch bedecktes Holzbrett und ließ mich von Tufiks Urenkelin massieren. Dann aßen wir Obst und tranken starken Kaffee. Wie ein Neugeborener verließ ich diese Oase der psychischen und physischen Erholung.

Zurück in Tel Aviv besuchte ich den polnischen Jugendklub, wo sich polnisch sprechende Jugendliche zu Freizeitgestaltung trafen. Das war eine wichtige Begegnungsstätte für die Jugendlichen, die Polen verlassen hatten und hier in der Fremde etwas Geborgenheit suchten.

Hier traf ich zufällig eine ehemalige Klassenkameradin, Deborah, die unlängst einen anderen Mitschüler geheiratet hatte. Sie war die Tochter von Sewek Kirschholz, dem der pakistanischafghanische Bandit Dorsan die rechte Hand abhacken ließ. Deborah war TV-Produzentin, ihr Gatte Itzig Charke arbeitete für die Sicherheitsorgane unseres Landes.

Deborah klärte mich darüber auf, dass sie zusammen mit ihrem Mann und Mark Süßmann, einem Professor am Technion in Haifa, der früher ein ganz schlechter Schüler gewesen war, ein Klassentreffen für die in Israel und Europa verstreuten ehemaligen Mitschüler unserer polnischen Schule organisierte. Das Treffen sollte auf ihrem Anwesen stattfinden. Deborah war eine energische, resolute Person. Ihre Sprache war klar und beinhaltete viele Imperative, die sie in ihrem Beruf auch oft zu gebrauchen wusste.

Bevor dieses Klassentreffen jedoch stattfand, organisierte das Ehepaar Szczeciniarz unter großzügiger Mithilfe von Esthers Vaters eine Party, die in ihrem Haus in Tel Aviv über die Bühne gehen sollte. Er stellte die nötigen Geldmittel bereit und organisierte zudem für die Teilnehmer aus Frankfurt einen Flug nach Tel Aviv. Das waren neben ihm selbst seine Gattin, Herr Tadzio, Jorams Mutter, Schimele ohne Gattin und Vater (die beiden mussten arbeiten, der Papa im Kiosk, die Gemahlin hatte Dienst im Krankenhaus), Zipi samt ihren Eltern, der Maler Dov, die Familie Scharf und last not but least Mendel Apfelbaum. Außerdem hatte sich auch der Baron von Hablingen irgendwie dazugesellt. Ich erfuhr von der Party durch Esther, die mich anrief und meinte, sie würde sich über mein Kommen freuen.

Ich hatte eine Reisegesellschaft aus Fulda zu führen, die sich als nette ältere Herrschaften entpuppte, die schon viel über die Geschichte Jerusalems wussten, aber diese Stadt bisher noch nie besichtigt hatten. Ich hatte für sie ein volles Programm organisiert mit allem Drum und Dran, inklusive Andenkenkauf bei von mir bevorzugten Läden. Die Leute waren sehr interessiert und hatten viele Fragen, die ich nach meinem besten Wissen auch fleißig beantwortete.

Nachdem sie ihr Hotel wieder erreicht hatten, ließ ich mich von einem mir gut bekannten Taxifahrer nach Tel Aviv fahren. Er hatte eigentlich etwas anderes vorgehabt, aber er schuldete mir was und jetzt war der Moment gekommen, die Schulden zu tilgen. In meiner Tel Aviver Wohnung duschte ich schnell, zog mich hastig um und begab mich dann an den Ort der Feier.

Schon von Weitem sah ich die Lichter, die das Haus in besonderen Farben erstrahlen ließen. In der großen Loggia entdeckte ich viele bekannte Gesichter. Eine Cateringfirma hatte für ein kaltes Buffet und Getränke gesorgt, die Musik kam aus einem Musikautomaten. Man stürzte sich auf das Essen, als müsse man in Frankfurt hungern. Die Gäste hatten die einmalige Fähigkeit, gleichzeitig zu essen und zu reden. Eine Unterhaltung mit vollem Mund stellte hier niemanden vor Probleme. Das Stimmengewirr hallte durchs ganze Haus. Jeder wollte seinen Gesprächspartner an Lautstärke übertreffen, was zu einem gewaltigen Lärmpegel führte. Es machte Spaß, diese Kakofonie auf sich wirken zu lassen, die Nuancen der Stimmen herauszuhören und sie dem jeweiligen Erzeuger zuzuordnen.

Dann ging die Tür auf und eine wunderschöne Dame betrat das Haus. Esther und Joram stellten sie den anderen Gästen vor. Es war ihre Nachbarin, die Entertainerin Shoshana Kimchi. Jeder außer Herrn Tadzio hatte schon etwas von ihr gehört oder gesehen. Schimele ging zu ihr und gab ihr die Hand.

»Wir kennen uns von früher«, erklärte er dem erstaunten Publikum.

»Meine Tochter kannte er noch besser«, lachte die Dame, was Schimele mit einem verschmitzten Lächeln bestätigte. Dann schaute sie sich um und wurde plötzlich ernst. Ihr Blick war auf Herrn Apfelbaum gefallen, der völlig verblüfft schien. Shoshana ging zu ihm und sprach ihn direkt an. »Mendel? Dass ich dich nach so vielen Jahren wiedersehe!«

Herr Apfelbaum, der in seinem Leben stets einen Ausweg aus den hoffnungslosesten Situationen finden konnte, wollte noch immer seinen Augen nicht trauen. »Rosa, bist du das?«, fragte er ungläubig. Dann fielen sich die beiden in die Arme und lachten und weinten gleichzeitig.

Als sie sich wieder ein bisschen beruhigt hatten, war es an der Zeit, den Unwissenden zu erklären, dass die beiden sich während dem Krieg in Taschkent begegnet waren. Shoshana erzählte, wie sie nach Taschkent kam und dort Mendel Apfelbaum kennenlernte. Dann berichtete sie von ihrer Entführung und wie Apfelbaum versucht hatte, sie aus den Händen der Menschenräuber zu befreien. Doch leider wurde er von Dorsans Komplizen überlistet.

Außer einem Schlag auf den Hinterkopf und den damit verbundenen Schmerzen hatte er zum Glück keinen Schaden aus dieser Begegnung davongetragen. Obwohl die Heldentat am Ende gescheitert war, blieb Mendel Apfelbaum für Rosa ein Held und sie vergaß ihn nie. Weder wusste Rosa, was aus Mendel geworden war, noch wusste er, ob sie überlebt hatte.

Dieses unverhoffte Wiedersehen war Anlass genug, einen Toast auszusprechen, der einige Male wiederholt werden musste. Dann ließ man Shoshana und Herrn Apfelbaum in Ruhe, um ihnen die Möglichkeit zu geben, sich ungestört ihre Lebensgeschichten zu erzählen.

Die Party dauerte die ganze Nacht, jeder kam auf seine Kosten, nur Jorams Mutter wirkte traurig, denn sie spürte, dass ihr Sohn für immer das häusliche Nest verlassen hatte und eine andere Frau die Nummer eins in seinem Leben geworden war.

Die Gesellschaft sollte noch drei Tage in Israel bleiben, auch damit Herr Baumann ungehindert seinen Geschäften nachgehen konnte. Er hatte mehrere Häuser und Bauprojekte in Tel Aviv und Haifa und war für die restlichen Tage ausgebucht.

Baron von Hablingen trat an mich heran und äußerte den Wunsch, einen Freund in einer Siedlung im besetzten Westjordanland besuchen zu wollen. Als er merkte, dass ich sein Ansinnen nicht verstand, erklärte er mir, dass er den Mann aus dem Bahnhofsviertel kenne und dieser vor einer möglichen Festnahme durch die Ordnungsbehörden nach Südamerika geflüchtet war. Von dort war er nach Israel geflogen und hatte sich als Wachmann bei den Siedlern verdingt. Ich erklärte dem Baron, wie er zu den Siedlern stoßen konnte und wünschte ihm viel Glück bei diesem Abenteuer. Ohne Genehmigung der Behörden war es nicht ohne Weiteres möglich, in die besetzten Gebiete zu gelangen. Dem Baron stand vermutlich eine aufregende Zeit bevor.

Nun war Herr Tadzio an der Reihe. Dieser wollte wissen, wie er nach Jerusalem gelangen könnte. Nun wusste er allerdings, dass ich am nächsten Tag dorthin zurückkehren würde, deshalb empfand ich seine Frage als *a foile Stick*. Das ist jiddisch und bedeutet *eine faule Sache*. Herr Tadzio wollte nur von mir mitgenommen werden. Er meinte, in Jerusalem lebe eine sehr gute Bekannte aus seiner Jugendzeit in einem Kloster, die er bei dieser Gelegenheit gerne besuchen würde. Schimele wollte nicht nach Jerusalem, er hatte vor, den Kibbuz Ruhama aufzusuchen, wo er nach seiner Einwanderung die ersten Erfahrungen in der Urheimat gesammelt hatte. Zipi und ihre Eltern dagegen wollten in Jerusalem Mendel besuchen.

Nach dem Ende der rauschenden Party fuhr ich also mit Zipi, ihren Eltern und Herrn Tadzio mit dem Frühbus nach Jerusalem. Nach etwa zwei Stunden erreichten wir dort den zentralen Busbahnhof. Zipi kannte sich ausgezeichnet aus in der Stadt und würde das Altenheim in Katamon ohne Probleme finden. Ich kümmerte mich um Herrn Tadzio und fuhr mit ihm in die Altstadt, wo wir im christlichen Viertel das Kloster ausfindig machten. Es dauerte ein wenig, bis man uns öffnete. Eine große schlanke Nonne trat vor und begrüßte Herrn Tadzio in polnischer Sprache auf das Herzlichste. Er schaute sie nur mit großen Augen an, unfähig, aus seinem Stimmorgan irgendetwas Brauchbares herauszuholen. Schwester Ivonne, oder auf Polnisch Iwona, gab mir die Hand und hieß mich im Kloster willkommen. Als die Damen erfuhren, dass wir direkt aus Tel Aviv kamen und weder geschlafen noch gegessen hatten, wurde ein Tisch gedeckt und man lud uns zu einem Frühstück ein. Danach blieb Herr Tadzio bei seiner Iwona, ich aber verabschiedete mich von den Bräuten Jesu und ging einige Hundert Meter weiter, wo schon ein katholischer Kinderchor aus Cham in Westfalen auf mich wartete.

Es war eine schwierige und nervenaufreibende Führung, denn die jungen Menschen hatten viele Fragen, waren einfach nicht zu zähmen und forderten meine Aufmerksamkeit in einem bis dahin nicht erlebten Maße. Nach dieser Führung, die um eineinhalb Stunden verlängert werden musste, hatte ich alle meine Kräfte verloren und die schlaflose Nacht meldete sich mit großer Vehemenz. Ich fuhr direkt zu meiner Wohnung nach Tel Aviv und ging sofort schlafen.

Als ich wieder wach und fit war, machte ich mich fertig für das Klassentreffen im Kfar Shmaryahu. Ich nahm den Bus nach Herzliya, dort stieg ich um in einen Bus, welcher in diesen Ort fuhr. Es war ein Platz für wohlhabende Mitbürger, die dort ein ruhiges

Leben außerhalb der hektischen Großstadt Tel Aviv führen konnten. Einst war der Ort von Einwanderern aus Deutschland, die vor den Nationalsozialisten flüchteten, gegründet worden. Die meisten kamen aus Nürnberg.

Um zum Anwesen des Ehepaares Charke zu gelangen, musste ich noch einen zehnminütigen Fußmarsch hinlegen. Hinter einigen Büschen trennte mich plötzlich ein Zaun von einem großen Garten, in dessen Mitte ein Teich angelegt war. Dahinter erblickte ich eine Prachtvilla aus weißem Stein. Ich fragte mich gerade, wie die nicht besonders vermögenden Einwanderer aus Polen zu solch krassem Wohlstand in so kurzer Zeit kommen konnten, da öffnete sich auch schon das Tor und ich betrat die Zufahrt. Auf der linken Seite parkten verschiedene Autos, mit denen einige der Gäste gekommen waren. Ich gehörte zu der Minderheit, die auf die öffentlichen Verkehrsmittel angewiesen war.

Itzig Charke begrüßte mich am Eingang mit dem Habitus eines undurchsichtigen, erfolgreichen Unternehmers und drückte mir ein Glas Champagner in die Hand. Ich konnte mir die Frage nicht verkneifen, wie man denn an eine solche Prachtvilla komme. Er lächelte süffisant und meinte, dazu müsse man nur was vom Leben verstehen. Nach diesem Austausch von Nettigkeiten betrat ich einen großen Raum, in dem sich die ehemaligen Schüler unserer Klasse versammelt hatten. Mark Süßmann, dem ich früher manchmal bei Klassenarbeiten behilflich war und der völlig überraschend Professor wurde, kam mir entgegen und begrüßte mich herzlich.

»Ich kann gar nicht glauben, dass schon so viele Jahre vergangen sind, seit wir unsere Schule verlassen haben«, stellte ich fest.

Mark philosophierte daraufhin über die Zeit, die nicht stehen blieb, über die Hektik und den Stress in unserem Leben. Dann fragte er mich, ob ich verheiratet sei. Als ich verneinte, gab er erleichtert zu, dass auch er noch ledig war. Ihm schien die eheliche Bindung wichtig zu sein, während mir dieser Umstand kein Kopfzerbrechen bereitete.

Schließlich eröffnete Mark mit einigen launigen Sätzen unser Treffen offiziell, und wir konnten uns mit unseren ehemaligen Klassenkameraden unterhalten, während wir gleichzeitig das Buffet plünderten. Einige unserer Schulfreunde, die in Kanada, Australien und den USA wohnten, waren abwesend. Einer war vor zwei Jahren an Krebs gestorben. Die meisten waren aus den unterschiedlichsten Orten in Europa angereist, nur wenige von uns waren in Israel ansässig. Deborah glänzte hier als TV-Produzentin, aber keiner wusste, wie ihr Mann Itzig zu seinem Reichtum gekommen war. Mutmaßungen reichten vom Lottogewinn über Aktienspekulationen bis zu kriminellen Handlungen.

Tamara Schejngarten war schon immer ein schönes Mädchen gewesen, von den Jungs umschwärmt, von den anderen Mädels beneidet. Jetzt stand sie vor mir und lächelte warmherzig. Sie erzählte von ihrem Leben in Göteborg und von ihrem Gatten, einem Schweden. Bevor sie ihn geheiratet hatte, war er ihr als ein patenter Kerl erschienen, ein guter Handwerker und ein Mann mit Ideen und Idealen. Nach der Heirat entpuppte er sich als ein feiger, fauler Säufer, der jede Mühe scheute und wie ein Parasit von der Arbeit seiner Frau lebte. Sie gab zu, einen Liebhaber zu haben, der ihr in allen Lebensbelangen half. Sie sei aber nicht in der Lage, ihren Gatten zu verlassen, sie könne das einfach nicht.

Ich ging mit Schimele nach draußen, um frische Luft zu schnappen. Da erspähten wir Joram, der sich vor dem Tor von einer Frau verabschiedete. Wir dachten zuerst, es wäre Esther. Joram war hier fehl am Platz, er war kein Mitschüler von uns. Da sahen wir, dass er in ein Auto stieg, das sofort wegfuhr, während die Dame zum nachbarlichen Anwesen ging. Dort schloss sie das Tor auf und verschwand aus unserem Blickfeld.

»Ich glaube, da hat Esther einen ihr Ebenbürtigen geheiratet«, bemerkte Schimele und zwinkerte mir zu.

»Die Dame heißt Claudia Friedmann und wohnt nebenan.« Hinter uns stand Itzig und versorgte uns mit Informationen. »Joram war schon einige Male bei ihr, meistens treffen sie sich aber in Tel Aviv.«

»Betreibst du vielleicht eine Schnüfflerfirma?«, fragte ihn Schimele misstrauisch.

»So etwas Ähnliches: ein Informationsbüro. Ich sehe alles, ich höre alles, ich weiß alles. Ich habe meine Leute überall und ich setze modernste Technik ein.«

»Und mit solchen Schnüffeleien kann man das große Geld verdienen?«, wollte Schimele wissen.

»Informationen braucht jeder, auch Organisationen, Firmen,

Staaten. Informationen sind eine heiße Ware, eine Dienstleistung, die alle wollen, besonders Geheimdienste«, prahlte Itzig.

Er ging wieder ins Haus und wir folgten ihm. Unser Freund Motty saß in einem schwarzen Sessel und unterhielt sich mit Klemens Horn, der in Stavanger mit Öl handelte, obwohl er in der Schule im Fach Mathematik einfachste Rechenarten nicht bewältigen konnte. Motty war natürlich neugierig, wie Klemens zu diesem Beruf gekommen war, wo er doch mit Zahlen so auf Kriegsfuß stand.

»Die Zeiten ändern sich, der Mensch auch«, klärte ihn dieser lächelnd auf.

Wenn ich mich so umschaute, musste ich den Eindruck gewinnen, dass Schimele und ich die beruflichen Versager unserer Klasse waren. Aber eigentlich auch wieder nicht! Mir machte meine Arbeit unheimlich Spaß und Schimele widmete sich neben seiner Tätigkeit im Kiosk, wo er täglich die verschiedensten Menschen traf, der Schriftstellerei, die ihn ganz erfüllte. Weder er noch ich verspürten einen inneren Druck, uns auf die Jagd nach dem großen Geld zu begeben. Wir waren nie auf diejenigen neidisch, die es zu größerem Wohlstand brachten. Wir hatten andere Ziele, die wir verfolgten. Das Leben ist ungerecht, aber in der kurzen Zeit unseres Lebens sind wir gezwungen, Entscheidungen zu treffen, die unseren Auftritt auf der Erde beeinflussen. Jeder von uns nutzt die Zeit anders, hat andere Prioritäten, organisiert die knappe Zeit anders und versucht sie optimal zu nutzen. Das ist unser gutes Recht. Wir sind für unser Leben, für unser Schicksal verantwortlich und nur uns selbst Rechenschaft schuldig. Ich wäre zum Beispiel als Händler total ungeeignet, Motty könnte kein Kapitel seiner Gedanken zu Papier bringen und Schimele nie eine Professur in Physik innehaben. Nicht jeder könnte den Job von Herrn Tadzio ausüben und das Wirken des Barons von Hablingen war sowieso in Nebel gehüllt.

Mark Süßmann erklärte Janek Birke die neuesten Forschungsergebnisse seines Instituts. Janek war so begeistert von diesem Monolog, dass er fast einschlief. Da kam plötzlich Itzig zu uns mit der Mitteilung, ich würde ein Problem bekommen. Er klärte mich auf, dass der unglückselige Baron beim illegalen Betreten des besetzten Westjordanlandes verhaftet wurde. Bei der Vernehmung habe er angegeben, die Grenze auf mein Geheiß überquert zu haben. Nun suche man nach mir und ich müsse damit rechnen, festgenommen zu werden. Itzig sah mich fragend an und ich erkannte so etwas wie Schadenfreude in seiner Miene.

»Das kann nicht sein. Ich habe mit der ganzen Angelegenheit gar nichts zu tun«, wehrte ich ab. »Vielleicht hat das mangelhafte Englisch des Barons zu Missverständnissen geführt.«

Itzig weidete sich an meinem Unbehagen. »Die holen dich, mein Freund, die Militärstaatsanwaltschaft versteht da kein Spaß. Wie konntest du diesen armen Irren in die besetzten Gebiete schicken?«

»Habe ich ja nicht. Er wollte unbedingt seinen Freund dort besuchen. Ich habe ihm gesagt, um dorthin zu fahren, braucht er eine Genehmigung. Warum er ohne hingefahren ist, entzieht sich meiner Kenntnis. Ich bin wohl die einzige Person, die er in Israel kennt, vermutlich hat er deshalb den Ermittlern meinen Namen genannt.«

»Ich hatte vor Jahren fast dasselbe Problem«, mischte sich Schimele ein. »Ich bin zusammen mit ihm«, dabei zeigte er auf Motty, »in das besetzte Gaza zu einer Hochzeit gefahren. Bei der Rückfahrt wurden wir von den Grenzsoldaten festgenommen. Auch wir hatten damals keine Genehmigung. Gut, dass Motty den ermittelnden Major Knaani kannte, sonst wären wir wohl für einige Zeit hinter Gittern verschwunden. Wir hatten damals mehr Glück als Verstand.«

»Deinem Freund, dem Baron, droht ein Prozess, und du könntest es auch mit den Sicherheitsbehörden zu tun bekommen. Aber vergiss nicht, mein lieber Tom, dass ich einige wichtige Leute kenne«, rühmte sich Itzig großspurig, als er meinen erschrockenen Gesichtsausdruck sah. »Ich kenne zum Beispiel den Oberstleutnant Knaani, der unseren Freunden hier ja auch bestens bekannt ist.« Itzig schaute auf die Uhr. »In einer halben Stunde wird dieser komische Baron aus der Untersuchungshaft entlassen und nach Tel Aviv gebracht. Ich konnte den Oberstleutnant überzeugen, dass dieser Trottel keine Gefahr für unseren Staat darstellt. Ich habe Knaani mitgeteilt, dass ein gewisser Schimele ein guter Bekannter des Barons ist. Das reichte, der Oberstleutnant lachte und meinte, ob die beiden verhinderten Musketiere Schimele und Motty nicht genug eigene Probleme hätten.« Wir alle schauten Itzig ungläubig an. »Ich handle mit Informationen, daher habe ich Kontakt mit vielen einflussreichen Leuten«, klärte er uns auf.

»Pass auf, dass du das in der Öffentlichkeit nicht zu oft erwähnst, sonst erweist du dir einen Bärendienst«, warnte ihn Motty.

»Ich verstehe nicht, was du damit meinst«, sagte Itzig mit verschlossener Miene.

»Motty meinte, wenn du solche Sachen herausposaunst, wirst du eines Tages dein blaues Wunder erleben. Du wirst selbst zum Sicherheitsrisiko.« Ich verspürte Genugtuung, diesem selbstverliebten Angeber auch etwas Angst einjagen zu können. Itzig schaute uns nur schräg an und kehrte uns dann seinen breiten Rücken zu.

Schimele und Motty hatten den Draht zueinander wieder gefunden, sie lachten in alter Vertrautheit und witzelten über sich selbst. Wir begutachteten alle hier anwesenden Klassenkameradinnen und kommentierten ihre Erscheinung. Viele, die wir als graue Maus in Erinnerung hatten, machten hier einen überraschend guten Eindruck. Lela Balbinski war ein Paradebeispiel für diese Metamorphose. Sie hatte sich in eine schöne, begehrenswerte Frau verwandelt. Auch Deborah Charke, die in Polen noch Dorota hieß und sich nicht besonders hervorgetan hatte, war eine hübsche, resolute Person, die ganz schnell die Karriereleiter hinaufgestiegen war. Es gab aber auch gegenteilige Geschichten. Esther Lind zum Beispiel war das schönste Mädchen in unserer Klasse gewesen, alle Jungs von unserer Schule waren hinter ihr her. Jetzt saß sie im Sessel neben Zipi und berichtete von ihrem Leben in Malmö. Sie hatte einen Schweden geheiratet, der sie sitzenließ und alle Sparbücher und Bankkonten plünderte, bevor er auf Nimmerwiedersehen verschwand. Sie blieb mit den drei Kindern allein und arbeitete in einem Supermarkt als Kassiererin. Es war nicht mehr die Esther, die wir aus der Schule kannten. Das feine schwarze Haar zeigte schon graue Strähnen und sie sah müde aus. Sie tat uns allen leid. Jeder von uns war früher in Esther verknallt gewesen, einige mehr, einige weniger.

Wer später die Idee zu dem Ausflug hatte, ist nicht mehr nachvollziehbar. Schimele, Motty, Itzig und ich verließen die Villa und fuhren mit Itzigs Peugeot nach Tel Aviv. Bei Madame Rosa wollten wir unsere private Feier steigen lassen. Im Lokal waren nur wenige Besucher. Madame, wie immer schön frisiert, mit auffälligem Make-up, engem Minikleid und Stöckelschuhen, sah aus wie jemand, der verzweifelt die vergangene Jugend bewahren will. Manchmal wirken solche Bemühungen grotesk, bei Rosa machten sie den Betrachter nur traurig. In ihrem gepuderten Antlitz erkannte man in aller Deutlichkeit den Kampf gegen die Zeit, den Madame nur aufschieben, aber nie gewinnen konnte. Das Altern ist grausam und ein bisschen wie ein langsames Sterben.

Wir setzten uns an die Theke und bestellten, worauf wir gerade Lust hatten. Schimele und ich tranken Gin Tonic, Motty einen Whisky und Itzig einen doppelten Cognac. Madame Rosa nahm einen Wodka. Die ersten zwei Runden gingen auf ihre Rechnung. Sie wollte alles über uns erfahren, insbesondere von Motty und Schimele. Also erzählten die Freunde ihre Geschichten vom Leben in Europa. Ich berichtete, womit ich meinen Unterhalt verdiente, und Itzig erklärte, wie er seine Villa finanzierte.

»Menschen, die mit Informationen handeln, leben nicht lange«, kommentierte Madame Rosa trocken.

»Außer sie haben ausgezeichnete Beziehungen«, widersprach Itzig.

»Diese werden dich kaum retten können! Das ist ein schmutziges Geschäft. Wer nicht mehr gebraucht wird, scheidet aus. Er weiß einfach zu viel, und das ist sein Todesurteil«, war Madame Rosa überzeugt.

Ich fragte Motty nach unserem Kameraden Micha, der zum Klassentreffen nicht erschienen war. Nach Mottys Auskunft betrieb Micha sein Restaurant nur als Tarnung für seine kriminellen Machenschaften. Seine einträglichen Tätigkeitsfelder erstreckten sich unter anderem auf Straßenraub und Zuhälterei. Er sah sich gerne als »Pate von Beerscheba« oder »Negev-Fuchs«. Aber hier an der Theke war man von seinen Qualitäten als Gangster nicht überzeugt und prophezeite ihm einen »Abstieg« in die Kleinkriminalität. Ihm fehle einfach die Klasse, die zum Beispiel den Gatten von Madame Rosa, Chaim Paskudnik, auszeichnete.

Madame Rosa sah in dem Lob auf ihren Gemahl einen Anlass, noch eine Runde zu schmeißen, denn es schmeichelte ihr, mit einem so fähigen Mann verheiratet zu sein.

Sie bedauerte, dass sie nie an einem Klassentreffen teilnehmen konnte. Solche Veranstaltungen hätten in der Sowjetunion keine Tradition, denn vor der großen Oktoberrevolution bekamen die einfachen Menschen in Russland oft gar keine schulische Ausbildung.

Wir erzählten ihr daraufhin von unserer jüdischen Schule, die ihren Standort in der Stadtmitte hatte. Den Behörden und Bürgern war sie ein Dorn im Auge, sofern sie nicht der jüdischen Minderheit angehörten, die stolz auf ihre schulische Einrichtung war.

Bald war wieder die nächste Runde fällig, die dieses Mal auf mich ging. Unsere Zungen wurden immer schwerer, das Denken immer langsamer. In meinem Kopf begann sich alles zu drehen, auch Schimele sah ziemlich wacklig aus. Die anderen wirkten auch nicht fitter, sie hatten blutunterlaufene Augen und waren nur noch schwer zu verstehen. Das Make-up unserer Gastgeberin begann sich selbstständig zu machen, ihr Gesicht ähnelte jetzt einem expressionistischen Gemälde.

Plötzlich drehte sich ein Mann zu uns um, der die ganze Zeit mit dem Rücken zu uns in einer Ecke gesessen und ein Bier nach dem anderen getrunken hatte. Er schaute missbilligend in die Runde und beklagte dann in einem Gemisch aus Deutsch und Englisch, dass niemand hier an ihn denken würde. Es war der Baron in sehr angetrunkenem Zustand. Ohne gefragt worden zu sein, jammerte er, er habe eine ganze Nacht im Gefängnis verbracht.

Ich entgegnete, es könne sich höchstens um ein paar Stunden gehandelt haben und er könne froh sein, so glimpflich davongekommen zu sein.

Der Baron lallte in seinem Kauderwelsch: »Der Knaani ist ein feiner Kerl! Ich soll den Schimele vom Oberstleutnant grüßen und fragen, ob er endlich seine Claudia gefunden hat. Ich verstehe die Frage nicht, deine Gattin hat doch meines Wissens einen anderen Vornamen?«

Itzig schaute auf die Uhr. »Es ist schon spät«, sagte er.

»Oder früh, je nachdem«, erwiderte Madame Rosa. »Es ist fast fünf.«

»Ich müsste langsam zurück ins Hotel«, erinnerte sich daraufhin der glücklose Adlige.

Madame Rosa rief ein Taxi, das den Baron zu seiner Unterkunft bringen sollte. Nur mit Mühe fiel ihm ein, in welchem Hotel er überhaupt untergebracht war.

Nachdem der Aristokrat den Nachtklub verlassen hatte, unterhielten wir uns noch eine Zeit lang über die Politik in unseren jeweiligen Staaten und stellten fest, dass jedes Land mit sozialen Problemen, Krisen und unfähigen Politikern zu kämpfen hatte.

Wir waren uns einig, dass Itzig nicht mehr imstande war, seinen Wagen zurück nach Kfar Shmaryahu zu lenken. Madame Rosa schlug vor, ein Taxi zu nehmen. »Das wird sehr teuer sein«, widersetzte er sich. Er willigte erst ein, als wir uns bereit erklärten, uns an den Kosten zu beteiligen.

»Das beweist die Richtigkeit der alten Wahrheit, wonach die Reichen besonders geizig sind«, merkte Schimele an und fand bei allen Beteiligten Zustimmung. Nur Itzig schwieg dazu, allerdings eher wegen seiner schweren Zunge.

Der Abschied von Madame Rosa war lang und rührselig. Bevor wir das Taxi bestiegen, mussten wir noch zwei Runden über uns ergehen lassen. Wir gelobten, sie bald wieder zu besuchen, dann fuhren wir in Richtung Norden.

In der Villa brannte noch Licht. Deborah, Mark und noch drei andere Personen waren in eine intensive Diskussion verwickelt, sie ignorierten unsere Rückkehr vollkommen. Es ging um die Lehrer unserer Schule. Jeder von uns hatte einen Lieblingslehrer und einen, den er nicht ausstehen konnte. Alle mochten die Direktorin und eine schon ältere Lehrerin, die uns außer Geschichte noch Jiddisch und jüdische Literatur beibrachte. An unserer Polnischlehrerin schieden sich die Geister – aber nur, was den Grad der Ablehnung betraf. Für die meisten von uns war sie der Inbegriff von Arroganz und Gemeinheit. Mit großer Freude, die wir Schüler den *inneren Orgasmus* nannten, spielte sie uns gegeneinander aus. Sie besaß einen ausgeprägten Sinn für Intrigen jeder Art, in die sie auch die anderen Lehrer, die Schulleitung und unsere Eltern hineinzog. Sie war eine überzeugte Anhängerin des politischen Systems in Polen. Ihr Gatte war in der lokalen Führung der Einheitspartei und dort für die Propaganda verantwortlich, und sie war sein Spitzel. Ideologisch überkorrekt, ausgestattet mit einer gewissen Macht, wachte sie über das Geschehen in unserer Schule.

Sie hasste uns genauso, wie wir sie hassten. Sie versuchte, uns im Sinne des Kommunismus zu erziehen, aber wir hatten uns angewöhnt, alles zu hinterfragen. Wir mussten alles ausdiskutieren, bevor wir einer These unsere Zustimmung schenkten. Das schmeckte ihr natürlich nicht, also kämpfte sie an vielen Fronten gegen uns.

Und nun diskutierten wir hier über dieses Weibsstück, das mir nun wie eine böse Hexe aus einer irrealen Märchenwelt erschien. Eine Welt, die ich fast schon aus meinem Gedächtnis getilgt hatte, aber immer noch in meinem Herzen trug. Die Vergangenheit war weit weg. Manche meiner Erinnerungen waren geschönt, manche schlechter als die Wirklichkeit. Die Holzkisten, in denen sich unsere ganze Habe befand, bedeuteten für mich den Abschied von einer Heimat, die von Hassliebe geprägt war. Doch es gibt nichts Trügerisches als ein erträumtes Eldorado – meist kommt es zu schmerzhafter Ernüchterung. Meine Erwartungen an die neue Heimat hatten sich allerdings in Grenzen gehalten, und die neue Umgebung zeigte von Anfang sehr unterschiedliche Gesichter. Ich erlebte sowohl positive wie negative Überraschungen. Der Wiener Schmäh und die Gelassenheit der Menschen waren beruhigend und eine gute Voraussetzung zur Erkundung der freien Welt. Im Saal des Schlösschens Schönau stand ein großer Fernsehapparat. Dort verfolgte ich zum ersten Mal ein Formel-1-Rennen und den springenden Hans Rosenthal in seiner Sendung »Dalli, Dalli«. Man erklärte mir, dass dieser Quizmaster ein Jude sei. Meine Fantasie reichte nicht, um mir vorzustellen, wie ein Jude nach dem, alles was passierte, einfach so in Deutschland leben konnte. Ich könnte es nicht, dachte ich damals. Aber wie sich herausstellte: Der Mensch sollte nie nie sagen. Später, als ich mich schon in der Bundesrepublik Deutschland aufhielt, wunderte ich mich nicht mehr, dass ein Jude Bundestagsabgeordneter der CDU oder bei der CSU aktiv war oder einen erzkonservativen Verlag leitete. Als wäre nichts geschehen, arbeiteten Juden hier als Schriftsteller, Regisseure oder Theaterintendanten und einer machte sogar Karriere als »Kritikerpapst«. Auch ich verwarf schleunigst meine Bedenken und Vorurteile und gab mir eine Chance. Dass ich sie nicht nutzen konnte, lag nur an mir selbst. Mein Versagen schmerzte, aber es machte mich auch frei für Neues.

Nach der Diskussion über unsere Lehrkräfte widmeten wir

uns unseren abwesenden ehemaligen Klassenkameraden. Da sie sich nicht wehren konnten, wurden allerlei wahre und unwahre Geschichten aus der weltweiten Gerüchteküche durchgehechelt. Doch die meisten Dinge konnten weder bestätigt noch dementiert werden, da keiner Genaues wusste.

Um acht Uhr früh verabschiedete ich mich endgültig von dem kleinen Rest der noch Anwesenden und fuhr in meine Wohnung. Endlich konnte ich ausschlafen – dachte ich. Um zehn Uhr klingelte mein Telefon. Am anderen Ende der Leitung war Oberstleutnant Knaani, der mir in kurzen Sätzen erklärte, er habe schon wieder einen deutschen Touristen bei sich, der sich der Grenzüberschreitung schuldig gemacht habe. Er habe wohl die Orientierung verloren und sei illegal nach Ostjerusalem gelangt. Jetzt sitze er auf einer Wache und warte darauf, dass ich ihn abhole. Knaani fragte mich mit der ihm eigenen Ironie, ob ich noch mehr solcher Touristen hätte, dann müsse man nämlich an alle Grenzübergänge Verstärkung schicken. Da ich an diesem Tag sowieso nach Jerusalem müsse, um eine australische Gruppe zu führen, könne ich den bedauernswerten Herrn Tadzio – denn um ihn ging es – ja abholen. Woher Knaani meine Verpflichtungen als Touristenführer kannte, wollte ich ihn lieber nicht fragen. Sein Nachrichtendienst konnte nicht schlechter sein als Itzigs Informationsbüro, dachte ich.

Als ich auf der Wache erschien, saßen Herr Tadzio und ein wachhabender Soldat am Tisch und spielten Schach. Dabei unterhielten sich die beiden auf Polnisch. Ich rief das Hotel in Tel Aviv an und beauftragte Schimele, Herrn Tadzio dort vom Busbahnhof abzuholen. Ich kaufte ihm ein Ticket und begleitete ihn persönlich zum Bus. Als dieser das Gelände verließ, verließen mich die Kräfte und ich musste mich hinsetzen. Mir war schwindelig und ich war nah dran, mich zu übergeben. Die durchzechte Nacht, der unterbrochene Schlaf, die Fahrt bis fast nach Ostjerusalem, die Verfrachtung des Herrn Tadzio in den Bus nach Tel Aviv, das alles hatte mich viel Kraft gekostet. Und jetzt warteten auf mich noch die australischen Touristen, die eine Führung wollten.

Als ich mein Programm beendete, war es schon fast Mitternacht, und ich beschloss, etwas zu essen. In der Ben-Yehuda-Straße war die Tür zur Imbissbude noch offen. Amos/Josi machte sauber, spülte die Gläser und wischte den Boden. Er überwand sich und bereitete mir eine Falafel zu, obwohl er offiziell schon geschlossen hatte. Ich erzählte ihm von meinem Klassentreffen in Kfar Shmaryahu.

»Tolle Gegend, dort wohnen viele Prominente«, kommentierte er. Dann meinte er nachdenklich: »Ich kann mich an meine Klassenkameraden fast nicht mehr erinnern. Es sind zu viele Jahre vergangen. Aber einen von ihnen habe ich vor Jahren in Bat Yam getroffen, er betreibt dort einen Mini-Supermarkt in Strandnähe.«

Zu Hause in Tel Aviv begrüßte mich das schrille Klingeln des Telefons. Als ich abnahm, erklang eine fast seidene Stimme am Hörer. Ohne Probleme konnte ich sie einordnen: Sie gehörte Shoshana Kimchi. Shoshana teilte mir mit, dass sie in fünf Tagen ein Konzert in Jerusalem geben würde. Sie hätte für uns Tickets reservieren lassen, ich müsse sie nur abholen. Nach dem Auftritt würde sie sich gerne in einem Lokal mit uns treffen. Sie lud mich ein, sie zu Hause zu besuchen. Sie hätte heute Abend Zeit, ihre Tochter sei mit den Enkelkindern aus den USA zum Besuch und sie würden sich freuen, mich als Gast begrüßen zu dürfen. Bei so vielen netten Worten fühlte ich mich geehrt, der berühmten Sängerin und Schauspielerin einen Besuch abzustatten. Ich zog ein neues weißes Hemd an, bügelte meine Hose, putzte die Schuhe und kämmte mein Haar ordentlich. Außerdem kaufte ich ein paar rote Rosen, das bedingte ja schon ihr Vorname.

Im Stadtteil *Zafon*, übersetzt heißt es *Nord*, schlugen viele begüterte Menschen gerne ihr Quartier auf. Es gab hier viele grüne Flächen und die tollsten Villen. Ein Anwesen war schöner als das andere, hier zeigte sich der Reichtum in aller Pracht, hier waren die Wohlhabenden unter sich. Hier wohnten Rechtsanwälte, Ärzte, Industriemanager, Banker, Politiker, Schauspieler und berühmte Sportler. Auch Botschafter und Diplomaten hatten hier ihre Domizile. Vor vielen Anwesen stand ein Sicherheitsdienst, der das Privateigentum bewachte. Die Bewohner dieses Viertels machten sich rar, nur ihre Bediensteten waren auf der Straße zu sehen. Ab und zu fuhr eine Limousine an mir vorbei, immer schnell und immer waren die drinnen sitzenden Menschen von außen nicht zu sehen. Shoshana Kimchis Anwesen befand sich am Rand des Viertels.

Mit der einen Seite grenzte es an das Bauhaus der Familie Szczeciniarz. An der Pforte zum Anwesen der Diva standen nur die zwei Initialen »S. K.«. Ich suchte vergeblich nach einer Klingel. Plötzlich hörte ich eine Stimme: »Zu wem möchten Sie bitte?« Sie kam aus einem Lautsprecher über meinem Kopf, und jetzt entdeckte ich daneben auch eine Kamera. Ich nannte meinen Namen und sagte, ich hätte einen Termin mit Frau Kimchi. Nach einigen Augenblicken öffnete sich die Pforte automatisch und ich betrat eine Auffahrt, die zu der Villa führte. Links und rechts des Weges standen Palmen, Eukalyptusbäume und exotische Pflanzen, die ich nicht kannte. Direkt vor dem Haus aus weißem Kalkstein befand sich ein Teich, der von einem filigranen weißen Steg überspannt wurde. Ich fühlte mich für einige Augenblicke wie im Paradies. So könnte es im Garten Eden ausgesehen haben, dachte ich. Als ich mich dem Haus näherte, sah ich, dass sich hinter dem Hauptgebäude, umhüllt von sonnenverbranntem Grün, noch weitere Gebäude befanden.

Einige Stufen führten zum Hauseingang, der von einem schwarzhaarigen Mädchen mit auffallend goldbrauner Haut geöffnet wurde. Jetzt befand ich mich in einem großen Eingangsbereich. Von hier führte sie mich in den Salon, wo sie mich bat, Platz zu nehmen. Das Mädchen entfernte sich und ich begutachtete die Ausstattung dieses Raumes. In der Salonmitte lag ein herrlicher orientalischer Teppich. Ein niedriger Tisch stand vor einem dunkelroten Sofa, dahinter hing ein Bild von Marc Chagall, *Der Fiedler auf dem Dach*, an der Wand. Die gegenüberliegende Seite schmückte ein Gemälde von Kandinsky. An der linken Wandhälfte befand sich eine Hausbar. So viele Alkoholsorten hatte ich noch nie in einem privaten Haushalt gesehen. Sogar Madame Rosa hätte der Bestand an Flaschen beeindruckt. Außerdem gab es noch ein großes Bild, welches Shoshana Kimchi in Originalgröße darstellte.

Dann ging die Salontür auf und Frau Kimchi erschien in natura. Ich stand auf, um sie zu begrüßen. Sie fragte, was ich trinken wolle und ich bat um ein Glas Wasser. Sie selbst goss sich einen Cognac ein.

Zuerst musste ich ihr noch einmal alles erzählen, was ich über ihre Freunde wusste, wie schon damals bei unserem Treffen im Haus von Joram. Dann bekannte sie, dass sie nach ihrer Ankunft in unserem Land nur einen Wunsch gehabt hatte, nämlich Alex oder auch Amos zu treffen. Insgeheim hoffte sie auch immer noch, ihren Bruder Gideon wiederzusehen. Sie wollte glauben, dass er den Krieg überlebt hatte und irgendwo in Israel lebte.

Ich fragte sie nach ihrem Ergehen im Heiligen Land und sie ließ sich nicht lange bitten und begann zu erzählen.

Rosa wurde nach ihrer Einreise in einem Kibbuz untergebracht, wo sie wieder zu Kräften kommen konnte. Von dort fuhr sie jeden Tag nach Haifa in den Hafen, um Alex zu begegnen. Aber er kam nicht. Nach einer Zeit des Hoffens und Bangens, der Sehnsucht und der optimistischen Träume verstand sie, dass ihre Hoffnungen nur Teil einer großen Illusion waren. Sie begriff, dass auch Alex zu diesem Wunschbild gehörte. Mit gebrochenem Herzen und um eine negative Erfahrung reicher, beschloss sie, den Hafen von Haifa nicht mehr aufzusuchen. In ihrem Kibbuz gewann sie bei einem Gesangswettbewerb den ersten Preis. So begann ihre Karriere, die steil nach oben führte. Sie hatte schon immer eine volle, kräftige Stimme gehabt und jetzt nutzte sie die Gelegenheit, sich an der Akademie zur Sängerin und Schauspielerin ausbilden zu lassen. Als Sängerin produzierte sie reihenweise Hits. Sie bediente fast jedes Genre, von der Volksmusik über Schlager und Pop bis zum Chanson mit anspruchsvollem Text. Da sie nicht mehr an ein Wiedersehen mit Alex glaubte, nahm sie die Avancen ihres Managers an und heiratete ihn. Nach zwei Jahren kam dann ihre Tochter Nirit Alexandra zur Welt. Doch die Ehe war von Anfang an zum Scheitern verurteilt; zu verschieden waren die Eheleute, zu viel trennte sie. Im Innersten ihres Herzens hatte sie immer noch einen Platz für Alex bewahrt, diesen Platz konnte ihr Gatte nie erobern. Es sei ein Fehler gewesen, dass sie nie daran gedacht habe, einen Suchdienst einzuschalten, sie wisse selbst nicht warum. Sie habe sich ihrem Schicksal ergeben und den ständigen Schmerz als eine Strafe Gottes akzeptiert. Tochter Nirit trat in die Fußstapfen der Mutter. Sie studierte Musik und Gesang und nahm am Schauspielunterricht teil. Sie fand ein Engagement an einem Theater in New York und hatte als Sängerin drei Hits, die die Welt eroberten. Sie heiratete einen Schauspielerkollegen, mit dem sie zwei Kinder hatte. Allerdings hielt die Ehe nur vier Jahre. Inzwischen lebte sie in Los Angeles mit einem TV-Produzenten zusammen.

Jetzt betrat eine noch junge schwarzhaarige Schönheit den Salon, in der ich schnell Shoshanas Tochter erkannte. Sie gab mir die Hand und setzte sich zu uns. Die beiden Frauen wollten mehr über mich wissen und so berichtete ich, wie ich nach Israel gekommen war. Ich erzählte von der jüdischen Schule in Polen und erwähnte dabei die Mitschüler Schimele und Deborah, die jetzt Unterhaltungssendungen im Fernsehen produzierte und den beiden Damen vielleicht bekannt war. Dann schilderte ich, wie ich nach einem zwischenzeitlichen Aufenthalt in der Bundesrepublik Deutschland wieder nach Israel zurückgezogen war. Ich beschrieb meine Tätigkeit als Fremdenführer, die eigentlich eine Übergangslösung sein sollte, deren Ende mangels Alternativen aber nicht abzusehen war. Ich war zufrieden, aber nicht glücklich, es reichte zum Überleben, aber nicht für viel mehr.

Nirit wollte mehr über das Leben in Frankfurt wissen und fragte auch nach Schimele. Also schilderte ich seinen Alltag in der Stadt und erwähnte auch, dass er inzwischen geheiratet hatte. Trotz der Entfernung sei er einer meiner besten Freunde.

Dann zeigten mir die beiden das Anwesen und ich kam aus dem Staunen nicht heraus. Hinter einer parkähnlichen Grünanlage mit einem fantastischen Rosengarten befand sich ein kleiner privater Zoo. Papageien, Pfauen und Äffchen lebten hier hinter einem großen Gitter zusammen.

»Meine Mutter liebt Tiere. Sie hat auch noch etwa zehn Hunde und genauso viele Katzen«, lachte Nirit, als sie merkte, wie verblüfft ich war. »Ein Paradies für Kinder.«

»Für Erwachsene auch«, fügte Shoshana hinzu.

Anschließend gab es etwas zu essen. Gerade als wir unsere Mahlzeit beendet hatten, erschien Herr Baumann. Er wollte sich persönlich von Shoshana verabschieden, am morgigen Tag sollte der Rückflug nach Frankfurt erfolgen. Als er Nirit erblickte, bat er sie sofort um ein Autogramm. Während sie ihm ihr Autogrammfoto überreichte, fragte er, ob er noch eines bekommen könnte. »Für einen guten Bekannten«, sagte er. Dieser wohne auch in Frankfurt und sei ein großer Fan von ihr.

Nirit wollte wissen, ob dieser Fan zufällig einen Kiosk in Frankfurts Stadtmitte betreibe, was der Befragte mit Erstaunen sofort bejahte. Nirit lächelte schelmisch, schrieb einige Worte auf die Rückseite eines Fotos, steckte es in einen Umschlag und klebte ihn zu. »Bitte geben Sie das meinem Fan«, sagte sie und reichte Herrn Baumann das Kuvert.

Er nahm es dankend an sich und verabschiedete sich umgehend, jedoch nicht ohne mich zu fragen, was ich hier mache. Eine Antwort erhielt er nicht.

Schließlich war es auch für mich an der Zeit, die beiden Damen zu verlassen. Ich bedankte mich für die tolle Gastfreundschaft und verabredete mit Shoshana unser Treffen nach der Veranstaltung in Jerusalem.

Bevor ich meine Wohnung aufsuchte, schaute ich bei der Familie Szczeciniarz vorbei. Esther und Joram hatten Gäste. Außer Schimele, der in einem Sessel saß und versonnen das Foto von Nirit betrachtete, waren noch Zipi und Mendel Apfelbaum zugegen. Dieser versuchte ungeniert, mit Esther zu flirten. Ihr machten seine Annährungsversuche sichtlich Spaß, sie lachte und kokettierte mit dem alten Schürzenjäger.

Ich fragte Joram und Esther, wie es ihnen mit ihrer Ehe ginge. Beide behaupteten, sehr glücklich zu sein. Esther ergänzte, sie hätte sich nie vorstellen können, wie schön die Ehe sein könne und dass sie bald Mutterfreuden entgegensehe. Wie auf Kommando drehten sich alle Köpfe in ihre Richtung. Esther schaute mit triumphierendem Gesicht in unsere Mitte und lächelte vergnügt. »Ja, ihr habt euch nicht verhört, ich bin tatsächlich schwanger. Heute früh war ich bei Doktor Blum. Er ist ein alter Bekannter meines Vaters. Ich bin überglücklich!«

Joram nahm sie in die Arme und küsste sie überschwänglich. Zipi küsste sie ebenfalls, Schimele, Herr Apfelbaum und ich gratulierten auf das Herzlichste. Schimele schaute mich mit ironisch hochgezogener Augenbraue an, ich antwortete ihm mit einem Zwinkern. Das war es also! Esthers Plan war perfekt aufgegangen. Jetzt verstand ich ihre Eile und Entschlossenheit, Joram zu heiraten. Es war ein Deal. Über die Einzelheiten dieser Übereinkunft bewahrten beide Seiten Stillschweigen. Zwar konnte ich mich in meinem Urteil über die Ehe dieser beiden täuschen. Vielleicht war Joram wirklich der Vater des Kindes und wollte deswegen zeitig heiraten. Aber die Skepsis überwog, gefördert durch die Beobachtung von Jorams Rendezvous in Kfar Shmaryahu.

In diesem Augenblick kam Herr Baumann in den Raum und brachte echten französischen Champagner. Wir tranken auf die Eltern und das Kind und wünschten den beiden und dem Ungeborenen *Masel tov*. Der Vater der künftigen Mutter war schon zuvor über die Angelegenheit informiert gewesen und strahlte über das ganze Gesicht. Er wollte schon lange Großvater werden, jetzt endlich würde sich sein Traum erfüllen.

Schimele fragte Joram, wie er sich als Vater in spe fühle, und schaute ihn etwas skeptisch an. Doch Joram lächelte nur.

Nach dem feierlichen Umtrunk ging ich mit Schimele zu Fuß zurück zu seinem Hotel. »Wenn du mir etwas zu sagen hast, dann jetzt«, sagte ich zu ihm, um vielleicht mehr über seine Vergangenheit mit Nirit in Erfahrung zu bringen.

»Alte Geschichte, fast vergessen. Ich mag es nicht, wenn alte Wunden aufgerissen werden.«

»Das mag ich auch nicht«, antwortete ich, und damit war das Thema abgehakt.

Wir spazierten vorbei an großen und kleinen Villen, paradiesischen Gärten und architektonischen Kleinoden. Wir redeten über alles, was uns wichtig war. Die Zeit und die Kilometer vergingen im Nu und nur allzu bald fanden wir uns in der Stadtmitte wieder. Schimele ging in sein Hotel und ich in meine Wohnung. Am Abend flog die Gruppe zurück nach Hessen.

Zu Hause angelangt, hatte ich eine Idee. Ich suchte nach einem bestimmten Buch. Das Durchsehen meines Literaturbestands kostete mich einige Zeit, doch das, was ich suchte, fand ich vorerst nicht. Ich wühlte und wühlte und fand Dinge, die ich schon lange vergessen hatte oder vergessen wollte. Erinnerungen an frühere Zeiten, an vormalige Begegnungen und schmerzliche Abschiede. Ich fand jede Menge Briefe wieder, Zeugnisse aus der alten und der jüngeren Vergangenheit. Schließlich entdeckte ich endlich das gesuchte Buch. Ich setzte mich auf die Bettkante und blätterte darin. Obwohl es keine direkte Autobiografie war, konnte ich viel Interessantes herauslesen. In jedem Buch, in jedem Roman, in jeder Erzählung findet man etwas vom Autor wieder. Viele Sätze im Text enthüllen auch etwas Privates.

Schimeles Verschleierung war gekonnt gemacht, die Irreführung des Lesers war mit Bedacht ausgetüftelt. Da ich sein Leben ein wenig kannte und viele der beschriebenen Begebenheiten nachvollziehen konnte, machte ich mir während des Lesens ein Bild von der Begegnung und von ihrem Ausgang. Schimele hatte für sein Buch einen etwas traurigen Schluss gewählt. Wenn eine große Liebe abrupt endet, bleiben viele schmerzende Scherben im Herzen zurück. Bei jeder emotionalen Bewegung verletzen sie das angeschlagene Herz und verursachen Kummer und Leid. Manche Menschen greifen zur Waffe oder zum Strick, andere greifen zur Feder und schreiben sich die Seele frei. Mit der Zeit, die der beste Doktor bei Krankheiten dieser Art ist, erholen sich das Herz und die Seele so weit, dass der Betroffene wieder bereit ist, das nächste Risiko einzugehen und sich zu verlieben. So geschieht es in Millionen von hoffnungslosen Liebesdramen, so geschah es meinem Freund. Die Schreibtherapie war erfolgreich, er war geheilt und konnte seine Zukunft wieder frei planen. Natürlich bleiben die Ausläufer einer emotional intensiven Beziehung bei beiden Beteiligten vorhanden. Die Überreste der Liebe schlummern noch in ihren Herzen, aber sie sind zu schwach, um wieder aufzublühen, doch immerhin stark genug, um die Erinnerung wach zu halten. Bei einem zufälligen Wiedersehen melden sich diese Überreste und verursachen ein Gefühl von Scham und gleichzeitiger Wissbegierde. Man versucht ungezwungen aufzutreten, aber man fühlt sich gehemmt und unfrei. Am Schluss ist man froh, wenn die Begegnung zu Ende ist und man sich nicht mehr verstellen muss. Man fiebert einem möglichen Wiedersehen nicht mehr entgegen, die Flammen gehen langsam aus.

Nach diesen Gedankengängen ging ich zufrieden zu Bett und schlief den Schlaf des endlich Erleuchteten.

Tags darauf begab ich mich nach einer erfolgreich absolvierten Führung in Jerusalem zu Josi in die Ben-Yehuda-Straße. Er las eine Sportzeitung, der Betrieb im Imbiss war wohl überschaubar. Er freute sich über meine Anwesenheit, durch die er der tristen Langweile für einige Zeit entfliehen konnte. Nach dem Genuss einer Falafel verkündete ich ihm bei einem Glas Cola die »frohe Botschaft« von der Einladung zu Shoshanas Konzert.

Natürlich wollte er wissen, wie wir zu dieser Ehre kommen

konnten, und so erzählte ich ihm von meiner Begegnung mit der Sängerin. Amos/Josi war überrascht und so begeistert, dass er seine Betriebsstätte kurzerhand schloss und sich mit mir zusammen auf den Weg ins Altenheim mache. Mendel und Alex freuten sich über unseren Besuch und kochten gleich Tee für uns alle. Dabei verkündete ich noch einmal die Nachricht vom Konzertbesuch. Die beiden Freunde waren total von den Socken. Das Konzert war teuer und sie hätten sich die Veranstaltung wohl nicht leisten können. Natürlich platzten sie vor Neugier und wollten gleich mehr wissen. Meine neuen Freunde waren glücklich und ich mit ihnen.

Am nächsten Tag hatte ich eine besondere Führung zu absolvieren. Ein amerikanischer Immobilientycoon und seine Frau wollten eine individuelle Besichtigung und einer meiner Auftraggeber hatte mich empfohlen. Amschel Tannenbaum und seine Frau Inbar warteten schon vor dem größten und teuersten Hotel Jerusalems. Sie begrüßten mich sehr herzlich, und wir nahmen ein Taxi, das uns für unser Vorhaben exklusiv zur Verfügung stand.

Amschel Tannenbaum war ein kleiner, etwa siebzig Jahre alter Mann mit lockigem weißem Haar und rundem Bäuchlein. Seine Gattin war größer als er und etwa vierzig Jahre jünger. Sie hatte ein hübsches Gesicht und sah ein bisschen verliebt aus – ich fragte mich nur, in wen. Ich zeigte den beiden alle wichtigen Sehenswürdigkeiten der Stadt. Außerdem empfahl ich Frau Tannenbaum die exklusive Boutique meiner Bekannten Anna, wo sie auch gleich fürstlich einkaufte. Ich freute mich schon auf Annas Vermittlungsgebühr. Ihr Gatte deckte sich derweil in einem jüdischen Devotaliengeschäft mit sakralen Gegenständen ein. Was er damit vorhatte, entzog sich meinen Vorstellungen. Die Menge der eingekauften Gegenstände war jedenfalls beträchtlich.

Zum Mittagessen fuhren wir in das Restaurant des von dem Ehepaar bewohnten Hotels. Die Unterhaltung war nicht besonders aufregend, der intellektuelle Blick der beiden war sehr überschaubar und von konservativem Gedankengut geprägt. Schließlich meinte Frau Tannenbaum, sie finde es in Israel zwar sehr schön, aber sie würde hier nie wohnen können. Die Mentalität der Menschen sei ganz anders als in Amerika. Hier fühle man sich wie an der Schwelle von Asien nach Afrika. Ihr Verhalten machte mich stutzig. Auch hatte ich den Eindruck, dass sie die hier gesprochene Sprache sehr gut verstand, obwohl sie hartnäckig beim Englischen blieb. Das kam mir komisch vor. Deshalb rief ich nach dem Essen, während sich das Ehepaar für zwei Stunden in seine Suite zurückzog, das Informationsbüro Charke an.

»Du hast Glück«, tönte Itzig durch die Leitung, »Erstkunden bekommen Rabatt.« Auf meine Nachfrage gab er mir die Auskunft, dass Inbar Tannenbaum in Tel Aviv geboren wurde und ihr Mädchenname Sharaqui war. Ihre Eltern waren in den Dreißigerjahren aus Casablanca in Marokko nach Eretz Israel eingewandert. In Tel Aviv wohnte ihre Familie in dem berühmt-berüchtigten Stadtteil Shkunat haTikva, was man mit *Stadtteil der Hoffnung* übersetzen könnte. Dort wohnten die weniger begüterten Familien aus dem Maghreb, dem Jemen, aus Ägypten, der Türkei und Syrien. Die Stadt und der Staat machten wenig Anstrengungen, um diese Menschen richtig zu integrieren und den Bewohnern ein erträgliches Leben zu ermöglichen. Dann ging Inbar zur Armee und arbeitete mit Motty beim jetzigen Oberstleutnant Knaani. Mit neunzehn zog sie zusammen mit einer Freundin nach Amerika, auf der Suche nach einem besseren Leben. In Florida traf sie »zufällig« den reichen Immobilienhai Tannenbaum, der vor einiger Zeit Witwer geworden war. Sie waren seit schon fast zehn Jahren verheiratet.

Am Nachmittag fuhren wir nach Tel Aviv, wo ich dem Ehepaar Tannenbaum ebenfalls einige Sehenswürdigkeiten zeigte. Die beiden wollten gerne über Nacht in Tel Aviv bleiben, deshalb empfahl ich ihnen das Hotel von Herrn Baumann, wo die beiden ein Doppelzimmer mieteten. Dann setzten wir unsere Stadtrundfahrt fort. Als wir in die Nähe von Inbars Heimatviertel kamen, beobachtete ich sie genau. Aber sie zeigte keine Reaktion, sie hatte sich und ihre Gefühle hervorragend im Griff.

Schließlich wollte Mister Tannenbaum unbedingt einen Nachtklub aufsuchen. Inbar war nicht besonders begeistert. Ich führte meine Klienten zum Establishment von Madame Rosa. Diese glänzte durch Abwesenheit, was für mich von Vorteil sein konnte. Wir bestellten einiges zu trinken und schauten uns das Showprogramm an. Mein Klient trank viel und schnell und nickte nach eineinhalb Stunden benebelt am Tresen ein.

Als wir gerade gehen wollten, tippte plötzlich eine schwarzhaarige Schönheit, die mit zwei Männern an einem Tisch gesessen hatte, Inbar an die Schulter. »Inbar, bist du es?«, fragte sie etwas unsicher.

Inbar drehte sich überrascht um, musterte die Dame kurz und rief dann erfreut in einwandfreiem Hebräisch: »Hallo Pnina, lange nicht gesehen!« Der Alkohol und die geistige Abwesenheit ihres Mannes hatten ihre selbst auferlegte Zurückhaltung durchbrochen. Die Barriere war beseitigt, Inbar wurde wieder diejenige, die sie schon immer war – eine normale Frau ohne die Allüren einer reichen Angehörigen der gehobenen amerikanischen Gesellschaft. Sie beachtete mich nicht mehr und unterhielt sich mit ihrer Bekannten. Pnina entpuppte sich als eine ehemalige Schulfreundin. Sie war Krankenschwester und arbeitete im Beit-Sokolow-Krankenhaus. Die Damen nahmen noch einige Drinks zusammen, dann musste Pnina gehen.

»Jetzt weißt du, dass ich Iwrit spreche und aus Tel Aviv bin«, wandte sich Inbar wieder an mich.

»Das wusste ich schon längst«, gab ich ihr zu verstehen. »Inbar ist ein rein hebräischer Vorname, und Inbar Sharaqui arbeitete früher mit dem Major Knaani zusammen«, verkündete ich mein Wissen.

»Nicht schlecht mein Lieber, nicht schlecht.«

»Israel ist klein, hier kennt fast jeder jeden.«

»Wen kennst du noch?«, fragte Inbar.

»Motty, zum Beispiel.«

Als ich diesen Namen erwähnte, lächelte sie über das ganze Gesicht. »Feiner Kerl, guter Liebhaber, super Tänzer, war früher bei den Fallschirmjägern. Toller Typ.«

»Wohnt jetzt in Frankreich«, klärte ich sie auf.

»Das weiß ich schon, aber zurzeit hat er Eheprobleme.« Als sie meinen Gesichtsausdruck sah, sagte sie ganz nonchalant: »Israel ist doch ein kleines Land, jeder kennt hier fast jeden! Die Gerüchte und Nachrichten werden in Windeseile weitergegeben.«

Wir lachten beide und tranken noch ein paar teuflische Cocktails. Dann ging die Tür auf und Madame Rosa betrat die Bühne ihres eigenen Hauses. Sie trug ein langes weißes Kleid und hatte eine neue Frisur, die sie viel jünger wirken ließ. Sie sah wirklich toll aus und ihr Erscheinungsbild hatte etwas Erotisches. Und das in ihrem Alter, dachte ich anerkennend. Sie begrüßte mich mit einem sexy angehauchten »Hallo Tom«.

Ich stellte ihr Inbar vor. Erst jetzt sah ich den Grund für ihre zurückgekehrte Jugend. In ihrem Schlepptau trat ein sehr viel jüngerer Mann in Erscheinung, der wie der Abklatsch eines Dandys neben ihr stand. »Das ist Ronel, mein Freund«, stellte Rosa ihn vor.

Wir nahmen diese Aussage zur Kenntnis und schüttelten dem Schönling die Hand. Inbar schaute ihn schief an und lächelte verschmitzt.

»Warum lachst du?«, fragte ich sie.

Sie zeigte auf den Begleiter von Madame Rosa und erklärte, dass sie ihn wohl von früher kenne. »Er war unser Nachbar, spielte mit meinem Bruder Fußball und den ersten Bruch machten sie auch gemeinsam.«

Ronel musterte meine Begleiterin nun genauer und rief dann erfreut: »Inbar, Inbar Sharaqui, bist du das?« Und als die so Angesprochene nickte, umarmte er sie stürmisch.

»Darf ich vorstellen?«, sagte Inbar. »Ronel Hadadi, ein guter Freund unserer Familie.«

Sie hatten sich viel zu erzählen. Ronel war in seinem jungen Leben schon Taxifahrer, Kurierfahrer, Kleinkrimineller, Straßenkehrer, Kleinunternehmer und zuletzt Callboy für einsame Damen gewesen. Bei Rosa wurde er schwach und gab seinen letzten Beruf auf, um mit ihr zusammen zu sein. Er kannte die Familie Paskudnik ziemlich gut, denn für Rosas Gatten war er schon einige Male tätig gewesen. Da aber Chaim Paskudnik fast nie anwesend und sie eine Lebedame mit Ansprüchen war, suchte sie sich einen Ersatz.

Inbar und Ronel erinnerten sich fast eine Stunde lang an die »glorreichen« Jahre ihrer Jugend.

Dann rief ich ein Taxi, um Inbar und ihren betrunkenen Gatten ins Hotel zu bringen. Ich begleitete sie bis ins Zimmer und half ihr, Mister Tannenbaum ins Bett zu legen. Dieser schlief sofort ein. Inbar machte keine Anstalten, ihrem Gatten dahin zu folgen, also hoffte ich, dass sie mit mir vielleicht noch etwas trinken gehen würde. Sie wollte jedoch keinen Drink mehr, und als sie mein enttäuschtes Gesicht sah, lachte sie laut und sagte, dass sie aber gerne noch auf einen Kaffee mit zu mir kommen würde.

In meiner Wohnung wurde mir dann klar, dass ihr verliebter Gesichtsausdruck weder ihrem Mann noch einem Dritten gegolten hatte, sondern dass ich ihr Mann für diese Nacht sein würde. Inbar sehnte sich nach Liebe und war fest entschlossen, sie bis zum letzten Tröpfchen Schweiß auszukosten. Dabei war sie sehr laut und ich war froh, dass mein Nachbar schwerhörig war. So konnten wir unsere Lust frei ausleben. Sie entpuppte sich als hartnäckig und belastbar. Später im Schlaf hielt sie mich mit beiden Händen fest, als fürchte sie, den vorher erlebten Traum zu verlieren. Nun sind Träume jedoch Schäume, sie vergehen schnell und der grausame Alltag verweht sie in alle Windrichtungen.

Als ich wieder aufwachte, kochte sie Kaffee und sang wenig anständige Lieder. Ich brachte sie ins Hotel zurück. Sie gab mir einen Abschiedskuss und verschwand im Inneren. Da Israel ein kleines Land ist, wo fast jeder jeden kennt, ging ich davon aus, ihr irgendwann irgendwo wieder mal zu begegnen.

Später an diesem Tag nahm ich wieder mal einen Bus nach Jerusalem. Am Abend sollte ja das Konzert von Shoshana Kimchi stattfinden. Ich musste noch die Tickets abholen und die drei Musketiere auf Vordermann bringen. Ich fuhr zur Ben-Yehuda-Straße, wo Josi seine Steaks und Falafel verkaufte. Er war ein wenig aufgeregt und bereit, sein Geschäft in einer Stunde zu schließen. Zusammen fuhren wir dann zum Altenheim, wo die beiden Freunde ihre Vorbereitungen für den Konzertbesuch trafen. Alle waren wortkarg und sehr aufgeregt. Sogar Alex, der ewige Schwätzer, blieb verdächtig still. Sie bügelten ihre Hemden und Krawatten, gossen sich Eau de Toilette auf ihre Häupter, suchten nach imaginären Dingen, die sie nicht benötigten, und waren nicht imstande, ihre Nervosität zu unterdrücken. Amos/Josi hatte vorgesorgt und seinen gebügelten Anzug samt Binder bei den Freunden deponiert. Jetzt zog er sich schnell um, was mit einigen Komplikationen verbunden war. Zuerst zog er sein Hemd falsch an, dann hatte er Schwierigkeiten, seine Krawatte richtig zu binden. Gemeinsam halfen wir ihm und befreiten ihn aus seiner misslichen Lage.

Alex trug einen dunkelblauen Anzug, den einzigen, den er besaß. Er datierte aus dem Jahr 1956, war aber noch in sehr gutem Zustand und so selten getragen, dass er auch noch die Jahrtausendwende erleben würde. Mendel hatte einen schwarzen Anzug mit einer dunkelroten Krawatte an. Alle drei putzten noch sehr gewissenhaft ihr Schuhwerk, Alex benutzte dafür die eigene Spucke. Als die drei Musketiere endlich mit ihrer Garderobe fertig und bereit für diese aufregende Begegnung waren, bestellten wir ein Taxi, das uns zum Konzertsaal brachte.

Vor dem Eingang lachte die Sängerin den Besuchern von riesigen Plakaten herab zu, als wollte sie sich bei jedem Gast persönlich für sein Kommen bedanken. Der Saal war ausverkauft und wir suchten umgehend unsere Plätze auf. Nach einiger Unruhe und der üblichen Kakofonie beim Stimmen der Instrumente wurde es dunkel im Saal und vom Orchester ertönte leise Musik. Ein junger Mann, den ich als Fernsehmoderator erkannte, hieß die Gäste herzlich willkommen und beschrieb in wenigen Sätzen das Programm der Sängerin. Dann stellte er den Dirigenten vor, der sogleich den Stock schwang. Schon erklangen die ersten Takte eines bekannten Liedes und dabei betrat, ganz in Rot gekleidet, Shoshana die Bühne. Ihr schwarzes Haar bildete einen aparten Kontrast zum festlichen Kleid. Sie bewegte sich sehr professionell, die langjährige Bühnenerfahrung sorgte für einen gekonnten Auftritt. Ihre Ausstrahlung und die volle Stimme mit dem warmen Timbre zogen die Zuhörer schnell in ihren Bann. Sie sang von Liebe und Liebesleid, von nicht erwiderten Gefühlen und der Einsamkeit einer Verliebten. Sie sang Lieder von bekannten Autoren und Komponisten sowie populäre Songs, die das Publikum auswendig kannte. Als Shoshana das Lied *Jerusalem aus Gold* anstimmte, eine Art Jerusalem-Hymne, da sangen alle mit. Sie war sehr souverän, beherrschte das Publikum nach Belieben und führte eine stille Regie über das Geschehen. Das Auditorium lag ihr zu Füßen, das Orchester und der Dirigent folgten ihr willig und der Moderator konnte seine Augen nicht von ihr nehmen.

Dann war Pause und wir tranken Wasser und lobten die Professionalität und das Talent der Diva. Nach der Pause schenkte uns die Sängerin ein Feuerwerk quer durch ihr Programm. Nach Volksmusik und patriotischen Weisen beglückte sie uns mit Rock and Roll, Blues und Jazz. Da war sie in ihrem Element, sie tanzte, sang und vergaß die Welt – und wir mit ihr. Dann präsentierte sie ein Lied in russischer Sprache sowie einige jiddische Gesangsstücke. Dafür gab es Standing Ovations. Ihren Auftritt beendete sie mit einem Lied, das die Hoffnung auf ein friedliches Leben in der Zukunft in sich trug. Das Publikum hielt es nicht mehr auf den Plätzen, Jubel und tosender Beifall wurden mit unzähligen Zugaben belohnt. Irgendwann musste der Ansager an das Publikum appellieren, die Interpretin nicht mehr aufzurufen.

Wir vier begaben uns in das von Shoshana ausgewählte Restaurant, um dort auf sie zu warten. Während Amos/Josi und Mendel lautstark ihren Auftritt kommentierten und voller Lob und Anerkennung für ihr großes Können waren, schwieg Alex in sich gekehrt. Er schien mit seinen Gedanken ganz woanders zu sein. Auf dem Weg zum Restaurant ließ er vermutlich sein Leben Revue passieren und versuchte sich über seine Gefühle klar zu werden. Jetzt, nach so vielen Jahren, würde er sie wiedersehen, nicht im Fernsehen oder auf der Bühne, sondern von Angesicht zu Angesicht. Etwas unheimlich war ihm diese geplante Begegnung schon. Er hatte keine Ahnung, wie sie beide damit zurechtkommen würden.

Ähnliche Gedanken hegte die Sängerin, als sie sich auf den Weg zum Restaurant machte. Damals hatte sie Alex sehr geliebt, er hatte ihr alles bedeutet. Damals hätte sie alles aufgegeben, um mit ihm zusammen zu sein. Aber jetzt war die Lage anders. Sie lebte ein Leben, das er nie kennengelernt hatte. Es lagen Welten zwischen ihnen beiden, unüberbrückbare Hindernisse. Er war ein einfacher Mensch, sie eine Berühmtheit.

Das Restaurant *Jeruschalayim schel zahav*, übersetzt *Jerusalem aus Gold* – der Titel des bekannten israelischen Liedes, welcher hier als Restaurantname gebraucht wurde –, war ein exklusives Lokal, wo sich viele Persönlichkeiten des öffentlichen Lebens trafen. Man sollte hier schon einen gut gefüllten Geldbeutel dabei haben. Die Einrichtung war eine Klasse für sich, das Design sehr modern und futuristisch. An den Wänden hingen Kopien von Bildern berühmter jüdischer Maler wie Beckmann, Hundertwasser, Kandinsky oder Chagall.

Das Lokal war schon gut gefüllt. Man führte uns an einen Tisch an der rechten Seite. Shoshana war noch nicht da. Meine Begleiter und auch ich fühlten uns hier ein wenig fehl am Platz, besonders als ich einige Prominente unter den Gästen erkannte. Dann kam sie: In einem eleganten dunkelblauen Kleid betrat sie das Lokal und bewegte sich mit leichtem, sicherem Gang in unsere Richtung.

Die Begrüßung war herzlich, aber von Vorsicht und Zurückhaltung geprägt. Während der Kellner unsere Bestellungen entgegennahm, beobachteten sich alle verstohlen gegenseitig. Shoshana als selbstsichere Frau und von allen bewunderte Diva hatte hier ein Heimspiel. Das war die Bühne für ihren Auftritt. Sie sprach als Erste und sagte, sie freue sich sehr über das Wiedersehen nach so langer Zeit. Sie alle hätten so viel durchgemacht und könnten froh sein, die schlimme Zeit des Krieges überhaupt überlebt zu haben. Jeder habe versuchen müssen, irgendwie zurechtzukommen und sich ein neues Leben aufzubauen.

Alex war immer noch schweigsam, er beteiligte sich nicht am Gespräch und schaute Shoshana auch kaum an. Nach dem Essen entschuldigte sich diese für einen Moment und ging auf zwei Frauen zu, die soeben das Lokal betreten hatten. Nachdem sie ein paar Worte mit ihnen gewechselt hatte, setzte sie sich wieder zu uns. Das seien zwei junge Kolleginnen, mit denen sie schon öfter zusammengearbeitet habe, sagte sie zur Erklärung. Wir schwiegen alle. Shoshana wurde dieses Treffen zunehmend unangenehm, das spürte ich deutlich. Alex schaute nie in ihre Richtung. Ich hatte den Eindruck, hier saßen Menschen, die zwar vor vielen Jahren gemeinsam durch dick und dünn gegangen waren, aber jetzt hielt sie nichts mehr zusammen. Sie waren sich so fremd, wie man sich nur fremd sein konnte.

Shoshana und Alex hatten nichts Gemeinsames mehr. Sie war auch nicht mehr Rosa, sondern Shoshana, das Aushängeschild des Landes. Sie bewegte sich in völlig anderen Kreisen, ihr Bekannten- und Freundeskreis war ganz anders als der von Alex und Amos. Sie wurde von David Ben Gurion und Golda Meir empfangen, aß mit Frank Sinatra zu Mittag und trat im Pariser *Olympia* auf. Alex war noch nie in Paris gewesen und seine Auftritte hatte er im Katamoner Altenheim. Das, was früher war, war vorbei, und die inzwischen vergangene Zeit konnte unmöglich rückgängig gemacht werden. Das Schicksal führt Regie und ist Herr über menschliche Geschicke. Die Menschen entwickeln sich ständig in verschiedene Richtungen. Die Wege von Rosa und ihren ehemaligen Freunden hätten nicht weiter auseinandergehen können.

Rosa hatte das Glück, das den anderen versagt wurde. Aber Glück beeinflusst das Schicksal nicht allein. Um so weit zu kommen wie Shoshana, brauchte man noch viele andere Faktoren wie Charakterstärke, Durchsetzungsvermögen und eisernen Willen. Sie war diszipliniert und hart mit sich selbst, sie wollte den Erfolg und sie bekam ihn. Ich stellte mir die Frage, ob die beiden, vorausgesetzt sie hätten sich in Haifa getroffen, heute noch zusammen wären.

Alex schwieg immer noch beharrlich. Ich lächelte alle an und in Gedanken bedauerte ich, dass meine Mission so fatal endete. Shoshana fragte, wie uns ihr Auftritt gefallen habe, und alle außer Alex lobten sie begeistert und bezeichneten sie als fabelhafte Entertainerin. Und plötzlich fiel bei mir der Groschen! Ich verstand jetzt, warum Alex nicht sprach. Ich sagte etwas zu Mendel, und dieser sagte es weiter zu Amos, der zustimmend nickte.

Mit einer Entschuldigung verließen wir drei für einige Augenblicke das Lokal, um frische Luft zu schnappen. Als wir nach zehn Minuten wiederkamen, waren Alex und Shoshana verschwunden. Wir suchten sie nicht. Wir setzten uns und bestellten Eis zum Dessert. Dann fragte ich nach der Rechnung. Diese sei eine Angelegenheit von Frau Kimchi, beschied mir der Kellner.

Amos und ich begleiteten Mendel nach Katamon ins Altenheim. Dort machte uns Mendel einen starken Tee, der hervorragend schmeckte. Nach etwa einer Stunde erschien Alex. Er wirkte gelöst. Auch er nahm dankend ein Glas Tee entgegen. Wir fragten ihn nichts, aber als er schließlich mit Nachdruck das leere Glas auf den Tisch stellte, wussten wir, dass er uns etwas sagen würde. Und tatsächlich, Alex stand auf, ging im Zimmer auf und ab und berichtete, dass er mit Shoshana ein gutes Gespräch geführt habe. Sie hätten sich ausgesprochen und seien sich einig gewesen, dass sie die schönen Erinnerungen bewahren wollten und den Respekt füreinander. Aber sie seien Geschichte, und keiner wolle alte Wunden aufreißen. Sie seien andere Menschen geworden, ihre Interessen lägen weit auseinander, sie lebten in verschiedenen Welten. Jeder habe dem anderen viel Glück für die Zukunft gewünscht. Das sei alles.

Meine Mission endete hier im Altenheim. Sicherlich würde ich auch in Zukunft Josis Imbiss besuchen oder Mendel und Alex im Heim guten Tag sagen. Ob ich je Shoshana noch mal begegnen würde, stand in den Sternen. Eigentlich war meine Mission doch nicht ganz gescheitert: Die beiden hatten sich endlich ausgesprochen. Jetzt konnten sie ihr Leben ohne diesen unerträglichen Ballast der Ungewissheit leben. Der Druck war weg – und ich war daran nicht ganz unschuldig. Diese Tatsache hielt meine Niederlage in Grenzen. Es war naiv von mir gewesen, anzunehmen, zwei so verschiedene Menschen würden nach so vielen Jahren wieder zusammenkommen.

An einem Vormittag war wieder einmal eine Stadtführung für junge Christen aus Deutschland vorgesehen. Dieses Mal kam die Gruppe aus Offenbach. Wir fuhren mit dem Bus in die Altstadt, und ich begann mit meinem üblichen Programm. Nach dem Mittagessen warteten wir auf den Bus, der uns zurück zum Hotel bringen sollte. Die Offenbacher erzählten Witze, Anekdoten und Geschichten.

»Was ist in Offenbach am schönsten?«, hörte ich plötzlich eine Frauenstimme, die mir bekannt vorkam. Ich drehte mich um und erschrak. Vor mir stand Jenny und lächelte verschmitzt. Sie trug eine weiße Jacke und Jeans. »Erschrick nicht, mein Lieber, ich bin's.« Sie fiel mir um den Hals und ich spürte Feuchtigkeit auf meinem Gesicht.

»Wo kommst du denn her? Wie hast du mich gefunden?« Ich hatte so viele Fragen, dass ich gar nicht wusste, wo ich anfangen sollte.

»Ganz einfach, ich habe nachgefragt, wo du deine Touren machst.«

»Wie lange kannst du bleiben?«

»So lange, wie du mich hier haben willst.«

»Für immer?«

»Wenn du für immer mit mir leben willst.«

Mir wurde blitzartig klar, dass genau dies mein heimlicher Wunsch gewesen war, den ich mir erst jetzt eingestand. »Das will ich!«, sagte ich voller Überzeugung. »Du musst aber wissen, dass ich kein einfacher Mensch bin.«

»Damit werde ich schon fertig.«

»Ich feiere die jüdischen Feiertage, gehe ab und zu in die Synagoge und bin nicht perfekt in der deutschen Sprache«, stellte ich gleich klar, denn ich wollte keine Missverständnisse entstehen lassen.

»Ich kann mitfeiern, und Iwrit kann ich auch lernen«, sagte Jenny unbeeindruckt.

»Meinst du, du könntest hier mit mir wohnen? Dieses Land befindet sich in permanentem Kriegszustand, das Militär ist überall präsent. Es kann gefährlich sein, es gibt Bombenattentate und Schießereien.«

Jenny ließ sich nicht abschrecken. »Das macht mir nichts aus, Hauptsache ich bin bei dir.«

Ich musste wissen, wo sie die ganze Zeit gewesen war, warum sie sich vor mir versteckt hatte. »Warum bist du in Frankfurt einfach verschwunden? Wo hast du denn gesteckt? Ich habe dich gesucht und dachte, ich würde dich nie wiedersehen.«

»Ich habe mich in dich verliebt. Aber ich musste mit mir ins Reine kommen. Ich wollte sicher sein, dass ich auch wirklich mit dir leben will. Ich musste mich zurückziehen, um eine Entscheidung zu treffen, die mein ganzes bisheriges Leben umkrempeln würde. Es gab so viele Fragen, auf die ich keine Antworten hatte. Also ging ich in Klausur, aber jetzt habe ich mich entschieden. Für dich!«

Endlich nahm ich sie in die Arme und küsste sie stürmisch. Unsere Offenbacher Freunde spendeten Beifall.

Der Bus kam endlich an und die Gruppe konnte zum Hotel zurückkehren. Bevor er einstieg, fragte ein rothaariger junger Mann nach der Antwort auf Jennys Frage.

Jenny und ich schauten uns an. »Der Blick auf Frankfurt«, sagten wir gleichzeitig und lachten, bis wir Tränen in den Augen hatten.

Diese Geschichte entspringt meiner Fantasie.
Alle hier auftretenden Personen sind frei erfunden.
Sollte jemand den Eindruck haben, sein Leben würde in dieser
Geschichte dargestellt, beruht das auf Zufall.

Simon Zawalinski

www.ingramcontent.com/pod-product-compliance
Lightning Source LLC
Chambersburg PA
CBHW031958010726
47493CB00007B/2247